Brian Conaghan

Jetzt spricht Dylan Mint und Mr Dog hält die Klappe

Foto: © Orla Cunningham

DER AUTOR

Brian Conaghan, geboren 1971, wuchs in der schottischen Stadt Coatbridge auf. Er studierte kreatives Schreiben an der Universität von Glasgow und verdiente sein Geld als Maler und Dekorateur, Barmann, DJ, Schauspieler, Lehrer und nun auch als Schriftsteller. Er lebt mit seiner Frau Orla und seiner Tochter Rosie in Dublin. JETZT SPRICHT DYLAN MINT UND MR DOG HÄLT DIE KLAPPE ist sein zweiter Roman.

BRIAN CONAGHAN

JETZT SPRICHT DYLAN MINT UND MR DOG HÄLT DIE KLAPPE

ROMAN

Aus dem Englischen
von Michael Kellner

cbt

FSC
www.fsc.org
MIX
Papier aus verantwortungsvollen Quellen
FSC® C014496

Verlagsgruppe Random House FSC® N001967

1. Auflage
Erstmals als cbt Taschenbuch Mai 2016

Die Originalausgabe erschien unter
dem Titel »When Mr Dog bites« bei
Bloomsbury Publishing Plc, London.

Aus dem Englischen von Michael Kellner
Lektorat: Hanna Reinhardt
Umschlaggestaltung: Geviert, Grafik & Typografie
unter Verwendung des Umschlagdesigns von
Cornelia Niere, München (www.cornelianiere.de)
Umschlagmotiv: © Shutterstock/lineartestpilot
MI · Herstellung: kw
Satz: KompetenzCenter, Mönchengladbach
Druck und Bindung: GGP Media GmbH, Pößneck
ISBN: 978-3-570-31093-9
Printed in Germany

www.cbt-buecher.de

Für Norrie

Listen 1

Als ich es erfuhr, habe ich als Erstes nach *Hundert Dinge die man tun sollte bevor man stirbt* gegoogelt.

Das Internet ist irgendwie wow! Wie schaffen es diese Google-Leute, dass ihr Dingsda zisch um die Welt flitzt mit Mega-Swoosh und dann MIR, Dylan Mint, diese ganzen Infos schickt und mir die Augen übergehen? Diese Frage kann keiner beantworten – ich weiß das ganz genau, denn danach hab ich jetzt auch gegoogelt, sechs Mal, und es gibt nada darüber. Jedenfalls nichts, was ich verstehen würde. Frustrierend, oder was?

Aber hier eine Sache, die FRUSTRIEREND in Großbuchstaben ist: Ich war superenttäuscht von den Infos, die Google mir geswoosht hat, weil da viel zu viele Sachen auf der Liste sind, die ich gar nicht machen will.

Niemals.

Wer will schon *seine Lebensgeschichte aufschreiben*?

Oder *auf einem Kamel durch die Wüste reiten*?

Oder *im Schlafanzug einkaufen gehen*?

Ich meine, wer will so was *machen*?

Nicht ich, so viel ist sicher.

Die drei bescheuertsten Sachen auf der Liste waren:

1. Nackt Fallschirmspringen mit einer Videokamera auf dem Kopf.
2. Einen Köpper in ein Schwimmbecken voller Bohnen machen.

3. Mit deinem Freund oder deiner Freundin in einem Zug Sex haben.

Alle drei Sachen bedeuten, dass du deine Klamotten ausziehen musst, und no way zieh ich mein Zeug aus, sodass jeder meinen Schniedel beglotzen kann. Nummer drei hab ich wirklich nicht kapiert: Ein Bett wär ganz klar viel gemütlicher, um rumzumachen. *Und:* Im Zug sind doch eine Million Leute – auf dem Weg zur Arbeit oder zum Einkaufsbummel –, das wäre doch nicht besonders privat.

Ich glaube, von wem auch immer diese Liste ist, der hat nicht die leiseste Idee davon, wie es ist, wenn man abkratzt. Die Infos, die Google mir geschickt hat, waren zu gruselig, und so hab ich die Sache selbst in die Hand genommen und beschlossen, meine eigene Liste zu machen. Obwohl, nicht hundert Sachen – das waren viel zu viele und keine Chance, dass man die im Leben alle schaffen kann –, alles klar da oben? Nein, ich begnüg mich mit dreien: die magische Zahl und meine Trikotnummer der Drumhill-Special-School-Fußballmannschaft. Für Jungs. (Die Mannschaft, nicht die Schule.)

Oh, Shizenhowzen!

Ich hab gelogen. Keine große Sache, aber eine Lüge ist eine Lüge ist eine Lüge.

* * *

Als ich es erfahren habe, war mein *wirklich* erstes Ding, mich an Mum zu klammern und mir ihre Tränen vom Gesicht zu wischen. Meine Backe war danach ganz salzig und sabberig. Ich werd nie verstehen, warum Mums so was machen. Amir hat mir gesagt, dass seine Mum das auch macht, wenn die Leute ihnen »Paki« oder »Schokonuss« hinterherbrüllen. Aber Paki und Schokonuss sind Gegensätze, also no way, dass Amir und seine Mum beides sein können. Das habe ich ihm gesagt, genau das. Ich habe ihm auch gesagt, dass Leute, die böse Wörter wie die rufen, an Unterernährung des Gehirns leiden und wahrscheinlich irgendwann von der Stütze leben oder in der Gartenabteilung vom Baumarkt landen oder Einkaufswagen bei Lidl einsammeln.

Amir ist mein bester Kumpel. Er weiß alles von mir. Und ich weiß alles von ihm. Er ist in Drumhill wegen seiner psychischen Probleme, und davon hat er einfach zu viele, um sie aufzuzählen, aber sagen wir mal, er starrt ziemlich viel bloß so ins Leere und gibt beknackte Geräusche von sich. Außerdem hat er ein winziges bisschen Stott-tott-tottern. Er ist halt ein Spi-Spi-Spinner, auf die gutmütige Art. Wir haben ein geheimes Abkommen, dass wir uns gegenseitig nicht so fiese Wörter an den Kopf schmeißen, wie die anderen Leute uns um die Ohren hauen. Besonders, die wir hassen. Von denen wir einen Kloß im Hals kriegen, so groß wie eine Monster-Lutschkugel. Irgendwie kümmern wir uns umeinander, das machen doch beste Kumpel, oder? Wir sind füreinander wie Jungs aus dem gleichen Viertel, obwohl Amirs echtes Viertel so ungefähr auf der anderen Seite der Welt liegt. Aber selbst wenn er dahin zurückgehen müsste, wären wir immer noch beste Kumpel, weil wir so ein Telepathieding zwischen unseren Gehirnen laufen haben.

Wir haben noch nicht richtig von Mann zu Mann darüber gesprochen, wer sein bester Kumpel sein wird, wenn ich weg bin. Über manche Sachen reden wir nicht. Wessen Mum heult am meisten?

Darüber unterhalten wir uns. War sonst immer seine.
Ach, und noch mal, Shizenhowzen!

* * *

Als ich es erfahren habe, war eine der ersten echten Sachen, die ich gemacht habe, mir meinen Handschmeichler zu schnappen und ihn zwischen Daumen und Fingern zu reiben. Er ist eigentlich eher wie ein Stück grünes Glas. Aber er ist komplett glatt und sooooooooo grün, dass die Leute ihn von Weitem für einen wertvollen grünen Smaragd halten könnten. Aber mein grüner Stein ist nichts für die Glupschaugen der Leute, denn ich habe ihn immer in der Hosentasche. Grün ist so was wie mein bester Kumpel Nummer zwei. Ich weiß, er redet nicht mit mir, aber er passt auf mich auf und beruhigt den guten alten Schädel, wenn alles mal wieder Richtung Voller Koller geht. Aber Amir ist mein bester *menschlicher* Kumpel.

Ich hab mir gedacht, ich lasse Amir ein paar Sachen von meiner Liste machen.

Schule 2

Als am 12. August die Schule wieder losging, wusste ich, das würde molto problemo für mich werden. Ein Paradox, das ist so was wie ein Widerspruch in sich selbst. An einem *normalen* Tag in den Schulferien sagte meine Mum Sachen wie »Dylan, geh doch mal raus und spiel ein bisschen, sonst trete ich irgendwann noch aus Versehen auf dich drauf«. Da bin ich fast Koma gelaufen, denn ich bin sechzehn Jahre alt, und jeder weiß, dass sechzehnjährige Typen nicht *spielen* – wir hängen ab oder chillen. Außerdem, und das ist ein AUSSERDEM in Großbuchstaben, wenn Mum wirklich »auf mich drauftreten« könnte, dann wäre ich ja wohl ein Teppich oder Dielenbrett oder klebriges Linoleum. Das gibt einen Punkt Abzug für Mum. Aber am Morgen, als ich wieder zur Schule musste, gab es für Mum jede Menge Punkteabzug, weil sie mich ernsthaft konfus machte.

»Was hast du eigentlich in den letzten sieben Wochen mit dir angefangen, Dylan?«

Ich starrte sie an wie ein stolzer Teenage Rebel und wusste nicht so recht, was ich antworten sollte.

»Na?«, sagte sie. »Na?« Aha, verstanden. Das war tatsächlich eine Frage.

»Na ja … ich …«

»Eben. Nichts.«

Gar nicht wahr! Ich habe bergeweise Aufgaben mit Hirnakrobatik gemacht, und im *Championship Manager* bin ich mit den Albion Rovers bis ins Champions-League-

Finale gekommen, was vollidiotische ewig und drei Wochen gedauert hat. Dort 3:1 gegen Hertha BSC Berlin verloren, war ein Albtraum, das Finale.

»Du hast nichts gemacht, Dylan.«

»Ich hab ...«

»Den größten Teil der Zeit in deinem Zimmer gehockt. Und kaum den Fuß vor die Tür gesetzt.«

»Stimmt so nicht unbedingt, Mum.«

»Wenn du tagein, tagaus vor deinem Computer sitzt, wirst du noch fett.«

»GAR NICHT.« Ich wollte nicht schreien, aber ich mag das Gefühl in meinem Bauch nicht, wenn man mich als Iddie hinstellt. Was Mum nicht wusste, war, dass ich eine strenge Kein-Futter-am-Rechner-Strategie habe, also war das Fett-Dingens ein fetter falscher Fuffziger. Dann ließ ich mein Kinn auf die Brust sinken und flüsterte leise: »Ich werd nicht fett.«

»Und weißt du, wem sie dafür die Schuld geben, hm?«

»Wer sind *sie*?«

»Erst mal deine Lehrer. Dann die Leute in der Klinik und die Nachbarn.«

»Mum, ich wieg fünfzig Kilo. Und wenn von links ’ne schwarze Katze kommt, dann mach ich schnell drei Kreuze.«

Mum schaute hoch zur Decke. »Jesus! Und jetzt noch Blasphemie.«

Bla-bla-Blasphemie. Mum wirft mit fetten dummen Wörtern um sich, wenn sie dabei ist, einen Streit zu verlieren, und mir mal wieder klarmachen will, *dass ältere Menschen Bescheid wissen*. Aber ich wusste, was das Wort heißt.

»Mum, ich werd nicht fett.«

»Das hat Tim Thompsons Mutter auch mal geglaubt.«

»Tim Thompson ist nicht fett.«

»Nicht? Dann frag mal seine Hose.« Hi-hi-hi. Mum hatte einen Witz gerissen. Ich liebe es, wenn Mum so auftrumpft.

»Er hat nur einen etwas speckigen Bauch bekommen.«

Tim Thompson, genannt Doughnut. Nicht, weil er sich Doughnuts in sein großes Maul schiebt, sondern weil sein Bäuchlein wie ein heftiger runder Leckerschmecker-Doughnut aussieht. Doughnut ist der schrecklichste Mensch in Drumhill: Er ist einer der Deppen, die es lieben, Wörter wie Schokonuss, Paki, Mongo und Spasti zu benutzen. Das ist schon wieder ein Paradox (glaube ich), weil ich gerade dabei bin, ihn wie blöd zu verteidigen, echt, wo ich ihn doch gar nicht leiden kann. Wenn Doughnut in Amerika zur Schule ginge, dann würde er unter Schularsch oder Vollidiot laufen. In Drumhill ist er einfach Doughnut der Depp.

»Also, Dylan, ich will ja nur sagen, dass du nicht den ganzen Tag in deinem Zimmer hocken sollst. Das ist nicht gut für dich. Das ist nicht gesund.«

»Aber das tut doch keinem weh.«

»Aber du wirst immer blasser und dünner dabei.«

»Du musst dich mal entscheiden! In der einen Minute bin ich Freddy Fettkloß, in der nächsten ein Suppenkasper.« Mums sind manchmal bekloppt; kein Wunder, dass jemand irgendwann die Gummizelle erfunden hat.

»Ich meine, von deinem Gehirn ist bald nichts mehr übrig, Dylan. Ach, du weißt schon, was ich meine.«

»Schau mal, Mum, ich wünschte, ich könnte hier den ganzen Tag stehen und mit dir quatschen, aber ich muss Tempo machen, oder ich komme zu spät.«

»Warum stehst du dann immer noch hier und redest? Du willst am ersten Tag doch nicht zu spät kommen. Herr im Himmel, ich weiß auch nicht!«

Ich schnappte mir meinen brandneuen Ranzen.

Grauer Rucki.

No-name.

Ohne Logo.

Gezackte, viel zu kurze Tragegurte.

Steifer Reißverschluss.

Grober Stoff wie ein alter Kartoffelsack.

Auf dem Rücken ein Killer.

Alle würden sofort wissen, dass er von Matalan, Primark oder irgendeinem anderen fiesen Billigladen war. Mum sagte mir nicht, woher sie ihn hatte. Ich fragte nicht. Kapiert ihr, ich bin einer dieser Typen, die am Anfang eines neuen Schuljahrs von Kopf bis Fuß in neue Klamotten gesteckt werden. Warum, habe ich nie verstanden, denn ich mochte meine bisherige Kleidung. Ich glaube, es sollte einfach zeigen, dass wir nicht wirklich *echt* arm waren, so wie Leute mit Knüpfteppichen aus Lederresten und einem leeren Küchenschrank. Meine neuen Sachen verrieten mir, dass wir nur so ein klitzekleines bisschen arm waren. Nicht so arm wie die megaarmen Kids, die Müffler, die grenzwertigen Stinker – die haben null Komma nix. Sogar ihr Pisspot hat ein Loch. Die haben nie eine neue Tasche oder Hemden oder Schuhe oder irgendwas. Das ist eine Schande. Die tun mir von Herzen leid.

Mum half mir mit dem Ranzen.

»Hast du in letzter Zeit mal an Dad geschrieben?«, fragte ich.

Mum sagte nada.

»Mum?«

»Ich hab dich verstanden, Dylan.«

»Dad braucht seine Briefe, weißt du.«

»Mach ich heute Abend.«

»Vielleicht können wir zusammen?«

»Mal sehen«, sagte Mum, was, wie ich wusste, *keine verdammte Chance* hieß. »So, junger Mann. Du kommst noch zu spät.«

»Komm ich nicht.«

»Versuch, artig zu sein, O. K., Dylan?«

»*Si, Signora.*« Das ist Italienisch. Meine Mutter freut sich, wenn sie mich neue Sprachen sprechen hört.

»So, komm her.« Sie streckte ihre Arme aus, und die Bewegung hatte ich schon massenhaft Mal gesehen. Ich wusste, was jetzt kam. Ich hatte mich dran gewöhnt. »Schau dich an – du siehst so hübsch aus.« Mums »so« hört sich eher wie ein »Soooooooooooooooooooooooo« an.

KNALL-KLATSCH-KUSS!

Ein Schlabber ins Gesicht. Auf Lippen, Nase und Kinn gleichzeitig. E-kel-haft, oder was!

Salz.

Salz.

Salz.

Ich kann's nicht erwarten, bis ich zu alt für Mums Geschlabber bin. Aber an so was zu denken, macht mich traurig, und ich darf nicht traurig sein. Also denk ich nicht darüber nach. Dad hat mir gesagt, dass ich jetzt der Mann im Haus bin, und meiner Meinung nach erwartet man von Männern im Haus nicht, dass sie traurig sind; man erwartet, dass sie wie Herkules sind oder Samson (bevor man ihm die Haare abgeschnitten hat).

»Versuch, artig zu sein, Dylan«, sagte Mum noch mal.

»Mach ich immer.«

»Ich lieb dich«, rief Mum mir hinterher.

Ich klappte meine Ohren nach innen, schaltete im Kopf auf *Mmmmmmmmmmmmmmmmmmmm* und gab vor, sie nicht zu hören. Dann fiel die Tür ins Schloss, und ich wusste, dass sie in zwei Minuten Rotz und Wasser um Bambi heulen würde. Ich versuchte, nicht dranzudenken, was Hard Rock Café ist, also versuchte ich, Grün mit *allen* Fingern gleichzeitig anzufassen, ohne dass sie sich gegenseitig berührten. Das lenkte mich genügend ab, und ich dachte an *Sugar and spice and all things nice.*

Obwohl ich nicht alle Finger um Grün bekam.

Verdammte kleine Finger!

Wofür brauchen wir die?

Brief 3

Dez

Hi Champ,
vielleichd wachsd du auf und wunderst dich, wohin ich wech bin. So ist das wenn du in der Armee bist du musst in Nullkommanix bereit sein und weil meine Truppe zu einer geheimen Missjon gehört konnten wir diesmal keinem Halungken sagen wann und wo wir hingehen. Ich hoffe du fastehst das Kleiner. Ich kann nich so fiel über unsere Missjon oder die Oberationen sagen denn das wäre fiel zu gefärlich. Nicht für mich aber für DICH!!! Das Scheissding iss dass sie uns nicht sagen wollen wann wir nach Hause dürfen. Ich hoffe näxstes Jahr. Hängt wohl davon ab wie fiele Araber und Selbstmordbombers wir schnappen. Du bissd jetzt der Mann im Haus was heißt du musst aufpassen und dich um deine Mum kümmern, lass sie dir nicht zu fiel die Hölle heißmachen. Mach gut weiter an der Schule wo du bissd und lass dich nicht verscheissern. Denk dran was ich dir gesacht habe und kümmer dich nur immer um dich. Mum sachte sie schickt Briefe an mich weiter wenn du schreiben willst. Also wenn du schreibst gib sie Mum denn sie ist die einzige die die Adresse vom Basislager kennd, aus Sicherheidsgründen.
Bis bald.
Alles Liebe Dad

Babe 4

Kannst du *Adam and Eve it*?

Das ist Cockney Rhyming Slang, was aus meinem Mund seltsam klingt, denn ich bin kein Cockney. Ich habe es auch gar nicht laut gesagt; ich habe es nur gedacht. Aber ich habe es in Cockney gedacht, denn wir haben keinen echten Glasgow Rhyming Slang für das Wort *believe*. Ich glaube nicht, dass viele Leute an meiner Schule etwas über Cockney Rhyming Slang wissen. Wüssten sie was, dann würden sie das ständig benutzen, aber das machen sie nicht, und all die dicken Kids würden ständig *Cockney* sagen und sich den Arsch ablachen, weil das Wort *Cock* darin vorkommt. Es ist also ganz allein mein Slang.

Kannst du *Adam and Eve it*? Auf dem Weg zur Schule kam mir Doughnut mit einem seiner Spezis unter die Augen. Ich hatte ihn seit dem Ende des letzten Schuljahres nicht gesehen. Ich hatte ihn auch nicht vermisst. Sein Bauch schwabbelte und wabbelte; er hatte Extraspeck angesetzt. Vielleicht hatte Mum recht. Vermutlich hatte er den ganzen Sommer über Fish & Chips inhaliert. Sie ist schon ein echter Superdetektiv, meine Mum. Er bemerkte mich nicht. Ich hielt Sicherheitsabstand, ganz ninjamäßig. Ich beschattete ihn, behielt jeden seiner Schritte im Auge. Hörte auf jeden Lacher, seine fiesen Kommentare über alle und jeden. Über meinen besten Kumpel, Amir. Amir sagte, Doughnut sei einfach wie ein Loch, das nach einem Doughnut sucht. Amir gehört auf eine Bühne.

Doughnuts Kommentare über Amir setzten das Rumoren in Gang.

ALARM! KLEINER VULKANAUSBRUCH!

Er startet rechts bei Mr Auge und bewegt sich schnell zu Mr Kiefer, dann fängt die heiße rote Lava an zu fließen, und Mr Kopf bebt wegen superschneller Wortgewitter.

Zisch!

Wusch!

Zisch!

Mr Kopf ist Dizzy Miss Lizzy. Das ist das Schlimmste.

Mr Schweiß kommt in Gesellschaft von Mr Stink und Mr Panik.

Mr und Mrs Auge fangen an, sich zu bepissen.

Mr Rachen findet das nicht zum Lachen.

Und hier kommt er: der verdammte Mr Zuck-Zuck.

So ist das verdammte Leben für Dylan Mint.

Mr Tic lässt auch nicht lange auf sich warten. Ich hasse diesen Dickkopf.

Die Docs nennen es gerne Tics.

Ich sage lieber Vulkane dazu, denn es ist wie ein Megaausbruch in meinem Kopf. Sie sind der Hauptgrund, warum keiner mich ernst nimmt.

Ich unterdrücke es nicht – die oberschlauen Docs sagen, ich soll das nicht. »Lass es raus, Dylan, jedes Mal, lass es jedes Mal raus«, hat ein besonders schlaues Kerlchen von Doc gesagt.

Ich will brüllen.

Ich will schreien.

Ich will kreischen und bellen.

Es tut soooooo höllenmäßig weh.

Dylan, *nicht*, kein Brüllen, Schreien, Kreischen oder Bellen!

Kein Brüller, »DOUGHNUT, DU HÄSSLICHES FETTES BLINDES ARSCHLOCH VON DUMMBEUTLIGEM WICHSER«.

Nicht schreien!

Was immer du machst, Dylan, nicht schreien.

Ich wollte auf jeden Fall vermeiden, dass Doughnut ZU MIR RÜBERKAM und mir die Ohren abriss, vielleicht sogar seinen Schädel auf mein Nasenbein knallte. Ich wollte eine intakte Nase behalten und machte deshalb das Gegenteil von dem, was mir die superschlauen Docs sagten. Ich unterdrückte den Vulkan. Ich ließ ihn nicht ausbrechen. Stattdessen brachte ich Mr Knurr ins Spiel. Mr Knurr ist allerdings kein kleiner Bruder von Mr Dog. Er ist mehr wie ein freundlicher Bär. Oder ein Automotor, der im Leerlauf schnurrt. Einen kurzen Moment lang hatte ich Angst, dass Mr Dog von der Leine geht. Tat er aber nicht. Uff.

Verdammte Axt. Ich meine, ich hatte noch den ganzen langen Weg zur Schule vor mir. Zu Fuß. Abstand zu Doughnut und seinen Spezis halten. Ich musste was finden, wo ich allein war, Mr Grün rubbeln wie ein Verrückter und es rauslassen. Den Ätna oder Edinburgh Castle, das ist auch ein Vulkan – aber das weiß kaum jemand … Ich glaube, man muss schon ziemlich was im Hirn haben, um solche Sachen zu wissen. Mir ging's ganz gut an diesem Morgen, und die Angst, wieder in die Schule zu müssen, nahm langsam ab; ich hatte nur noch ein klitzekleines bisschen. Meine Hände waren leicht klebrig und ich musste immer wieder schlucken. Aber ich war O. K. Und ich würde O. K. sein.

Auch Mum hat gesagt, dass ich der Mann im Haus bin, während Dad weg und ein Held ist und ich mich jetzt mal wie ein richtiger Erwachsener benehmen soll. Habe ich auch im Sommer in gewisser Weise getan. Hauptsächlich in meinem Zimmer. Habe mich auch anders gefühlt als im letzten Jahr zur gleichen Zeit. Selbstsicherer. War so weit, mich bei Gesprächen einzumischen, die mir letztes Jahr noch Angst gemacht hätten. War so weit, mir nichts gefallen zu lassen. Das Wissen, ein Mann zu sein, fühlte sich toll an. Obwohl ich ein sechzehn Jahre alter Mann war. Ich hatte Bizeps und Trizeps. Ich fühlte mich toll, toll, toll. Ich hätte einen Tiger reiten können.

Und überhaupt, kannst du *Adam and Eve it* schon wieder? Da drüben ging Michelle Malloy. Über der Schulter eine neue Tasche. Von *Converse.* Sie war soooooooooooo dermaßen Sex auf Beinen. Es war unglaublich, WIE sehr sie Sex auf Beinen war. Sie strotzte vor Sex auf Beinen, obwohl das eine Bein kürzer war als das andere. Ihr einer Schuh war höher als der andere. Ich glaube, sie hat die Schuhe bei einem sozusagen Spezial-Schuhmacher machen lassen, weil ich die nie in einem Laden gesehen habe. Aber das war mir scheißegal, denn diese Lady war purer Sex auf Wackel-Dackel-Beinen.

Ich wollte zu ihr hinrennen und sagen: »Hi, Michelle. Wie war dein Sommer, Babe?«, aber ich hatte Angst, dass ich mit »MICHELLE MALLOY, DU HOLZBEINHURENSCHLAMPE MIT DEINER NEUEN TASCHE« rausplatzen würde. Deshalb hielt ich einen supersicheren Sicherheitsabstand, das war besser für uns beide. Abgesehen von einem verstümmelten Bein hatte Michelle ODD, was *Oppositional Defiant Disorder* heißt, sprich *Oppositionelles Trotzverhalten*, was aber eigentlich heißt, dass sie ein freches Luder von Girlie war, das ständig mit irre schmutzigen Schimpfwörtern auf Lehrer oder Schüler losging. Noch ein Grund für mich, auf Abstand zu bleiben. Also gut, sie *war* ODD. Aber Sex auf Wackel-Dackel-Beinen-ODD.

Wowee-zowee hoch drei!! Sie trug neue Adidas High-Tops. In *Zauberer-von-Oz*-Rot. Wie cool war das denn? Für den ersten Schultag gekauft, kein Zweifel. Ich fuhr auch auf die schwarzen Strumpfhosen und die winzige schwarze Rock-Combo ab. Wenn es um Klamotten ging, dann verstand Michelle ihr Geschäft. Ich wette, sie hätte diesem Gok Wan gezeigt, wer den Hammer schwenkt. Sie sah aus wie eins dieser Mädchen im TV auf E4.

Ich starrte nach unten auf meine neuen Turnschuhe.

Halb Schuh, halb Turn.

Die Plastiknummer.

Kein Logo.

Keine Streifen.

No-Name.

Mum hat Schuld.

Kein Swoosh.

Keine Klasse.

Bloß Masse.

Nichts als schnöde.

Scheißblöde.

Im Auge ein Dorn.

Gar nicht Porn.

In diesen fetten Kloben sah ich aus, als hätte *ich* einen Klumpfuß. Ich war wohl besser vorsichtig, falls jemand versuchte, sich mit mir anzulegen. Denn das sagten sie über Michelle Malloy. Wenn du bei ihr den Spruch mit »Von hinten hui …« bringst, dann verpasst sie dir eins mit dem Spezialschuh, dass es nur so kracht.

Michelle Malloy ging tödlich, tödlich, tödlich langsam, aber ich behielt sie genau im Auge, bis sie im Schulgebäude verschwand, gerade unter dem ramponierten Schild durch, auf dem *Drumhill School* stand. Ich atmete einmal tief durch und schlug denselben Weg ein. Testete mich, indem ich Sachen wie *abfahren* und *Sex auf Beinen* und *E4* sagte. Mr Selbstbewusst. Amir hätte sich totgelacht, wenn er mich das hätte sagen hören. Er wird zur Schule gebracht, weil seine Alten überzeugt sind, dass in dem Spezialbus, den die Schule zur Verfügung stellt, all die Leute, die glauben, dass Asiaten hier im falschen Land sind, ihm etwas Übles tun, was bedeutet, dass ich immer alleine zur Schule gehe. Ich gehe zu Fuß, aber ich habe null Problemo mit diesem Bus. Dad fand den Bus nur peinlich. Das weiß ich, weil er immer sagte, wenn ich mit dem Bus fahren würde, dann sei ich ein *totaler Proll.* Das einzige Mal, dass ich mich total proll fühlte, war, als wir für einen Familienurlaub mit höllenmäßig viel Spaß nach Torremolinos gefahren sind, was in Spanien ist, und ich mir so einen Sonnenbrand holte, dass nur noch ein Häufchen Asche von mir übrig war.

Ach, *Sweet Mary Jane*! Mit ausgestrecktem Arm hätte ich über Michelle Malloys Haar streichen können, so nah war sie mir. Wahrscheinlich hätte sie mir mit voller Kraft einen Schlag an den Hals oder so was versetzt, aber das war der erste Tag zurück. Ein neues Jahr. Was letztes Jahr passiert war, war letztes Jahr passiert. Wir alle waren ein Stück erwachsener geworden, welchen Schaden konnte also ein gutes altmodisches »Hi, Chello. Die neuen High-Tops sind klasse« anrichten.

Sie blieb plötzlich stehen.

Ich war neben ihr.

Sie schaute mich an.

Ich schaute sie an.

Mit großen Augen, als würde ich ein Gespenst sehen.

Ihre hatte sie so zusammengekniffen, als wollte sie mir gleich mega ins Gesicht springen.

Ich hätte mir fast in die Hosen gemacht!
»Hi, Michelle. Wie …«
»Lass stecken, Mint.«
»O. K. GROSSSCHEISSSCHUH.«
Ich flüchtete und machte mich auf die Suche nach Amir.
Ich ahnte, dass dieses Schuljahr anders werden würde.

Kumpel 5

Als ich zum ersten Mal bemerkte, dass ich nicht so richtig gut sprechen konnte, fühlte sich das an, als hätte ich gerade eine Billardkugel verschluckt und meine Luftröhre würde explodieren, sobald ich versuchte, auch nur ein Wort zu sagen.

Ich rubbelte Grün so heftig zwischen den Fingern, dass er schließlich rundum voll Schnodder war. Es war keine Absicht, Grün so einzurotzen. Nach dem ganzen Gespucke und Geschreie – jede MENGE Geschreie – kniff ich die Lippen zusammen und dachte an meinen besten Kumpel Amir. Ich dachte bei mir: *Was macht dieser Spinner eigentlich gerade für seinen besten Kumpel?* Aber dann musste ich mit dem Denken aufhören, denn meine Luftröhrenprobleme kamen zurück.

Es herrschte Jubel, Trubel, Heiterkeit, als ich Amir in einiger Entfernung entdeckte. Wir ersparten uns das *Hattest du schöne Ferien?*-Gesäusel. Nein, wir wechselten direkt in den Beste-Kumpel-Modus.

»Rat mal, wen ich gecheckt hab.«

»Ist mir egal.« Amir sagt so was, wenn es ihm überhaupt nicht egal ist.

»Ist dir nicht.«

»Ist mir.«

»Nicht.«

»Ich geb dir 'nen Tipp.«

»Will keinen Tipp, Dylan.« Amir sagt so was, wenn er absolut einen Tipp will.

»Sie ist …«

»Ich hör nicht zu … Ich hör nicht zu«, sagte er und legte die Hände über die Ohren, als sei gerade eine Bombe in der Schule hochgegangen. Oder im Krieg. Dann kam dieses schrille Kreischen, als würden ein paar Dingos gemeinsam eine Katze vergewaltigen; Dingos sind verrückte australische Hunde, die einen austricksen und glauben machen, dass sie zahme Hunde sind, und dann alle Kinder fressen, die sie finden können. Amir macht das massenhaft, aber ich ignoriere ihn einfach, und dann hört er auf.

»Du *hörst* zu.«

»Na gut, ich höre zu, aber es interessiert mich nicht.«

»Komm schon, es interessiert dich doch.«

»Nein, nicht.« Dann gab er eines seiner anderen Geräusche von sich. Er hat jede Menge davon, die in seiner Birne herumspuken. Dieses Geräusch hörte sich nach einer Kuh an, in deren Hintern der Tierdoc seinen Arm vergraben hat. Nein, danke, bloß keine Kuh sein!

»Hör auf herumzuspinnen, Amir«, sagte ich.

In null Komma nix hörte er auf. »*Du* bist der verdammte Spinner.«

»Amir, beste Kumpel beschimpfen sich nicht gegenseitig.«

»Dann sag nicht Spinner zu mir.«

»Ich versuche dir nur zu erzählen, wen ich in die Schule hab kommen sehen.«

»Werd sie wahrscheinlich hassen.«

Ich habe ganz vergessen zu sagen, dass Amir die Schule hasst. Nicht das Gebäude – die Leute. In normalen Schulen sind alle total aus dem Häuschen, wenn man sich nach den Ferien wiedersieht. All die neuen Klamotten, exotische Feriengeschichten und Sonnenbräune. Nicht so in unserer

Schule. Die Klassenkameraden wiederzutreffen geht einem gewaltig auf den Sack. Sieben Wochen normal sein und Megasachen machen, das ist alles im Eimer, sobald man den Rest der Schule wieder zu Gesicht bekommt. In Drumhill ist es wie in dieser Bar in *Star Wars*: Lauter Durchgeknallte besaufen sich und reden Blödsinn miteinander oder mit sich selbst. Amir war sechseinhalb Wochen in Pakistan gewesen und ich total aufgeregt, ihn wiederzusehen. Selbst wenn er sich völlig schräg benahm.

»Diesen Menschen wirst du nicht hassen«, sagte ich.

»Ich hasse alle.«

»Einschließlich mich?«

Er sah mich an und zuckte irgendwie mit den Schultern. Dann ruckte sein Kopf hoch. »Na ja, vermutlich nicht alle.«

»Vermutest du?«

»O. K., ich hasse dich nicht, Dylan. Zufrieden?«

Ich sagte nichts. Stattdessen versuchte ich, die Ohren zusammenzufalten, zählte molto rapido bis siebzehn und ließ Grün in meiner Tasche kreiseln. Ich glaube nicht, dass ich besonders zufrieden war. Als ich bei fünfzehn war, sah ich, dass sein Gesichtsausdruck sich veränderte, als sei es ihm plötzlich wieder eingefallen.

»Beste Kumpel, Dylan.« Er stupste mich an.

Ich wollte ihm all die Schimpfwörter der anderen an den Kopf werfen, aber ich bin KEIN rassistischer Hirni. Trotzdem drängte es mit Macht. Ich biss die Zähne aufeinander und presste die Augen zusammen. Amir hat diesen Ausdruck schon ein Haufen Mal gesehen. Er stupste mich an die Schulter.

»Beste Kumpel, Dylan.« Ich glaube, nach einem Sommer in Pakistan braucht es Zeit, sich wieder einzugewöhnen.

»Du wirst diesen Menschen nicht hassen.«

»Hoffentlich nicht Doughnut.«

»Nicht der.«

»Ich hasse diese fette Banane.«

»Ist nicht Doughnut, Amir.«

»Wenn er dieses Jahr irgendwas zu mir sagt, ich schwöre, ich werd ...«

»Michelle Malloy.« Schon die Erwähnung ihres Namens schien Amir aus der Spur zu werfen. Er zwinkerte heftig.

»Michelle Malloy«, sagte Amir.

»Ganz und gar.«

»Was hat sie gemacht?«

»Sie ging.«

»Ging?« Amirs Stimme war komplette Konfusion.

»Ging.« Ich nickte.

»Normal?«

»Auf die Michelle-Malloy-Art, aber mit besseren Schuhen.«

»Wow!«

»Wenn du weißt, was ich meine.«

»Wow. Doppelwow!«

»Außerdem hat sie ihren Stil geändert«, berichtete ich.

»Wirklich?«

»Total. Sie sieht jetzt wie so eine coole Chiquita aus.«

»Triplewow. Wow! Wow! Wow!« Amir klang wie ein ängstlicher Welpe. Kein Wunder, dass er auf diese Schule ging. »Was trug das Häschen?«

»Adidas High-Tops und einen winzigen schwarzen Rock. Ziemlich sexy Nummer.« Amir machte in Gedanken *mmmmm*. Ich wusste es genau.

»Hat sie irgendwas zu dir gesagt?«

»Amir, wir reden hier über Michelle Malloy.« Ich sagte kein Wort über unsere Nano-Konversation vorhin.

»Ich hab's ganz vergessen, sie hält dich für einen Homo.«
»Tut sie nicht.«
»Aber das hat sie ge-ge-gesagt.«
»Das war letztes Jahr, das zählt nicht mehr.«
»Also bist du jetzt kein Ho-Ho-Homo mehr?«
»Was? Nein, Amir, ich bin kein Homo und ich bin auch nie ein Ho-Homo gewesen.«
»Na, das solltest du ihr dann vielleicht mal sagen.«
»Dieses Jahr ist ein neuer Anfang für Michelle Malloy und mich.«
»Keine Chance«, sagte Amir.
»Was soll das heißen, keine Chance?«
»Was ich sage: keine Ch-Ch-Chance.«
»Jede Chance. Wir reden hier über mein neues Ich in diesem Jahr.«
»Sie ist total cool, so wie sie jetzt aussieht und so auf Frau macht, und jetzt schau dich an«, sagte Amir.
»Was ist mit mir?«
»Also zunächst mal diese Turnschuhe.«
»Was ist mit denen?«
»So was würde wohl mein Dad tragen.«
Was wir hier machten, war, uns gegenseitig aufzuziehen. Das machten wir ständig. Oder jedenfalls immer mal wieder. Einige Leute sagen auch »verarschen« dazu.
»Dein Dad trägt Sandalen. Der wüsste noch nicht mal, wie man die hier zuschnürt.«
»Immerhin ist mein Dad ...«
»Du bist'n Arsch.«
»Du bist'n Arsch.«
»Nein, du bist'n Arsch.«
»Du bist'n Arsch.«
»Du bist der Arsch von Marilyn Monroe.«

»Du bist der Arsch von Prinzessin Leia.«

Ich war froh, dass es klingelte, denn mehr berühmte Ärsche fielen mir nicht ein. Unsere Bester-Kumpel-Verarsche machte das Gefühl, wieder in der Schule zu sein, erträglicher.

Lügen 6

77 Blair Road
ML5 IQE
1. August

Lieber Dad,
tut mir leid, dass ich seit Mai nicht geschrieben habe – wir hatten Sommerferien, und ich war ziemlich beschäftigt mit Chillen und so. Dann musste ich neue Klamotten für den Schulanfang besorgen und das hat ewig gedauert. Ich glaube, jetzt, wo ich größer werde, bin ich auch wählerischer, was ich in der Schule anziehe. Über die neuen Sachen braucht man kein Wort zu verlieren, also lasse ich es auch. Sagen wir einfach, ich habe eine Modekrise. Dieser Typ aus der Glotze, Gok Wan – kennst du den? –, also, der sagt einem, dass man ein Teil anziehen soll, und noch bevor du »skinny hipsters« sagen kannst, trägt schon die ganze Stadt die gleichen Klamotten. Ich habe lieber meinen eigenen Stil und will mich von den anderen unterscheiden. Aber es ist schwer, sich zu unterscheiden, wenn man so ein bisschen arm ist. Also, ich *bin* anders, glaube ich, das ist immerhin ein Trost. Ich habe daran gedacht, mir mehr Accessoires zuzulegen. Das ist eins von Goks Worten.
Man könnte sagen, dass mein Leben in letzter Zeit hektisch war, und darum habe ich eine Ewigkeit gebraucht, um zu schreiben. Ich weiß, dass du mir vielleicht sagen würdest,

ich sollte etwas runterkommen und sachte sein und auf mich aufpassen und mich um Nummer eins kümmern, aber das tu ich. Versprochen. Mum nörgelt auch immer an mir herum wegen solcher Sachen. Sie vermisst dich massenhaft. Sie weint manchmal. Ich auch. Nicht massenhaft weinen, aber vermissen. Was glaubst du, wann du nach Hause kommen darfst? Vielleicht ja für einen Kurzbesuch. Das wäre gut, nicht wahr? Also, ich muss jetzt Schluss machen, weil ich einen Berg Hausaufgaben für morgen habe.

Bye-bye
Dylan Mint xxx

Ich leckte den Umschlag an und gab ihn Mum zum Abschicken.

Ich hatte Dad angeschwindelt.

Ich hatte gar keine Berge von Hausaufgaben.

Stift 7

Drumhill School war nicht mein Lieblingsplatz auf der Welt, aber Englisch mochte ich ganz gern. Neue Wörter zu lernen war mega. Meine Top fünf neuen Wörter im letzten Jahr von fünf bis eins (ein neues Wort von vor zwei Jahren) waren:

5. Paradox
4. Opakisieren
3. Degenerativ
2. Wohlüberlegt
1. Proselytieren

Es war erste Sahne, wenn man die beim Reden anwenden konnte, aber das Paradox (du Schönheit!) war, dass die meisten Leute hier keinen Schimmer hatten, was große, coole Wörter bedeuteten, also konnte ich genauso gut versuchen, einer Haustür die Klinke von der Backe zu schwatzen. Ausgenommen Michelle Malloy, vielleicht, denn diese Lady hat hinter ihrem ganzen Frecher-Bastard-Syndrom ein echtes Qualitätshirn.

Die erste »Lernstandserhebung« in Mrs Seeds Englischklasse bestand darin, über unsere Sommerferien zu schreiben. Was wir alles angestellt hatten und der ganze Quatsch. Sie nannte das »Lernstandserhebung«, aber wir wussten, zumindest Amir und ich, dass es nichts Wichtiges war. Mrs Seed zog immer dann die alte »Lernstandserhebungs«-

Knarre, wenn sie nicht mehr in der Lage war zu unterrichten; manchmal hatte sie am Abend zuvor ein Glas zu viel getrunken. Und wenn sie »Lernstandserhebung« sagte, dann machte sie, was alle Lehrer so gerne machen: dieses nervige kleine Anführungszeichen-Symbol mit zwei Fingern, die einknickende V-s in die Luft malen. Als müssten wir daran erinnert werden, dass wir in einer Spasti-Schule sind. Ein anderer Grund, warum Mrs Seed ihr Lehrerspiel durchzog, war ihre Angst davor, dass wir in ihrem Unterricht alle einen auf Willy Wahnsinn machen würden. Obwohl an diesem ersten Schultag Jake McAuley die »Lernstandserhebung« viel zu ernst nahm. Ich wusste das, weil er sich ständig was aus der Nase holte, es rollte, flach drückte und darauf herumkaute. Das machte er immer, wenn er Mad-Max-nervös war. Jakes Atem stank zum Himmel.

Ich machte zwei Sachen.

Erstens erledigte ich Mrs Seeds Aufgabe. Ich schrieb irgendwelchen Blödsinn darüber, wie ich mit Mum und Dad durch Europa gereist war, zu den ganzen schicken Plätzen, wo die ganzen süßen Tussen in ihren heißen Sommerklamotten herumstolzieren. Ich schrieb darüber, wie Dad mir in einer Bar in Rom mein erstes Bier kaufte, denn in Italien ist es legal, wenn junge Leute Bier trinken. Dann schrieb ich, dass Dad und ich einen hoben, das heißt, nicht ganz zu wie 'ne Tür waren, aber vielleicht sechsunddreißig Prozent voll. Im Grunde eine ganze Seite Münchhausen.

Megawörter, die ich benutzt habe:

illuminiert
Renaissance
kulturell
Risotto

Ich haute die verdammte Lernstandserhebung in einem Flutsch runter und gab sie ohne Namen ab.

Dann schrieb ich hinten in mein Arbeitsheft *Coole Sachen, die ich machen muss, bevor ich abkratze*, mit meinem neuen Stift, der in Wirklichkeit vier verschiedenfarbige Stifte war, die echt klug in einem undurchsichtigen Plastikschaft untergebracht waren. Rot, grün, schwarz und blau. Er war total wild und ich liebte ihn. Um diesen Stift hätte der *Dragons-Den*-Pöbel wie tollwütige Hunde gekämpft, nur um ihn in die schmierigen Pfoten zu bekommen. Damals hätten die eine Fantastilliarde damit machen können. Mit diesem Stift hatte man sooooooooooooo viele Möglichkeiten. Dann nahm ich mein neues Lineal und unterstrich meine Überschrift. Zwei Mal. In verschiedenen Farben: Schwarz und Rot. Die nächste Zeile schrieb ich mit Grün:

> *Nummer eins: Echten Geschlechtsverkehr mit einem Mädchen haben. (Vorzugsweise Michelle Malloy und definitiv nicht in einem Zug oder einem anderen Transportmittel. Wenn möglich bei ihr zu Hause.)*

Was für ein bombig winziger Wunsch! Und statt Ficken habe ich auch das Erwachsenenwort benutzt. Ich verschränkte die Hände hinter dem Kopf und lehnte mich auf meinem Stuhl zurück, so wie Tony Soprano, wenn es ihm bestens geht. In meinem Kopf lief ein Film, wie ich mit Michelle Malloy das einzig Wahre tat. Dann knallte der Ton rein und Michelle Malloy sagte so sexy Sachen wie die Mädchen im Internet. Mannometer, die sagen vielleicht Sachen.

Doppelt Mannometer! Ich scannte die Klasse, ob vielleicht irgendjemand mitbekam, dass ich an Schweinkram dachte. Na ja, hätte sein können – wer weiß, vielleicht hatte das jemand drauf, Gedankenlesen. Vielleicht könnte jemand in meiner Klasse der nächste Derren Brown werden. Könnte passieren. Aber jeder, von dem ich dachte, er könnte mal der nächste Derren Brown werden, war »Seven up«. Das ließ uns Mrs Seed immer machen, wenn sie meinte, es sei für uns mal wieder an der Zeit, »über unsere Arbeit in der Schule nachzudenken« oder unser »mentales Milieu«. Wie kleine Knirpse legten wir Kopf und Hände auf den Tisch und reckten die Daumen hoch. Winzige Antennen. Anscheinend hilft das bei Konzentration und Entspannung. Mrs Seed hatte schon ein paar durchgeknallte Ideen. Manchmal behandelte sie uns, als wären wir ein irrer Trupp Spastis. Diesen Ausdruck hasse ich wirklich. Sogar wir alle hassten ihn, denn genau das waren wir für die Kerle, die in unserer Gegend auf eine »normale« Schule gingen. Wobei sie sogar »Scheißspastis« sagten, was noch schlimmer klang und aus ihrem Mund total bedrohlich. Aber in diesem Fall konnte ich den Ausdruck benutzen, weil ich ihn nicht laut aussprach.

Michelle Malloy hatte den Kopf nicht auf dem Tisch und die Daumen hochgereckt. Nein, echt. So funktioniert ODD manchmal; sie machte einfach das Gegenteil von dem, was alle machten. Die meisten der Lehrer sagten nichts, weil sie sich das Leben nicht schwer machen wollten. Sie sah aus dem Fenster, schwebte irgendwo im siebten Himmel in einem eigenen Traum. Sie sah umwerfend und zauberhaft aus.

Unter dem Tisch ließ sie die Beine baumeln. Ich stellte mir vor, wie diese Beine um meinen Rücken zu einem Knoten verschlungen waren, als ob wir das Tier mit den zwei Rücken machen würden.

Dann fragte ich mich, ob sie so ein Manöver hinbekommen würde.

Dann dachte ich an die Menschen, die auf »normale« Schulen in unserer Gegend gingen, und ob sie über uns Leute in Drumhill nachdachten oder nicht; ob wir über die gleichen Sachen nachdachten wie sie, etwa Sex, Drogen, Rock 'n' Roll, Internetpornos und Facebook.

Wahrscheinlich.

Dann fragte ich mich, ob Michelle Malloy aus dem Fenster starrte und an versauten Geschlechtsverkehr mit mir dachte.

Wahrscheinlich nicht.

Dann fragte ich mich, ob mein Pimmel das richtige Format hatte, um das Werk zu vollbringen.

Wahrscheinlich nicht.

Dann fragte ich mich, ob Michelle Malloy jemals so an mich dachte, wie ich an sie dachte.

Wahrscheinlich nicht.

Für sie existierte ich gar nicht.

Nummer zwei (in Blau): Mit HIMMEL und Erde, Zähnen und Klauen, Dungeons und Dragons kämpfen, damit mein Freund Amir nicht mehr wegen seiner Hautfarbe beschimpft wird. Die Leute stoppen, die ihn die ganze Zeit runtermachen, weil er wie ein riesiger Topf Curry riecht. Und ihm helfen, einen neuen besten Kumpel zu finden.

Nummer zwei war ein bisschen gemogelt, weil ich drei Sachen aufgeschrieben hatte statt einer. Also nahm ich für eine Minute den Kopf runter und reckte die Daumen hoch, bevor ich es änderte:

*Nummer zwei: Amir wieder zu einem Happy Chappy machen statt zu einer jämmerlichen F****!*

Nie nie nie im Leben würde ich ihm dieses Wort ins Gesicht sagen, aber er war es. Ich scannte die Klasse wieder. Der unerschrockene Amir starrte mich direkt an.

Serienkilleraugen.

Er tat mal wieder so, als habe er einen dicken Schwanz im Mund, der seine Backe aus- und einbeulte. Ich zog eine Augenbraue hoch, als würde ich sagen: *Du bist schon ein irre-kirre Typ und brauchst sofort einen Doc.* Amirs Witze waren manchmal bizarr. Er wirkte dann wie ein Bona-fide-Scheißspasti. Aber das gehört zu seinem Zustand; er war in diesem verrückten Kreislauf namens Autismus-Spektrum gefangen und hatte keine Chance, die Gefühle der Leute oder ihre persönlichen Grenzen zu verstehen. Er würde mir nie zwischen die Beine fassen oder so was, aber er machte bekloppte Sachen, wie so zu tun, als habe er einen gigantischen Schwanz im Mund oder leckte seine Finger so, als wäre er mit der Zunge bei einer Lady untenrum zugange.

Nachdem ich Nummer drei geschrieben hatte, in Rot, legte ich eine weitere Runde »Kopf auf dem Tisch und Daumen hoch« ein, indem ich die Arme um den Kopf schlang und eine Höhle machte. Meine Höhle war so ruhig, dass ich mich selbst atmen hörte. Ein und aus. Tiefes Einatmen, langsames Ausatmen. Die Docs haben mir gesagt, ich sollte das tun, wenn ich Stress hatte oder unruhig wurde oder so gereizt, dass ich auf irgendeine Nase einprügeln und sie zu einer Erdbeere verarbeiten wollte. Oder den Drang verspürte, zu irgendjemandem etwas völlig Durchgeknalltes zu sagen. In der Klinik nannten sie das »unangemessen«. Meine Arme lagen so stramm um den Kopf, dass er völlig unbeweglich war, was supercool war, da er so nicht mehr herumzucken konnte. Wie Elvis' Hüften.

Ich hob den Kopf und starrte so lang lang lang lang auf Nummer drei, bis mir alles vor den Augen verschwamm. Es wäre wahrscheinlich einfacher gewesen, *Renn in Frauenunterwäsche durch die Stadt* oder *Schmeiß alle Fenster der Schule ein* zu schreiben, als das, was ich geschrieben hatte. Zumindest hatte ich bei Nummer eins eine faire Chance. Nummer zwei, das Amir-Ding, würde kompliziert genug werden, aber Nummer drei – das war eine echt harte Nuss, da ich keinen Einfluss auf die wichtigen Entscheidungen habe, die Regierungen treffen. Ich würde es trotzdem probieren. Ich würde es probieren wie ein verrückter Mofo. Und dann tschüss, Bro!

Nummer drei: Dad aus dem Krieg zurückholen, bevor … du-weißt-schon-was … passiert.

Arzt 8

Das letzte Mal war ich beim Arzt für meinen großen Kopf-Scan. Sie mussten mir eine spezielle Pille geben, damit ich starr wie eine Statue in den Scannertunnel einfuhr. Es war ein bisschen wie im langsamsten Fahrstuhl der Welt. Danach passierte nicht mehr viel. Ich lag da drin und dachte, dass Scans todlangweilig waren, und ich fühlte überhaupt nichts. Ich konnte auch die Kamera für die Bilder nicht klicken hören. Als ich wieder herausfuhr, war Mum da. Sie hatte mir gesagt, was auf mich zukam, denn sie wurde auch gescannt, aber da durfte ich nicht dabei sein, denn sie hatte einen Scan für Frauensachen, und ich bin keine Frau, und ich wollte Mum sowieso nicht mit nichts als einer Unterhose ansehen müssen.

Beim letzten Mal war das Wartezimmer leer. Dieses Mal war es voll mit Frauen, die so aussahen, als wäre dies der mieseste Tag in ihrem ganzen Leben. Es schien, als würden sie dort warten, bis ihr Name aufgerufen wurde fürs Höllenfeuer. Ich starrte geradeaus und versuchte, NICHT zu ticken, zucken, rucken oder schreien, wie ich es beim letzten Mal gemacht hatte. Ich war konzentriert wie ein Schachgroßmeister und bekam wirklich nicht mit, wie Mum mir ein Ohr abkaute.

»Dylan … Dylan … *Dylan*«, flüsterte Mum irgendwie verärgert.

Daraufhin schauten ein paar dieser Totenmasken mich

an, was dazu führte, dass ich drei Mal zuckte, mich dröhnend räusperte und mir zwei Mal auf den rechten Oberschenkel haute. Aua!

»Tut mir leid, Liebling, aber das hier ist für dich.« Mum reichte mir eine braune Tüte. »Ich habe vorhin vergessen, es dir zu geben.«

»Was ist das?«, fragte ich mit meinem Verwirrt-dot-com-Ausdruck. Es war weder Weihnachten noch Geburtstag oder ein Fantastisch-eine-Eins-in-der-Schule-Tag, warum also ein Geschenk, hallo?

»Mach sie auf.«

Ich machte sie auf.

»Ohh«, sagte ich laut und musste mich bremsen. Ich wollte nicht, dass die Leute mich anglotzten und glaubten, ich sei ein Fall für die Zwangsjacke.

Aber ich wollte Mum wirklich abschlabbern, sie fünfmal-fünf umarmen, mich auf dem Boden wälzen und schreien: »DU BIST DIE BESTE MUM AUF DER WELT, UND ICH LIEBE DICH EWIG DAFÜR, DASS DU MIR DIESES GESCHENK GEKAUFT HAST, UND WERDE UNS HEUTE ABEND EINE GANZ BESONDERE SUPER-DUPER-SUPPE MACHEN, UM MICH ZU BEDANKEN, DASS DU MIR *1299 FUSSBALLFAKTEN, DIE DU NIE MEHR VERGISST* GEKAUFT HAST.«

»Woher hast du gewusst, Mum, dass ich das wollte?«

»Ich bin deine Mutter, Dylan. Mütter wissen alles.« Wer immer Mums erfunden hat, müsste den Nobelpreis für Spaß bekommen. »Du warst in letzter Zeit so toll mit allem. Dad, die Schule, dein Scan und all die Sachen. Also dachte ich, dass du ein kleines Geschenk verdient hast.«

»Fantastilliardendank, Mum.«

»Und manchmal, Dylan, werden Sachen schlechter, bevor sie besser werden, also ist es immer wichtig, toll und tapfer zu sein.«

»Stimmt, Mrs Mint.«

»Also versprich mir, dass du immer bei allem toll und tapfer bist.« Mum legte die Hand auf meinen rechten Oberschenkel und drückte mit etwa zehn Prozent ihrer Kraft. »Versprich es mir, mein Schatz.«

»Was?«

»Dass du immer toll und tapfer bei allem bist.«

»Versprochen.«

Mum hatte glänzende Augen. Falls ihre Augen undicht würden, dachte ich, würden sie auf meine Jeans tropfen. Sie hatte es gern, wenn ich Sachen versprach.

1299 Fußballfakten, die du nie mehr vergisst! FANTANZ-TISCH!

»Kann ich es im Scanner lesen?«, fragte ich.

»Nur wenn der Arzt nicht mit dir spricht.« Mum drückte vier meiner Finger. »Heute müssen wir füreinander da sein, Dylan. O. K.?«

»O. K.«

Diesmal war es ein anderer Arzt. Er setzte Mum auf den Stuhl neben sich und mich in eine Ecke, ohne mich eines Blickes zu würdigen. Das machen Erwachsene so, wenn ihnen irgendwas unangenehm ist. Er murmelte Mum etwas zu und sie flüsterte zurück. Sie warf mir einen hastigen Blick zu und ich verbohrte die Augen in mein Buch. No way würden sie mich dabei erwischen, in ihre Richtung zu sehen.

FAKT 318:
ZINEDINE ZIDANE LIEF IN SEINER GANZEN KARRIERE NICHT EIN MAL INS ABSEITS.

»Mir ist klar, dass Sie das nicht unbedingt erwartet haben«, sagte der Doc mit weicher Stimme.

Mum atmete einmal tief ein und wieder aus. »Sind Sie sicher?«

»Ich fürchte, ja, Mrs Mint.«

»Hundert Prozent?«

»Ja.«

»Würde ein Zweitgutachten weiterhelfen?«

»Die Scans sind recht eindeutig.«

Mum hob die Hand und legte sie über ihre Augen. Sie rang nach Atem, als wäre sie gerade einen Marathon geschwommen. Ich schaute sie an, weil ich mutig und toll und für sie da sein wollte, aber sie sah mich nicht an. Sie wischte sich das Wasser aus dem Gesicht. Ich seufzte, weil ich wollte, dass sie mir in die Augen schaute. Ich wollte, dass Mum auch mir die Tränen aus dem Gesicht wischte.

»Wann?«, sagte Mum.

Jetzt wollte ich den Stuhl durchs Fenster schmeißen, um etwas Luft ins Zimmer zu lassen. Dann hätten wir nicht alle würgend da herumsitzen müssen.

»Der Monitor liefert Annäherungswerte, aber ich würde vorsichtshalber annehmen, nicht später als Anfang März.«

»Oh Gott! Das ist früher, als wir besprochen haben«, jammerte Mum.

Sie zitterte am ganzen Körper, und ich wusste nicht, was ich tun sollte. Ich wusste nicht, ob ich sie besonders fest drücken oder meinen Kopf auf ihren Schoß legen oder ihr übers Haar streicheln sollte, wie sie das mit mir macht, wenn ich voll auf Horror bin. Ich wollte wissen, was schiefgegangen war. Ich blätterte eine andere Seite auf:

FAKT 209:
ABERDEEN WAR DER ERSTE CLUB, DER DIE SPIELERBANK EINFÜHRTE.

»Ich weiß nicht, was ich sagen soll, Mrs Mint. Wirklich nicht«, sagte der Arzt.

Zum ersten Mal schaute Mum mich an. Ich liebe Mums wunderschöne Augen, aber diese roten Welpenaugen waren wie ein Buttermesser in meinem Herz.

»Wir haben hier Menschen, mit denen Sie sprechen können, wenn Sie glauben, dass das hilft.«

»Es würde nicht helfen.«

»Ich wollte nur sagen, dass Sie das nicht alleine durchstehen müssen.«

Mum schniefte, als hätte sie eine Fantastilliarde Zwiebeln geschnitten. Der Arzt gab ihr ein Taschentuch aus der Schachtel auf seinem Tisch, und sie versuchte, die ganzen Tränen aus der Nase zu prusten. Ich wollte wieder im Wartezimmer sein. Ich wollte zu den Leuten, die mich anstarren. Ich wollte, dass Mum ihre ganzen Tränen bei mir ablud und sich nicht mehr schlecht fühlte. ICH WOLLTE WISSEN, WAS SCHIEFGEGANGEN WAR.

FAKT 6:
DAS SCHOTTISCHE POKALSPIEL ZWISCHEN FALKIRK UND INVERNESS THISTLE WURDE AUFGRUND VON SCHLECHTEM WETTER VOR BEGINN DER PARTIE ABGESAGT.

Als ich von meinen *1299 Fußballfakten, die du nie mehr vergisst* aufsah, wackelte Mums Kopf wie ein Hundeschwanz, und ihr Körper machte *Shake, Rattle and Roll.* Nase und

Augen hatte ich zwar ins Buch gesteckt, aber meine Schlappohren waren voll auf Empfang. Ich wusste, dass der Arzt und Mum nicht in meine Richtung sahen, was bedeutete, dass ich das Allerallerwichtigste nicht mitbekommen sollte, was bedeutete:

1. Dies war eine Unterhaltung zwischen Erwachsenen, heißt …
2. Ich sollte mich anständig benehmen, heißt …
3. Ich sollte zu sehen, aber nicht zu hören sein.

Ich hörte aber weiter zu, denn dieser Doc konnte mir kein X für ein U vormachen.

»Ich glaube, ich schaff es nicht, ihm das zu sagen …«

WEM SAGEN?

»… das verstehe ich, Mrs Mint …«

»… nicht bei seiner Art«, flüsterte Mum dem Schlaumeier-Doc zu.

WESSEN ART?

»Könnte Ihr Ehemann da behilflich sein?«

»Himmel, nein! Nein, das muss schon von mir kommen.«

HALLO!

HALLO!

ICH BIN DYLAN MINT, NICHT DYLAN MINT DER TAUBSTUMME.

»Es gibt überhaupt keinen Zweifel?«

»Keinen.«

»O. K. …«

»Ich bin sicher, dass Sie alles klarer sehen, wenn Sie erst mal Zeit gehabt haben, darüber nachzudenken. Dann können Sie sich und Dylan darauf vorbereiten, was … was da auf Sie zukommt.«

Mum schloss die Augen und schniefte einige Male heftig. Ich seufzte, prustete, öffnete die Hände und ballte sie rapido zu Fäusten. Ich fühlte, wie mein Rücken bis runter zur Poritze schwitzig wurde, weil ich die Wörter kommen spürte.

»ARSCHARZT.«

»Dylan!«, sagte Mum.

»Entschuldigung«, sagte ich.

»Schon in Ordnung, junger Mann. Wie ist dein Buch?«, sagte der Arzt.

»WICHSLÜGNER … Entschuldigung … Ist gut«, sagte ich, und steckte meine Nase wieder ins Buch.

»Es tut mir leid, dass der Befund eine so unbestreitbare Tatsache ist, Mrs Mint.«

FAKT 77:
DIE HÖCHSTE ZUSCHAUERZAHL BEI EINEM SPIEL AUF EUROPÄISCHER EBENE HATTE DAS HALBFINALE UM DEN EUROPACUP 1970 IM HAMPDEN PARK, GLASGOW. OFFIZIELLE ZUSCHAUERZAHL: 136 505.

»Ich versuche nur, einen Weg zu finden, wie ich es ihm sagen kann. Ich meine, wie soll ich ihm das beibringen?«

»Sie müssen es ihm ja nicht auf den Kopf zusagen, aber es wird einen Punkt geben, da können Sie nicht mehr verbergen, was passiert.«

»Ich weiß.«

»Und im März wird das Leben, wie er es kennt, ein abruptes Ende finden. Sie müssen ihn auf das Unausweichliche vorbereiten.«

FAKT 499:
DAVID BECKHAM HAT ZWEI MITTLERE VORNAMEN: ROBERT UND JOSEPH.

Da es draußen glühend heiß war, dachte ich an unseren Urlaub in Torremolinos, als die Sonne so höllisch brannte, dass sich die Teile zwischen meinen Beinen wie Spiegeleier anfühlten. Dad sagte, ich würde herumstolzieren wie John Wayne, worüber ich laut lachen musste. Ich hatte keine Ahnung, wer dieser John-Wayne-Typ war, dachte aber, es könnte einer von Dads Arbeitskollegen sein. Vielleicht war dieser John Wayne Gefreiter oder Korporal oder einer für die Kommandoeinsätze. Und wenn, dann war ich total glücklich, Dads Version von John Wayne zu sein. Dad war ein totaler Scherzkeks.

Irgendwas in meinem Kopf fing an zu rattern. Warum hatte der Arzt gesagt, dass *»im März das Leben, wie er es kennt, ein abruptes Ende finden«* wird? Dann wurde mir klar, warum Mum genauso drauf war wie damals, als sie und Dad sich ständig angeschrien hatten: am Tiefpunkt. Da war ich jetzt auch. Sie hatte auch gesagt, dass sie »total mit den Nerven runter« war, aber mir nie erklärt, was »total mit den Nerven runter« wirklich bedeutete. Meine Gehirnzellen sagten mir, dass es total verdammt angepisst bedeutete.

Mit meiner rapido-rapido Auffassungsgabe kam ich dahinter. Als der Doc sagte, »bereiten Sie ihn auf das Unausweichliche vor«, brauchte ich keine Bourne-Identität oder keinen Mr T. J. Hooker, um durchzublicken, was verdammte Hölle da vor sich ging. Ich war noch nicht total mit den Nerven runter, aber wenn ich nicht so ein Ass im Durchblicken gewesen wäre, wäre das als Nächstes passiert.

Stattdessen passierte »AAAAAARRRRRGGGGGG«.

Gefolgt von »WWWWWWHHHHHHAAAAAA«.

Der Arzt und Mum saßen nur da und starrten mich an. Sie streckten noch nicht mal die Hand nach mir aus, um mir zu zeigen, dass alles super-O. K. war. Sie lächelten nicht, als ob sie sagen wollten: »Keine Angst, Dylan, alles ist super-O. K. Bei uns bist du in sicheren Händen.« Vermutlich war Mum einfach daran gewöhnt, dass ich so war, und so ließ sie mich eben weitermachen.

»VERDAMMTERBASTARD. BRILLENWICHSER.«

Mit meinem Ausbruch meinte ich direkt den Doc. Aber, und das ist ein GROSSBUCHSTABEN-ABER, der Doc war ein Pakistani, und das machte meine Tirade zehn Mal schlimmer. Oder war er vielleicht ein Inder? Oder ein Bangladescher? Eins davon war er bestimmt. Aber ich konnte echt nicht sagen, was. All die schlimmen Sachen, die Amir sich anhören muss, nur weil seine Haut nicht kreideweiß ist, polterten jetzt aus meinem Mund und knallten dem Doc mit voller Wucht ins Gesicht. Aus meinen Augen strömten die Tränen wie ein Wasserfall über meine Wangen, nicht weil ich den Doc mit diesen rassistischen Sachen beschimpfte, sondern weil ich wusste, dass ich meinen Freund Amir verletzte, und beste Kumpel verletzen sich nie nie nie gegenseitig. Niemals. Außer, einer von ihnen macht mit dem Freund oder der Freundin des anderen rum – nur dann ist das O. K. Dann fing alles an zu verschwimmen, denn ich konnte durch das Wasser in meinen Augen nichts mehr sehen. Ich war wie ein Fiat Uno im Regen, dessen Scheibenwischer klemmten.

Und während ich mich in einen Rassisten verwandelte, sagte ich unhörbar vor mich hin,

Bitte lass Mr Dog nicht von der Leine,

bitte lass Mr Dog nicht von der Leine,

immer wieder und wieder.

Und ratet mal, was passierte?

Mr Dog riss sich los.

Es ist das, was Mr Comeford, unser Sportlehrer, »Murphys Gesetz« nennt. Er stemmt die Hände in die Hüften, wendet die Augen zum Himmel und sagt jedes Mal »Murphys verdammtes Gesetz«, wenn wir zum Fußballspielen rausgehen und es anfängt zu regnen oder wir in der Turnhalle feststecken und Purzelbäume schlagen, während draußen die Sonne durch die Zweige bricht … und die Purzelbäume mir den Kopf spalten. Wee Tam Coyle, der auch Tourette hat, fing meistens an zu bellen oder zu knurren wie ein besessener Junge (oder Hund). Er knurrte so stark, dass der Speichel von seinen beiden Schneidezähnen troff. Amir hatte jedes Mal Angst, dass Wee Tam Coyle ihn anspringen und das Gesicht anknabbern würde oder irgend so was Verrücktes. Amir war sicher, dass Wee Tam Coyle irgendwann früher von einem Wolfsrudel großgezogen worden war. Aber ich sagte Amir dann immer, er sollte sich das aus dem Kopf schlagen, denn ich wusste, was Wee Tam Coyle durchmachte, während er dieses Hund-Wolfs-Knurren von sich gab. Die Schule wurde Wee Tam Coyle schließlich los, weil sein Grad von Tourette zu durchgeknallt für sie war; die Lehrer hatten einfach keinen blassen Schimmer, wie sie damit umgehen sollten. Also booteten sie ihn aus.

Ich fing an, den Arzt und Mum anzuknurren. Von meinen Zähnen tropfte kein Speichel oder so was Ekliges, aber das Letzte, an das mich erinnere, war, dass ich die Hände hochgenommen habe, als wären sie die riesigen Pranken dieses behinderten Löwen aus *Der Zauberer von Oz*. Und das Bellen wurde so schlimm, dass mein Kopf nur noch

Bums

Plumps

Rums machte.

Es war, als hätte jemand einen Ballon da reingepackt und aufgeblasen. Mir kam es so vor, als würde er gleich platzen. Ganz ehrlich.

Und dann Dunkelheit.

* * *

»Alles in Ordnung, Liebling. Alles O. K.«

Als ich die Augen öffnete, stand Mum neben dem Bett.

»Geht's dir gut, Schatz?«

Negativ. Ich knurrte.

»Du hattest einen deiner Anfälle. Du musst dir keine Sorgen machen, war nur ein kleiner.«

Sie lächelte und ich konnte ihre Zähne sehen. Wenn ich Mums Zähnelächeln sah, dann wusste ich, dass sie mich an der Nase herumführte. Ihre Augen sagten etwas ganz anderes. Da stand no way »war nur ein kleiner«. Ich lag auf diesem gruseligen Bett, das eine riesige Rolle Toilettenpapier als Unterlage hatte. Ich sagte nichts, schloss die Augen und zählte bis zehn. Die Vorschrift war, nach zehn wieder bei eins anzufangen und so weiter. Das habe ich in der Schule gelernt. Bei mir schien das gut zu funktionieren. Insgesamt zählte ich bis etwa 2047. Bis ich, Abrakadabra!, wieder zu Hause war.

* * *

»Mum?«

»Ja, Liebling?«

»Was passiert im März?«

»März?«

»Ja.« Mums Gehirn rotierte, das wusste ich.

»St. Patricks Day. Den magst du doch.«

»Nein, ich meine, welches große Ding passiert da?«

»Also, es gibt keine Ferien, in denen wir wegfahren können, oder so was. Macht ihr einen Schulausflug?«

»Glaube nicht.«

»Vielleicht denkst du an den Frühlingsanfang.«

»Nein.«

»Du magst den Frühling, das weiß ich.«

»Wirklich?«

»Ja, Dylan, du magst den Frühling.«

Darüber musste ich einen Augenblick nachdenken.

»Ja, wahrscheinlich.«

»Vielleicht geht dir deshalb der März im Kopf herum.«

»Nein, im März passiert definitiv was speziell Besonderes.« Ich fragte Mum so aus wie Leute, die das Ich-weiß-dass-du-weißt-dass-ich-weiß-dass-du-weißt-Spiel spielen. Aber in diesem Fall hatten wir, wie man so sagt, ein Patt.

»Also, ich bin ratlos«, sagte sie. Ihre Stimme änderte sich von Turteltaube zu *Es-ist-Zeit-die-Klappe-zu-halten*. »Jetzt aber, möchtest du dein Lieblingsessen?«

»Kommt Dad im März nach Hause?«

»Jesus, Dylan!« Wenn Mum den Namen Unseres Herrn missbraucht, dann ist es an der Zeit, die Klappe und auch alles andere zu halten. »Möchtest du jetzt Suppe oder nicht?« Ich hörte ihrer Stimme die Anstrengung an. Als ich meine Augen in den Verkehrsampelblinkmodus versetzte, ging Mum auf Lautstärke eins runter, die eher ein Flüstern war. Lautstärke eins sollte mich beruhigen. »Ich mach auch etwas Tomatensoße rein, so wie du es magst.«

»Okey-dokey«, sagte ich. Als Mum in der Küche war

und die Suppe umrührte, rief ich ihr mit Lautstärke drei zu: »Vielleicht schreib ich an Dad, um zu hören, was im März passiert. Vielleicht hat er gute Nachrichten für uns.«

In der Schule gehen die Lautstärkelevel nur bis vier, aber wenn ich bei mir auf der Couch ein Aufnahmegerät gehabt hätte, wäre Mums Stimme, als sie aus der Küche kam, sicher bei siebzehn gewesen.

»Kannst du verdammt noch mal nicht aufhören, darüber zu reden, Dylan? Siehst du nicht, dass ich am Ende meiner Kräfte bin? Jesus Christus! Diesen Scheiß kann ich gerade überhaupt nicht gebrauchen.« Dann klingelte das Telefon, und Mum sagte: »Noch mal verflucht Glück gehabt.«

Ich ging in die Küche, um nach meiner Suppe zu sehen, Mum war im Flur und redete mit leiser Stimme in den Hörer. Eine Erwachsenenstimme. Sie kehrte mir den Rücken zu, als wollte sie vermeiden, dass ich sie sah, aber ich wusste, dass ihre Augen wundrot waren. Ich rührte die Suppe zwei Mal links herum und drei Mal in die andere Richtung, aber irgendwas hatte in meinem Hirn den Neugierde-Knopf gedrückt, also schaltete ich die Suppe ab und machte das Ohr-am-Glas-an-der-Tür-Ding, das Kinderdetektive machen.

»… Hmm … Hmm … Ich hab keine Ahnung, wie ich da rangehen soll … Hmm … Genau, das ist doch der Punkt, oder? … Hmm … Ich hätte ihm schon viel früher davon erzählen sollen … Hmm … Ich wünschte, ich hätte das …«

Mir wär fast das Glas vom Ohr gerutscht, aber ich konnte es gerade noch auffangen. Es war schwer, nicht den Kopf zehn oder zwanzig Mal an die Tür zu hämmern.

»… Ich weiß. Ich weiß … Er war immer mein Baby, mein kleiner Dylan … Hmm … Hmm … Es ist einfach nicht fair, ihm das jetzt aufzuhalsen … Ich hab so eine Angst um ihn …« Und dann Tränen und Tränen ohne Ende.

Ich kann mich nicht mehr erinnern, dass sie den Hörer auflegte. Ich schrie, dass mir meine Ohren wehtaten. Dann wurde alles schwarz.

Eins.

Zwei.

Drei.

Vier.

Fünf.

Sechs.

Sieben.

Acht.

»Dylan?«

Neun.

Zehn.

Eins.

Zwei.

»Dylan?«

Drei.

Vier.

»Dylan?«

Fünf.

»Dylan? Es tut mir leid.«

Sechs.

»Ich wollte nicht laut werden.«

Sieben.

»Ich liebe dich.«

Acht.

»Es war eine verrückte Woche.«

Neun.

»Es tut mir leid, Dylan.«

Zehn.

»Mum liebt dich.«

Eins.

»Mach die Augen auf.«

Zwei.

»Mach die Augen auf, Liebling.«

Drei.

»Deine Suppe ist fertig.«

Vier.

»Mum entschuldigt sich, Dylan.«

Fünf.

»Mum liebt dich mehr als alles andere.«

Sechs.

»Mehr als alles andere.«

Sieben.

»Komm schon, Schatz.«

Acht.

»Deine Suppe wird kalt.«

Neun.

»Mach die Augen auf, Dylan.«

Zehn.

»Das ist besser, nicht?«

»Ja.«

»Entschuldige das Schreien, Liebling. Alles O. K.?«

»Alles super-O. K.«

»O. K., dann hol ich dir die Suppe.«

»Danke.«

Ich setzte mich auf und wartete, dass Mum mir die Hühnersuppe mit Tomatensoße brachte.

Pläne 9

Als ich noch ein kleiner Welpe war, also superwinzig, stellte ich mir vor, dass man nach dem Abkratzen einfach in einen Bus springt und hoch in den Himmel fährt, an einem riesigen Eis mit einer riesigen Kirsche obendrauf schleckt und mit den anderen Abgekratzten chillt. Alle würden auf großen, flauschigen Wolken sitzen, Lieder singen, Witze erzählen und den Tag genießen. Wenn man wollte, konnte man Fußball spielen, einen Film ansehen, mit Videospielen herumalbern, zum Friseur gehen oder sich die Zehennägel schneiden. Jeder kann sich das aussuchen, was er will. Alles wäre noch weißer als Schneeflocken. Ein magischer Ort.

Aber da ich inzwischen erwachsener bin, sehe ich jedes Mal, wenn ich an das Land der Abgekratzten denke, nichts Weißes mehr; alles ist jetzt viel düsterer, die Abgekratzten sind verschwitzt, schmutzig, und einige haben Schnittwunden im Gesicht. Niemand hat Spaß; stattdessen gräbt, schaufelt oder hackt jeder nach irgendwas. Auch die Geräusche sind brutal – es ist, als sei man in der beschissensten Disco des Jenseits. Dieser Ort macht mir Angst. Wenn ich daran denke, dann muss ich *beide* Ohren einklappen, was ziemlich schwierig ist, also mache ich es so, dass ich mich auf die linke Seite lege und das Ohr fest auf die Matratze presse und mit einem Kissen das rechte Ohr niederdrücke. Mit dieser Methode verfliegt der ganze Discolärm und die weißen Wolken kommen wieder.

In dieser ersten Woche zurück in der Schule fand ich es schwer, meine Klappe zu halten. Ich hatte kein Oh-ich-muss-mir-das-einfach-von-der-Seele-quasseln-oder-ich-jag-mich-selbst-in-die-Luft, aber ich wünschte mir wirklich jemanden, mit dem ich von Mann zu Mann reden konnte, meinen ABF, meinen Telefonjoker.

Amir wollte zunächst nicht *Adam and Eve it.* Er machte sogar einen regelrechten Brüller daraus.

»Red ni-ni-nich son Pissschiss, Dylan.«

»Ich mach keinen Witz, Amir. Ehrlich nicht.«

»Machst du doch.«

»Nein, nicht.«

»Ver-da-da-dammt doch, und wenn du damit weitermachst, muss ich mit Miss Flynn sprechen und ihr sagen, dass du plemplem bist.«

Miss Flynn ist die Vertrauenslehrerin in Drumhill; zu ihr geht man nur, wenn man super-duper-verrückt durchgeknallt ist oder sich die Pulsadern aufschneiden will oder die Arme oder Oberschenkel aufschlitzen oder jemanden vergewaltigen oder wenn ein geiler alter Bock dir seinen Pimmel im Internet gezeigt hatte. Obwohl wir alle ihre Handynummer für den Fall haben (nur für während der Schulstunden … nicht für alberne SMS), dass wir superschnell mit ihr reden müssen, gehe ich eigentlich fast nie zu Miss Flynn. Es ist verrückt, dass wir sie nicht häufiger besuchen, denn sie ist nun wirklich Sssseeexxx auf Beiiiinen, das absolute Ultimum. Und sie trägt roten Lippenstift.

»Also gut, ich sag ihr einfach, dass du dir die ganze Sache ausgedacht hast, und ich habe keine Ahnung-Planung, was du daherquatschst, und dann glaubt sie, dass *du* plemplem bist, und ruft deine Mum und Dad an, und dann spielt dein Dad Flipper mit dir, wenn du nach Hause kommst.«

Amir sagte nichts. Er legte sein ganzes Gesicht in Falten. Das macht er immer, wenn ich ihn wie einen stinkenden Räucherhering abgewatscht habe. Amir hat die Ferse dieses absolut berühmten griechischen Typen, man braucht ihm nur mit seinem Vater zu drohen. Ich hasse das, aber manchmal muss ich es aus dem Sack lassen. Ich mache das nur bei besonderen Gelegenheiten und das war eine. Eine sehr besondere Gelegenheit.

»Das ist nicht einfach für mich, Amir. Ich erzähl dir das, weil du mein bester Kumpel bist, und manchmal braucht ein Mann seinen besten Kumpel ... Bist du noch mein bester Kumpel, Amir?«

»Natürlich bin ich das, du dämlicher dumpfer Idiot.«

»Coolio Daddio«, sagte ich.

»Supersexyhexi.« Wenn Amir das sagt, weiß ich, dass die Band wieder zusammen ist.

»Also, wie ich schon sagte, dieser neue Doc hat sich über dieses ganze verrückte Zeug ausgelassen.«

»Meine machen das die ganze Zeit. Die Hälfte der Zeit habe ich keinen blassen Schimmer, was sie da sagen.«

»Brauchst du mir nicht zu erzählen, Amir.«

»Das Problem ist, Mum und Dad auch nicht.«

»Dito, Amigo, dito.«

»Und was hast du gemacht?«

»Glücklicherweise war ich da und konnte das alles in meinem Hirn hier bearbeiten.«

»Sag ich doch.«

»Obwohl das alles verrücktes Zeug war.«

»Wie was?«

»Er sagte: ›Ich glaube, es wäre am besten, wenn Sie sich und Dylan auf das vorbereiten, was bald passiert.‹«

»Wirklich? Das hat er gesagt?«

»Ja.«

»Also … ähm … *was* passiert denn nun bald?«

»Was glaubst du?«

Amirs Zeh traktierte den Boden.

»Halt dich fest. Außerdem sagte er: ›Sie dürfen den Mut nicht sinken lassen und müssen sich auf das Leben danach vorbereiten.‹«

Amir ließ sich das durch den Kopf flutschen wie einen Schwarm betrunkener Fische. »Heiliger Strohsack, Dylan, das klingt wirklich schlimm.«

»Darauf kannst du Gift nehmen, dass das schlimm klingt.«

»Das versuch ich ja.« Mit Amir zu reden ist manchmal so, als würde man im Urlaub in Spanien einen Ausländer fragen, ob er gerne schottischen Fußball schaut.

»Weißt du, was *un-be-streit-bare Tat-sache* heißt?«

»Glaube schon.« Nie im Leben wusste er das.

»Das hat der Doc auch gesagt.«

»W-w-wow!«

»Ich glaube, er meinte, wir sollten uns vielleicht nicht so viel streiten, wenn die Krankheit schlimmer wird.«

»Klar, nicht so viel streiten wäre dann sicher gut.« Amir schaute zu Boden und kickte ein paar Steine weg. Dann jauchzte er mit richtig hoher Stimme los. »Wuuhu!«

»Aber es ist schon O. K., Amir, denn vor März passiert nichts.«

»*Great balls of fire.* Wuuhu!«

»Ich weiß.«

»Das klingt böse, Dylan.«

»Gift nehmen, Amir, verdammtes Gift nehmen.«

»Aber wo liegt dann das Problem?«, sagte Amir SCHON WIEDER völlig verwirrt-dot-com.

»Also, ich versteh's nicht exactamente, weil der Doc so ultraverwirrend war.«

»Oh … O. K.«

»Alles, was ich echt weiß, ist, dass ich die Biege machen werde. Aber Mum will nicht darüber reden und ich darf keine Fragen stellen.«

»Ich weiß nicht, was ich sagen soll.«

»Du kannst gar nichts sagen, Amir. Manchmal müssen beste Kumpel gar nichts sagen. Zwischen ihnen gibt's diesen Sippensinn.«

»Siebten.«

»Was?«

»Siebten Sinn.«

»Ein und dasselbe.«

»Nicht ganz, weil …«

»Meinetwegen, Amir … Vielleicht sollte ich traurig sein.«

»Das würde auch nichts helfen.«

»Aber ich bin traurig«, sagte ich. Dann war es an mir, auf den Boden zu starren und ein paar Steine über den Hof zu kicken. In meinem Gesicht zuckte es ein paarmal.

»Ich auch. Ich bin trauriger als der traurigste Typ in der traurigsten Stadt der Welt, aber es bringt nichts, wenn man ein Dot-Cotton-Gesicht dazu macht, Dylan. Es wird passieren und wir müssen damit leben. Wuuhu!«

»Vermutlich«, murmelte ich und kickte einen Stein weg.

»Das ist lustig«, sagte Amir, aber ich glaube nicht, dass er Ich-halt-mir-den-Bauch-vor-Lachen-lustig meinte. Er kickte auch ein paar Steine weg und machte ein schmatzendes Geräusch mit den Lippen.

»Was ist lustig?«

»Dass ich sage, *wir müssen damit leben.*«

»Also?«

»Also, damit *leben*. Das ist lustig.«

Dann kapierte ich den Witz. Amir macht ständig Witze, bei denen man ewig braucht, bis man sie kapiert, was heißt, dass sie dann nicht mehr lustig sind. Ich glaube, das hat was mit seinem Grenzen-nicht-verstehen-Ding zu tun.

»Verstehe, was du damit sagen willst. Ich glaube, das nennt man Ironie, Amir.«

»Ich weiß, das war Absicht.«

»Siehst du?«

»Was?«

»Wie einfach es ist zu vergessen, was passieren wird, und einen fetten Brüller zu landen?«

»Vermutlich«, sagte Amir. Er gab voll und ganz den düsteren Musterknaben, als wäre er derjenige, der mit Pomp dran glauben musste.

»Aber nicht vergessen, Amir: Man lacht nie nie nie über sterbende Leute.«

»Das ist nicht fair«, sagte Amir und schnalzte dabei missbilligend mit der Zunge.

»Was ist jetzt schon wieder?«

»We-we-we-wer ist dann mein bester Kumpel?«

»Darüber mach dir mal keine Gedanken, das kriegen wir schon hin.« Ich war um Schamhaaresbreite davor, Amir von meiner *Coole-Sachen-machen-bevor-ich-abkratze*-Idee zu erzählen. *Nummer zwei: Amir wieder zu einem Happy Chappy machen anstatt zu einer elenden F****!* Es war meine Sache, mir darüber Gedanken zu machen.

»A-a-aber du bist mein einziger Kumpel, Dylan.«

»Stimmt nicht. Es gibt …«, und dann fiel mir niemand ein, und ich sagte etwas ziemlich Trotteliges, »… Miss Flynn.«

In seiner Birne fluchte Amir wie ein besoffener Matrose. Ich sah, dass er mir gern ein paar blödsinnige Sachen hingeschmettert hätte, es aber ließ, da ich demnächst dem Sensenmann gegenüberstehen würde und er nicht den Sensibel-wie-ein-Holzklotz geben wollte.

»Keiner mag mich«, sagte er.

Ich wirbelte Grün in der Hosentasche durch meine schwitzigen Finger.

»Ich weiß.«

»Niemand will mit einem Paki abhängen.«

»Ich weiß.«

»Vor allem nicht mit einem Spasti-Paki, der auf eine Spasti-Schule geht und nicht mal r-r-richtig re-re-reden kann.«

»Ist scheiße, was?«

»Was soll ich bloß machen? WUUHU!«

»Ehrlich, Amir, mach dir keine Sorgen. Wir kriegen das hin.«

»WUUHU!«

»Und du bist kein Spasti.«

»Bi-bi-bin ich.«

»Du bist ein winziges bisschen autistisch.«

»Also. WUUHU!«

»Das ist nicht das Gleiche.«

»Ist es doch. Ich bin ein Spasti-Paki.«

»Du bist kein Spasti, Amir.«

»WUUHU! Was bin ich denn dann?«

»Das weiß ich nicht.« Ich hasste diese Art Fragen, besonders wenn ich keine verstunkene Antwort darauf hatte, wie dieses Nummernpuzzle in *Countdown*. Ein echter Kopfzerbrecher, das.

»He? Was bin ich?«

»Ähm … Vielleicht bist du ein bisschen zurückgeblieben. Aber nicht verrückt, nur ein bisschen zurückgeblieben, und manchmal stotterst du ein bisschen, aber nur, wenn du innen traurig bist.«

»Du bist mir vielleicht ein ve-ve-verdammt bester Kumpel, du.«

»Du hast gefragt.« Das war bloß ein Beispiel dafür, wie Leute schräg, dabei aber *nicht* großartig sein können.

»Ich weiß, aber das war eine historische Frage«, sagte Amir.

Dann herrschte Schweigen. Wir kickten eine Zeit lang wortlos Steine herum, was Daddy Cool war, denn ein großer Unterschied zwischen besten Kumpels und blöden Bekannten ist, dass es prima Klima ist, mit seinem besten Kumpel wortlos Steine rumzukicken, während man sich bei Bekannten irgendwelchen Müll ausdenken muss, den man sagen kann, nur damit die nicht denken, dass man ein totaler Langweiler ist oder ein Mongo. Meine neuen Schuhe waren auch schon abgewetzt und schäbig. Aber das war mir egal, denn ich war knautschfidel, dass wir zwei beste Kumpel wortlos Steine durch die Gegend kickten. Darum geht's doch im Leben.

Schweigen.

Kicken.

Schweigen.

Kicken.

Mehr Schweigen.

Mehr Kicken.

Noch mehr Schweigen.

Dann noch mehr Kicken.

Ich wollte Amir umarmen, aber nicht auf diese Wer-hat-den-Längsten-Art, sondern einfach, na ja, einfach weil.

Das Schweigen ging noch ein paar Ewigkeiten weiter und ich fühlte mich etwas unbehaglich. Ab und zu warf ich einen Blick in Richtung Amir, aber er schaute immer nur auf die Steine, zog sein Irres-Starren-Ding durch. Als wir alle Steine weggekickt hatten, machten wir Geräusche mit dem Mund, wie Luft zwischen den Lippen rauspusten und mit der Zunge klick-klack machen. Dann hatte ich genug von Amir als verrückt-durchgeknalltem Kumpel.

»Willst du von meinem Plan hören?«

»Welcher Plan?«

»Ich habe einen Plan gemacht. Eine Liste von Sachen, die ich machen will, bevor … du weißt schon … bevor.«

»Ja, ja, ja … bevor du … äh … bevor du … äh … ja, was für Sachen willst du machen?«

»Willst du es hören?«

»Klaro. Was für Sachen?«

»Verrückte Sachen. Scheißsachen. Verrückte Scheißsachen.«

»Wie was?«

»Also, was glaubst du, dass der verrückteste Scheiß ist, den ich machen kann, bevor du-weißt-schon-was passiert?«

Amir verfiel in seinen Unglaublich-scharf-nachdenk-Modus.

»Hab's!«

»Was?«

»Du könntest mit dem Fa-Fa-Fallschirm aus so etwa der höchsten Höhe springen, die du dir überhaupt vorstellen kannst.«

»Wirklich?«

»Ja, so etwa Kilometer und Kilometer hoch.«

Wir schauten beide hinauf in die grauen Wolken.

»Das ist hoch.«

»Das wäre voll tierisch.«

»Glaubst du?«

»Das wäre so verrückt wie nur irgendwas.«

»Wirklich?«

»Total, Mann.«

Ich schaute ihn an und schüttelte den Kopf; das Denken bei dieser Operation sollte er wirklich besser mir überlassen.

»Sei kein Blödarsch, Amir.«

»Was?«

»Also, zunächst mal, wie zum Teufel soll ich da hochkommen?«

»In einem Flugzeug.«

»Ich hab kein Flugzeug.«

»Dann in einem Hubschrauber.«

»Blödsinn. Wie sonst?«

»We-we-weiß ich nicht.«

»Genau. Ist eine Scheißidee.«

»Na, hast du eine bessere?«

»Habe ich, aber volles Brett.«

»Also, was ist es?«

»Ich werde es mit Michelle Malloy treiben.«

»Michelle Malloy?«

»Michelle Malloy.«

»Dich mit ihr rumtreiben?«

»*Es* mit ihr treiben.«

»Michelle Malloy?«

»Bist du taub, Amir?«

»Du willst mir erzählen, dass du dich mit Michelle Malloy rumtreiben willst?«

»Nein, ich werd mich nicht mit Michelle Malloy RUMTREIBEN, ich werde es mit ihr TREIBEN.«

»Was ist der Unterschied?«, fragte Amir.

Ich machte also diese schmutzige Geste und steckte meinen rechten Zeigefinger durch ein kleines Loch, das ich mit Daumen und Zeigefinger der linken Hand bildete. Jetzt machte Amir richtig große Augen.

»KEINE CHANCE.«

»Chance.«

Amir schaute sich um, ob uns jemand zuhörte. »Du meinst, du willst Michelle Malloy f-f-ficken?« Das Wort *ficken* flüsterte Amir nur. Mum macht das auch so, wenn sie nicht will, dass ich zuhöre. Das Lustige ist, dass das Wort lauter klingt, wenn sie es flüstert. Manchmal buchstabiert Mum auch Wörter, weil sie glaubt, ich würde sie so nicht verstehen, aber was Mum nicht weiß, ist, dass ich im Buchstabieren in der Schule der Beste bin. Mrs Seed hat mich zum Buchstabier-Meister der ersten Woche nach den Ferien ernannt. Ich kann sogar das Wort *durcheinanderbringen* richtig buchstabieren.

»Du, Dylan Mint, willst Michelle Malloy ficken?«

»Gnadenlos.«

»Aber k-k-kann sie das denn überhaupt?«

»Was meinst du damit, kann sie überhaupt?«

»Na ja, mit ihrem Klumpfuß und so?«

»Der behindert ihre Möse doch nicht, Amir.«

»Maaaann, Dylan.«

»Schon klar.«

»Ich meine, Maaaaaann.«

»Bekloppte Scheiße, was?«

»Weiß sie es denn? Ich meine, hat sie O. K. gesagt?«

»Nein.«

»Nein?«

»Nein, aber sie wird.«

Amir suchte nach mehr Steinen zum Herumkicken. Er fand keine mehr und fing an, an seinen Ohren herumzupulen. »Aber Michelle Malloy hält dich für einen durchgeknallten Freak.«

»Tut sie nicht.«

»Tut sie.«

»Sie kennt mich einfach noch nicht, das ist alles.«

»Aber wie willst du es anstellen, dass sie dich ficken will?«

»Kannst du mal aufhören zu flüstern, wenn du ficken sagst?«

»Psssst, Dylan. Verdammte Hölle.«

»Wie alt bist du, Amir?«

»Ich bin sechzehn und zwei Monate.«

»Genau.«

»Genau was?«

»Wir sind in dem Alter, wo wir Mädchen ficken sollten.«

»Also, ich weiß nicht recht, Dylan.«

»Na ja, ich schon, und ich sage dir, ich bin im Fick-Alter.«

»Echt?«

»Ich bin wie ein Schneeball in der Hölle.«

»Schneeball?«

»Ich vergeh bald.«

»Wow! Dylan! Das ist echt krasses Mongozeug. Wie willst du das anstellen?«

»Es gibt Wege.«

»Im Ernst?«

»Jede Menge.«

»Ist das nicht echt gefährlich?«

»Kinderleicht.«

»Also, wann willst du sie denn dann vergewaltigen?«

»Was?«

»Wann willst du …«

»Meinst du das ernst?«

»Ähm …«

»Wofür hältst du mich eigentlich, Amir?«

»I-i-ich dachte nur …«

»Also, wenn du denkst, dann schalte vorher mal dein Hirn ein.«

»Hast du doch selbst gesagt.«

»Was gesagt?«

»Dass du dich an ihr vergehen willst.«

»ICH vergeh bald, hab ich gesagt. ICH! Aber mich doch nicht an ihr!«

»Oh.«

»Für was für einen Irren hältst du mich denn?«

»Ich hab einfach …«

»Willst du, dass ich für fünf oder zehn Jahre im Knast verschwinde, oder was?«

»Na gut.«

»Also gut.«

»Na dann.«

»Also dann.«

»Das wär dann ja geklärt.«

»Na gut, das ist dann geklärt.«

»Reagier doch nicht wie der letzte Vollpfosten, wenn ich dir was erzähle.«

»O. K., Dylan.«

Dann lachte Amir, aber er versuchte superhart, sich zu bremsen, nur für den Fall, dass ich ihm einen fetten Ständer übers Gesicht ziehen würde. Oder ihm einen Dandy auf die Nase geben oder einen Riegel Mars in die Backe schieben oder einen schnellen Tritt in die Eier verpassen. Aber er brauchte keine Angst zu haben, denn nie im Leben würde ich jemandem ein Haar krümmen, nicht Amir oder irgendwem, nicht einmal Doughnut – obwohl, als Doughnut mal Dildo statt Dylan zu mir gesagt hat, da hätte ich ihm gerne eine riesige Betonplatte über den Kopf gezogen. Mum hat mir gesagt, ich soll mit den Fingern wackeln und in Gedanken bis zehn zählen, wenn so was passiert. Ich rieb Grün und dachte daran, wie viele Sandkörner es wohl an Largs Beach gibt. Dahin sind wir letzten Sommer bei unserem jährlichen Tagesausflug mit der Schule gefahren; es hat gepisst wie nix, und wir haben vom Bus aus den Wellen zugeschaut, wie sie auf den Strand gekracht sind. Es war scheiße. Außerdem hat Lisa Degnan sich in die Hose geschissen und der ganze Bus stank wie eine Babywindel. Ich fing an, die Körner zu zählen und durch den Mund zu atmen.

»Warum lachst du, Amir?«

»Wegen dem Knast-Ding.«

»Und?«

»Du brauchst nicht in den Knast zu gehen, denn du wirst die fünf bis zehn Jahre nie absitzen können.« Was Amir sagte, war wie ein Schlag ins Gesicht. »Weil, du weißt … weil du … weil du dann …«

Dann kapierte ich. Wir beide. Und alles in mir fühlte sich traurig an und mein Gesicht auch.

»Ach, Dylan, entschuldige … Ich wollte nicht …«

»Nemo problemo, Amir. Wir machen doch bloß Spaß, sonst nichts.«

»Also, wenn du auf Spaß aus bist, wie wär's damit …«

»Was?«

»Vielleicht wird Michelle Malloy schwanger und du hinterlässt ihr einen kleinen Baby-Mint.« Knall! Bumm! Und Peng! Amir hatte recht. An Baby-Mints hatte ich noch nie gedacht.

»Und wenn ich eine Tüte drüberzieh?«

Amir schaute verwirrt.

»Eine Lümmeltüte.«

»Oh.«

»Dann kann ja nichts mehr schiefgehen, oder?«

»Ähm … ich … ähm, denke auch, aber das musst du dann in der Toilette runterspülen, um die Spuren zu verwischen.«

»Stimmt.« Ich versuchte so zu tun, als wüsste ich bei allen Höllenfeuern, wovon ich redete. Das Problem war, ich hatte noch nie ein Kondom in echt gesehen, wenn man mal von Wasserbomben und den ekligen absah, die in Parks rumliegen. Und die, die ich im Internet gesehen hatte, sahen wie aufgerollte Nippel aus. Es grauste mir davor, welche zu kaufen. Vielleicht konnte Amir ein Wahnsinnskumpel sein und sie für mich kaufen. Oder seinem Vater klauen. Wow! Das wäre ein Ding. An Kondome hatte ich bisher nie gedacht.

Dann kickten wir ein paar kleine Steine in der Gegend rum, denn die großen hatten wir schon wegbefördert. Zwischen uns entstand wieder dieses sonderbare Schweigen, und ich war kurz davor, mir zwölf Mal hintereinander an die Stirn zu schlagen.

»Bei der Halloween-Disco werde ich loslegen«, sagte ich.

»Mit Michelle?«

»Jep.«

»Aber bis Halloween ist es noch eine Ewigkeit. Wir haben immer noch August.«

»Da habe ich umso mehr Zeit, meinen Masterplan in die Tat umzusetzen.«

»Puuh. Dann ist ja alles O. K.«, sagte Amir. »Sagst du Michelle auch, was bei dir nicht in Ordnung ist?«

»Vergiss es.«

»Das macht es vielleicht einfacher … du weißt schon … es mit ihr zu treiben.«

»Warum?«

»Vielleicht hat sie super Mitgefühl mit dir.«

»Ich will kein super Mitgefühl von ihr.«

»Aber dann kriegst du vielleicht einen von diesen … wie heißen die noch mal?«

»Einen Leidensfick?«, sagte ich. Ich wusste, worauf Amir hinauswollte, aber mir fiel der genaue Ausdruck auch nicht ein, obwohl ich ihn auf der Zunge hatte.

»Genau das. Einen Leidensfick.« Obwohl es das nicht war.

»Brauche ich nicht. Wenn sie Dylan Mints Sprüche hört, dann rutscht ihr Höschen wie das von Mad Skittle.«

Amir lachte laut. Skittle war in unserer Klasse und hieß mit echtem Namen Philip Doyle. Er hatte so ein Beinkrankheitsding, seine Knochen waren matschig wie Knete. »Das sagst du Skittle besser nicht ins Gesicht.«

»Spasti-basti!«

»Ich würde nie was B-B-Böses über Skittle sagen«, sprudelte es aus Amir heraus. »Nicht ihm ins Gesicht.«

Manchmal wird Amir ein kleines bisschen hektisch, wenn es zur Sache geht. Miss Flynn sagt, ich soll »immer konstruktiv bleiben«, wenn das passiert. Ich weiß allerdings nicht, was das heißt. Dad hat immer gesagt, dass Miss Flynn »ihr Geld im Schlaf verdient«. Ob sie in der Schule schläft? Wenn wir die Köpfe auf den Tischen haben und »7 up« machen?

Als wir nach Hause gingen, hatte ich das Gefühl, ich sollte den Arm um Amir legen und ihm zeigen, dass zwischen uns alles super-O. K. stand und wir lebenslang beste Kumpel sein würden. Genau das haben die Typen in dem Film *Geheimnis eines Sommers* gemacht und das war großartig.

Mum sagt, ich hätte dabei geweint, aber das stimmt nicht. Ich hatte nur einen Kloß im Hals … so groß wie ein Eierbecher.

»Übrigens, Amir, nicht darüber reden.«

»Über was?«

»Über du-weißt-schon-was.«

»Das T-T-Tod-Ding … März?«

»Ja, und sag nicht *Tod-Ding* dazu.«

»Was soll ich denn sagen?«

»Nenn es *Ferien* oder *Der Ausflug* oder *Die Sache* oder *Die Reise* oder *Der Elefant*. Nenn es, wie du willst, solange du das Wort *Tod* nicht sagst.«

»Okey-dokey, Käptn.«

»Und nichts verraten, O. K.?«

»Nichts verraten«, sagte Amir.

Wir knufften uns gegenseitig in den Arm und stießen die Schultern aneinander, um unseren Pakt zu besiegeln, dann gingen wir weiter.

»Als was gehst du bei der Halloween-Disco?«, fragte ich ihn.

»Keine Ahnung. Und du?«

»Weiß nicht.«

Amir verdrehte die Augen, er hatte also einen seiner Denkhüte auf. Und wenn das passiert, ist es Zeit für »Bitte sofort anschnallen«!

»Ich weiß, wie du dich verkleiden könntest«, sagte er.

»Wie?«

»Als Kondom!«

Dieser Typ ist einfach nur

Fun
Fun
Fun.

Kriegsgebiet 10

77 Blair Road
ML5 IQE
15. September

Lieber Dad,

Mum hat mir alles über das Verbot erzählt, Briefe aus dem Kriegsgebiet zu schicken. Das ist Willy Wahnsinn! Sie sagt, das Kriegsgebiet, in dem du bist, ist irre gefährlich, und wenn sie herausfinden, von wo die Briefe geschickt werden, wird das zur größten Gefahr für dich und deine ultramutigen Kumpel. Aber sie hat mir auch erzählt, dass ihr beide ab und zu telefoniert, normalerweise während meiner Schulzeit, und das geht mir echt supermäßig auf den Zeiger, denn es wäre gut, ab und zu ein bisschen mit dir über die alte Quasselstrippe zu schwatzen. Vielleicht weint sie deshalb so massig. Weil sie dich wie eine Wahnsinnige vermisst, wenn sie deine Stimme hört. Ich übrigens auch, selbst wenn ich deine Stimme nicht so oft höre.
Ich glaube, es war letztes Jahr im Dezember – kurz bevor du den Anruf von deinen Oberbossen bekommen hast –, dass ich deine Stimme zuletzt gehört habe. Ich weiß noch, dass du in mein Zimmer gekommen bist und gesagt hast: »Dylan, wach auf, ich hab Chips mitgebracht. Komm schon! Wach auf und komm runter zu den Chips, die ich gekauft hab.« Aber als ich dann schließlich unten war, hattest du dich

schon ins Land der Träume davongemacht. Es sah absolut lustig aus, wie dein Kopf auf einer Chipstüte lag. Tut mir leid, dass ich lache, Dad, aber es war ein echter YouTube-Augenblick. Ich wette, du würdest eine Fantastilliarde Klicks bekommen. Aber wenn die Chips dann eingefahren sind (das ist ein Witz!) und ich deine Stimme hören will, dann sehe ich mir einfach den Brief an, den du mir geschrieben hast. Vielleicht stecke ich ihn in einen Rahmen und hänge ihn mir auf.

Ich vermute, sie hat dir alles über meine Situation erzählt? Ich glaube, auch deshalb weint sie so massig. Manchmal entdecke ich sie schluchzend und schniefend zusammengerollt auf dem Sofa, die Hände um einen Becher Tee geklammert. Es ist nicht ganz so wie in *Eastenders*, obwohl es zurzeit schon ziemlich traurig ist. Vielleicht sollte ich all diese Sachen über Mum nicht erzählen, aber da du ihre einzig wahre Liebe und ihr Ein und Alles bist, hast du ein Recht darauf, es zu wissen. Und da ich dein Fleisch und Blut bin, habe ich die Pflicht, es dir zu berichten. Jedenfalls ist der große Tag im März, und es wäre fantastisch, wenn du dann hier sein könntest. Mum sagte, dass es eine großartige Chance gibt, dass du auch schon viel früher wieder zu Hause sein kannst. Sie hat erzählt, alles hinge davon ab, wie verrückt es in deinem Kriegsgebiet zugeht. Ich drücke alle Daumen und Zehen!

Weißt du noch, dass du immer *fan-tanz-tisch* statt *fantastisch* gesagt hast? Das fand ich gut. Ich sage das jetzt auch. Ich habe auch selbst ein neues Wort erfunden, das kannst du gerne auch benutzen, wenn du willst. Das Wort ist *Shizenhowzen*, man sagt es statt *Heilige Scheiße*!

Amir und ich spielen nächste Woche mit der Fußballmannschaft der Schule. Erinnerst du dich an Amir? Er ist mein

bester Kumpel. Einige Leute rufen ihm Paki hinterher, was uns beide so wütend macht wie eine Bande Mofos. Er ist nicht sehr gut im Fußball, was eine Schande ist. Sein Lieblingsspiel ist Kricket, was eine noch größere Schande ist, denn das ist stumpfsinnig, und ich versteh die Regeln nicht so ganz. Ich glaube auch, in Drumhill versteht das sowieso niemand, außer Amir, also hat er die Arschkarte, wenn er das spielen will. Er kann nicht gleichzeitig werfen und schlagen, stimmt's? Wobei es der Brüller wäre, das mal zu sehen. Es ist so, dass die Fußballmannschaft nicht genug Spieler hatte, und so hatten wir keine andere Wahl, als Amir zu fragen. Wenn er nur schlecht ist, spannen wir ihn als Torwart ein. Ich werd dir sagen, wie es gelaufen ist.
Ich habe jede Menge Sachen in der Pipeline, die ich bis März erledigen muss. Meistens so Schulsachen. Ich will immer noch alle Prüfungen schaffen. (Vielleicht lassen sie mich die etwas früher machen.) Ich will auch sichergehen, dass Mum super-O. K. und wieder putzmunter ist. Aber es gibt noch ein paar »persönliche« Dinge, die ich erledigen muss. Davon werde ich dir dann berichten, wenn es so weit ist.
Während Mum zu ihrem Muckibuden-Kurs geht, spiele ich ein paar Computerspiele. Sie sagt, ich soll die nicht spielen, weil das gute alte Gehirn dadurch noch matschiger wird. Stimmt aber nicht. Ich blinzele vielleicht etwas mehr als sonst, aber das ist alles. Trotzdem sag ihr bitte nicht, dass ich am Computer gespielt habe. Stell dir einfach vor, du wärst hier – dann wärst du ihr Muckibuden-Trainer, und sie müsste nicht zwei Mal die Woche jeweils drei Stunden weg. Ich sag das nur ganz unter uns, aber ich sehe keinen Unterschied bei ihrem Gewicht. Erzähl ihr bitte nicht, dass ich das gesagt habe. Bitte. Bitte. Bitte. Aber wenn du hier

wärst, dann könntest du sie einfach im Garten anschreien und ein paar Übungen machen lassen, und ich bin sicher, sie würde im Handumdrehen Gewicht verlieren. Wär sicher lustig anzusehen. Ich würde dir ein Bier bringen, gegen den Stress, und Mum eine Stange Sellerie für die Pausen zwischen den Übungen.

O. K., Señor Mint. Ich mach mich auf zum Master Level vier von *Halo 2*, bevor Mum aus dem Fat-Camp zurück ist (kann selbst nicht glauben, was ich hier schreibe). Wir hören uns, Amigo. (Ich habe jetzt Spanisch in der Schule.)

Dylan Mint xxx

Häusliche Pflichten 11

Als ich hörte, dass die Haustür aufging, habe ich mir fast in die Hose gemacht. Mum würde megadurchdrehen, weil ich den ganzen Abend Computer gespielt hatte. Sie würde *Herbie dreht durch* höchstpersönlich sein, weil ich diese verdammten Hausarbeiten nicht erledigt hatte:

- Hausaufgaben (das Haus würde allerdings nicht zusammenbrechen, wenn ich meine Hausaufgaben nicht machte, warum also gehörte das bei Mum in die Abteilung »Häusliche Pflichten«?)
- Meine Socken entknäulen (weil unsere Waschmaschine verdammt noch mal keine Socken entknäult)
- Apfelsinenkerne aufsammeln, die auf dem Boden meines Schlafzimmers verteilt lagen, nachdem sie pop pop pop von meinem Finger gehüpft waren (tolles Spiel, wenn ich verunsichert bin oder mich über mich selbst oder die Welt ärgere)
- Den Staub von den Fensterbänken und Heizkörpern wischen (mein Top-Tipp: mit einer stinkenden Socke, die dann in die Wäsche wandert, und ich so zwei Kaninchen mit einer Klappe geschlagen habe)
- Laken und Kopfkissenbezug wechseln (Mum hat gesagt, da ich jetzt ein großer Teenager bin, muss ich das jede Woche machen. Sie hatte keine Ahnung, dass ich wusste, was sie meinte, aber ich mochte ihr auch nicht sagen,

dass ich nicht diese Art von Teenager bin, weil ich solchen Proll-Diskussionen aus dem Weg gehen will)

Die Laken waren schon seit zwei Monaten nicht gewechselt worden. Ich mag es einfach nicht, in frischen Laken zu schlafen. Die Haustür schlug zu, als wär eine Zehn-Tonnen-Axt dagegengekracht. Ich hörte, wie Mum die Treppe hochzockelte. Jede Stufe ein schwerer Fußtritt.

Bumm!

Bumm!

Bumm!

Mein Herz drehte ein paar Runden durch den Körper und ich verfiel in meinen Tic-Modus. Ich hatte nichts von der Hausarbeit erledigt; ich hatte es noch nicht mal bis auf Level fünf geschafft. Und die Gefahr kam ziemlich schnell näher.

Dann fiel eine andere Tür krachend ins Schloss. Mums Schlafzimmer. Türenknallen bringt mein Potenzial zum Durchdrehen so richtig in Schwung.

»SCHWEINETÜR! VERDAMMTE KNALLTÜR! VERDAMMTE HURENKRACHTÜR! VERDAMMTE FETTE TÜRHURE! DICKE TÜRARSCHHURE!«

Halt deine verdammte Fresse, brüllte das Männchen in meinem Kopf. *Psssssssst, um Himmels willen.*

Ich vergrub mein Gesicht tief in das Kissen, was den Ton dämpfte, aber ich bekam kaum Luft. Ich musste dieser Stimme entkommen und alle Ketten sprengen. Es war wohl hart gewesen in der Muckibude. Ich rubbelte Grün.

»Geh schlafen, Dylan«, rief sie quer über den Flur.

Ich war so still wie das stillste Mäuschen in der allerstillsten Stadt. Ich spielte Ochs am Berg mit mir selbst.

»Hast du mich verstanden?«, schrie Mum.

Ich war der Meister aller *Prisoners of War.*

»Dylan, ich weiß, dass du mich hörst.«

Ich war David, die Statue aus der Renaissance, die wir im Geschichtsunterricht durchgenommen hatten. Aber David ist in echt nicht so echt, denn er hat einen ziemlich muskulösen Körper, aber einen ziemlich kleinen Schniedel. Außerdem war der Unterricht ziemlich langweilig. Vielleicht sollte ich meinem Lehrer zeigen, wie gut ich als völlig regloser David bin.

»Dylan, antworte mir.«

Machte ich nicht.

»Dylan, hör auf, mich auf den Arm zu nehmen. Ich weiß, dass du da bist.«

Ich hörte auf, David die Statue zu sein, schüttelte meinen Kopf dreiundvierzig Sekunden lang hin und her und blinzelte, so schnell ich konnte. Ein neuer Rekord, wieder verbessert: einhundertsechs Blinzler. Ich hatte Kopfschmerzen.

»Dylan, ich weiß, dass du Computer gespielt hast.«

Scheiß, Arsch, Homo, Sack. Woher wusste sie das?

»Ist aber O. K., Sohnemann, ist O. K.. Meinetwegen.« Ihre Stimme klang wieder voll wie schluchzende Frau. Wieder viel weicher. Meine Lieblingsstimme. Wie Samt und Schoko im Mixer. Sanft, damit ich mich sicher und geborgen fühlte.

»Im Ernst?«, sagte ich.

»Was?« Dann kam eine ziemlich ewige Pause. »Ich kann nicht hören, was du sagst.«

»IM ERNST?«

»Was im Ernst?«

»ES WAR O. K., DASS ICH COMPUTER GESPIELT HABE?«

»Ja, ist O. K.«

»Bedankt.«

»Was?«

»Bedankt.«

»Hast du die Haushaltssachen erledigt?«

»JA ... NEIN ... JA ... NEIN ... NEIN ... NEIN ... NEIN ... JA ... VERDAMMTER HAUSHALT.«

»Dylan, hast du die Haushaltssachen erledigt?«

»NEIN.« Ich lauschte angestrengt auf das Schweigen aus Richtung Mums Tür, konnte aber nur hören, dass Mum irgendetwas vor sich hinmurmelte, so als würden kleine Ratten einen guten altmodischen Plausch halten. »ALLES O. K., MUM?«

»Alles O. K., Dylan. Geh jetzt schlafen.«

Schlaf war meilenweit nicht in Sicht.

»Wie war es in der Muckibude?«

»Was?«

»WIE WAR ES IN DER MUCKIBUDE?«

»Muckibude?«

»JA!«

»War das Gleiche wie immer.«

»HART?«

»Ja, Dylan, die Muckibude war hart. Sehr hart.«

»BIST DU DESWEGEN MÜDE UND WÜTEND?«

»Ja, Dylan, die Muckibude macht mich müde und verdammt wütend.« Sie sagte tatsächlich »VERDAMMT WÜTEND« mit jeder Menge »!!!!!!!« hintendran.

»ES TUT MIR LEID, DASS ICH DIE HAUSHALTSSACHEN NICHT GEMACHT HABE.«

»Die kannst du morgen machen.«

»Okey-dokey.«

»Was?«

»OKEY-DOKEY.«

»Stimmt. Gute Nacht dann.«

»ICH HATTE KEINE ZEIT, WEIL ICH EINEN BRIEF AN DAD GESCHRIEBEN HABE.«

»Schlaf jetzt, Dylan.«

»HAT EINE EWIGKEIT GEDAUERT, IHN ZU SCHREIBEN – DARUM HABE ICH MEINE HAUSHALTSSACHEN NICHT GEMACHT.«

»Zeit zum Schlafen.«

»WIRD ER MEINEN BRIEF BEKOMMEN UND LESEN?«

»Dylan, um Himmels willen, wirst du jetzt wohl SCHLAFEN GEHEN.«

Dann kam das Schweigen zurück und auch die kleinen Ratten. Es schien, als würde Mum warten, dass ich noch etwas sagte. Warten bringt mich um. Ich hasse es, in einer Lage zu sein, wo ich nicht weiß, was ich tun soll oder wie ich mich verhalten soll oder was ich sagen soll. Wirre Welt.

Ich machte, was ich normalerweise mache: Ich klappte die Ohren nach innen und drehte Grün zwischen den Fingern. Wow! Sie waren so kalt, ein sensationelles Sensationsgefühl. Es war ein fantanztischer Moment. Ich hatte die Augen so fest zusammengekniffen, dass ich kleine weiße Punkte sah. Innerlich musste ich über Dads großartiges Wort brüllend lachen. Dann pop! Und meine Ohren waren wieder draußen.

»Schläfst du, Dylan?«, fragte Mum.

»KUH, ZICKE.«

»Dylan.«

»SCH…SCH…SCHREI SCH…SCH…SCHLAMPE.« Ich hielt die Luft an. Ich wollte, dass es aufhört. Tränen. Verdammte Tränen. Große Jungs weinen nicht, aber große Jungs, die zur Drumhill-Sonderschule gehen, weinen ständig.

»Ist O. K., Dylan. Ist O. K.«

»O. K.«

»Ich liebe dich.«

»DANKE.«

»Ich will nicht, dass dich das alles belastet.«

»LIEBE DICH AUCH, SCHLAMPE.«

»Gute Nacht-Nacht.«

»NACHT«, brüllte ich und tat so, als würde ich auf den Bus warten.

Ich wartete eine Ewigkeit, aber es kam kein Bus. Nichts kam. Ich wartete, bis die Ratten eingeschlafen waren.

Die Sterne an der Decke verloren langsam an Leuchtkraft. Ich musste wohl neue kaufen. Amir sagt, sein Cousin könnte welche bekommen, die die Leuchtkraft nie verlieren. Er sagt, sie wären aus Stücken echter Sterne gemacht, aber keine Chance, dass ich ihm auf Gottes schöner Erde glaube. Manchmal redet er einfach Kauderwelsch. Ich denke immer an Amir, wenn ich abends im Bett liege (aber nicht *so*). Ich denke an die verrückten Sachen, die er am Tag gemacht, und an die Iddiesachen, die er gesagt hat. Und davon gibt es normalerweise massig, denn er redet endlos über Sachen, wie etwa Kricket, ob es mich nun interessiert oder nicht. Ich glaube, Amir könnte Schottlands größter Bühnenkomiker sein, wenn er sich darauf konzentrieren würde. Bei der *Drumhill Talentshow* erzählte er zwei Witze, aber niemand lachte. Doughnut brüllte nach dem ersten »Das ist pure Scheiße«, was Amirs zweiten zu einem mordsmäßigen Flop machte. Und was die Sache für den armen Kerl noch schlimmer machte, Doughnuts Kommentar bekam einen dicken Lacher. Amir war außer sich, aber ich sagte ihm, dass Doughnut ein Schwanzlutscher sei und seine Chance noch kommen würde.

Ich habe es Amir nicht ins Gesicht gesagt, aber

Wer hat sich knock-knock ausgedacht?
Zwei Gartenzwerge auf der Suche nach Schneewittchen.

ist ein Scheißwitz.

Er hat aber auch echte Megaknaller auf Lager, etwa:

Was ist der Unterschied zwischen weich und hart?
Mit einem Weichen kann man einschlafen, mit einem Harten nicht.

Darüber kann ich mich schlapplachen. Allerdings hätte ihn Mr McGrain, unser Direx, dafür in sein Hinterteil getreten. Vielleicht sollte ich Amirs Manager-Agent sein. Dann wären wir für immer beste Kumpel *und* könnten währenddessen ein paar Dukaten abgreifen.

Vergisst du da gerade nicht etwas, Dylan?, erinnerte mich der kleine bekloppte Bastard im Kopf. Ich schlug mit der Hand nach ihm.

Für Mum muss es ziemlich hart gewesen sein, ihren einzigen Sohn, das einzige Kind, vor ihren Augen so abbauen zu sehen. Sie war ultratapfer. Sie hätte das Eiserne Kreuz verdient. Oft kam sie in mein Zimmer, um mir ein paar feuchte Küsse und eine fette Umarmung zu verpassen und mir zu sagen, wie sehr sie mich liebte. Und wenn sie mal wieder unterwegs war und ordentlich einen getrunken hatte, dann schlabberte sie mein Gesicht ab wie ein großer Bernhardiner, der mich gerade aus einer dreckigen Gletscherspalte irgendwo weit oben in den Schweizer Bergen gezogen hatte. Das war einfach Mums Art, mir zu zeigen, wie sehr sie mich durchgeknallt frauenmäßig liebte, und hatte nichts mit den enormen Mengen Alkohol zu tun, die sie am Abend geschluckt hatte und die ihre emotionale Hemmschwelle zerschmettert und zunichtegemacht hatten. (Wir behandelten die Abteilung Alkohol gerade in der Unterrichtseinheit Sozial- und Gesundheitserziehung.) Ob Sauftour oder Butterfahrt, sie war einfach hinter den feindlichen Linien abgesprungen, was heißt, sie versuchte, mich vor all dem Theater zu schützen und nichts an mich rankommen zu lassen. Das machte mir ziemlich Schuldgefühle, denn die Rolle des Beschützers wäre wohl an mir gewesen. Mums gehören zu den besten Sachen auf der Welt. Ich frage mich häufig, wie es sich wohl anfühlt, eine Mum zu sein. Ich habe keine Titten, also wird das wohl nie passieren. Obwohl ich denke, dass es wohl in Amerika passiert.

Während ich noch auf meine matten Sterne schaute, dachte ich mehr und mehr an Michelle Malloy und wie ich sie dazu bekommen konnte, über die Matratze zu toben. Es wäre immerhin ein Anfang, richtig gut mit ihr zu reden. Frauen mögen es, wenn man über alle möglichen Sachen und so was plaudert. Sie ist sooooooooo schön. Mit Abstand das coolste, tollste, hippste, sexieste Mädchen in Drumhill. Ich bin sicher, wenn Michelle Malloy auf eine anständige Schule gehen würde, dann wäre sie auch dort das coolste, tollste, hippste, sexieste Mädchen …

Am nächsten Morgen musste ich mir meine Banane für den Haferbrei selber schneiden und ihn in die Mikrowelle schieben. Mum lag noch in der Falle. Ich war der reinste wilde Stier, weil Mum genau weiß, wie sehr ich es hasse, etwas aus der Mikrowelle zu nehmen.

»MIKROWELLENARSCH.«

Die Mikrowellen können dir direkt ins Gehirn fahren

und du bist gleich und auf der Stelle mausetot. Zoom! Solche Fälle hat es in Amerika, Bulgarien und Ecuador gegeben. Aber das spielte jetzt auch keine Rolle mehr und so nahm ich das Schälchen selbst heraus. Nichts passierte, also mampfte ich den Haferbrei.

Match 12

Ich finde es immer wieder toll, wenn es September wird. Nicht, weil der bombenheiße Sommer sich endlich irgendwo anders hin verpisst hat. Das meine ich *ironisch*, da ich in Schottland lebe und nicht in Papua-Neuguinea oder Torremolinos. Ein Hihi-Erlebnis! Nein, ich liebe den September, weil zu dieser Zeit des Jahres die Männer zu Männern werden und die Mädchen zum Strickzeug greifen. Im September startet DIE FUSSBALLSAISON der Schule. Und ich, Dylan Mint, war Die-Nummer-eins-auf-dem-Meldebogen, das wichtigste Mitglied der Fußballmannschaft von Drumhill.

Erstes Spiel: Lokalrivalen, Shawhead.

Und los geht's.

Wer nicht zum Strickzeug griff oder so tat, als wolle er in der Bücherei lesen, konnte sich das Spiel ansehen und wie ein Verrückter für die Jungs von Drumhill jubeln. Es war dieser Trottel von Amir, der mich anstachelte, doch Michelle Malloy zu fragen, ob sie mir nicht beim Spiel zusehen wollte.

»Das ist perfekt«, sagte Amir.

»Nicht unbedingt, Amigo – dieses ganze Fußball-Ding gehört nicht zu meinem Masterplan.«

»*Pflanz ein paar groovy Samen*, hast du gesagt, also worauf wartest du.« Amir wackelte mit allen zehn Fingern vor meinem Gesicht herum, als wolle er diesen Gedanken in mein Hirn pflanzen.

»Amir, sie wird meine Beine sehen.«

»Na und.«

»Da ist kein Haar dran.«

»Weil du ein weißer Junge bist.«

»Sie wird denken, dass ich etwa zwölf bin oder so.«

»Zwölf ist nicht so schlecht – weißt du, was man über Zwölfjährige sagt?« Amir zwinkerte und grinste.

»Nein, was?«

»Ähm … ich we-we-weiß auch nicht so genau.«

»Du bist keine Hilfe, Amir. Für dich ist das O. K. – du hast Orang-Utan-Beine; Mädchen stehen auf so was und nicht auf kahle, dürre Zweige wie meine.«

* * *

Und dann kam die Chance, ohne Strategie oder Action-Jackson-Plan.

Tatort: vor den Toiletten für die Älteren.

Handlung: Ich hatte mein Geschäft erledigt (pinkeln). Michelle Malloy war auf dem Weg dahin (hoffentlich für »klein«. Die Vorstellung von Michelle Malloy bei »groß« war megapeinlich und ein potenzieller Deal Breaker).

Herz: Ich hatte keine Zeit, darüber nachzudenken, ging wie ein Torpedo zur Action über.

Hände: feucht.

Haare: O. K. Ich wurschtelte sie mir im Klospiegel über die Augen. Ich versuchte, sie cooler aussehen zu lassen, wie bei den Typen von den normalen Schulen. Das Zucken beförderte sie weg von den Augen. Eins-null Tourette.

Sie kam ohne Vorwarnung auf mich zu. Wie ein Engel aus dem Nebel.

»Hi, Michelle.«

»Was treibst du hier, Mint?«

»Ähm … ni …«

»Hängst du jetzt vor den Klos herum?«

»Nein … ich hab … ich hab … HAB GESCHISSEN … NEIN. Hab ich nicht, Michelle, ehrlich. Ich hab gepinkelt. Ich hab nur gepinkelt. GROSSER RIESENSCHISS.« Es platzte aus mir heraus. Ich konnte es nicht aufhalten.

»O. K., wenn du also gepisst hast, dann verpiss dich.«

Ich lachte über Michelle Malloys Witz. »Verpiss dich, der ist gut«, sagte ich.

»Von welchem Planeten kommst du eigentlich, Mann im Mond?«

»Ähm, Planet Erde.« Ich tastete nach Grün in meiner Tasche und rieb ihn so heftig ich konnte.

»Was um des verdammten Himmels willen machst du da, Mint?«

»Was? Wo?«

»Da!« Michelle Malloy deutete auf die Tasche, in der Grün war. »Mint, wenn du vor meiner Nase an dir rumfummelst, dann schwöre ich bei Gott, dass ich dir diesen Fucker abschneide und *ihn und dich* zurück in deine Mutter schiebe.«

Wow! Ich hatte keine Ahnung, wie sie das machen wollte, aber es klang nach jeder Menge Schmerzen für alle Beteiligten.

»Nein, das ist mein Stein, Michelle. Schau mal, ist nur ein Handschmeichler. Siehst du?«

»Schaff mir das Ding aus den Augen, Mint, wenn du eine heile Nase behalten willst.«

»Ich hab mich nur gefragt, ob du beim ersten Spiel der neuen Saison nächste Woche zuschauen willst. Wir spielen gegen Shawhead. SCHWANZKAUER SCHEISSBAUER … Mist, entschuldige, Michelle.«

»Du willst, dass ich dir beim Fußballspielen zusehe, Mint?«

»Ja.«

»Mint, eher würde ich einem Schaf einen runterholen.«

»Einem … Schaf?«

»Und jetzt steh mir nicht im Weg rum.«

»RIESEN … RIESENSCHISS«, brüllte ich, stieß ein paar Schreie aus und kehrte mächtig betäubt in die Klasse zurück. No way, dass Amir etwas von diesem Plausch erfuhr.

* * *

Wir hatten Anstoß.

Tiki.

Taka.

Tiki.

Taka.

Das Barcelona der Spasti-Welt.

Jede Menge Tore.

Ein zweifelhafter Elfmeter.

Kriminelle Schiedsrichterentscheidung.

Und dann ging es *richtig* zur Sache. *Zur Sache gehen* ist eine Redewendung von Fußballklugscheißern, sie sagen das anstelle von *Kampf* oder *Prügelei*. Dabei spielten wir zu diesem Zeitpunkt doch bloß Fußball – irre, oder was?

Alles fing damit an, dass Snot Rag (aka Terence Trower) wie ein Verrückter wegen eines Nieren-Notfalls ins Krankenhaus zischen musste, womit die Fußballmannschaft von Drumhill ohne ihren Nummer-eins-Torwart dastand.

Holy moly, keinen Goalie! Was sollten wir tun?

Ich kam mit einem echten Heureka-Hochkaräter: Lasst den unerschrockenen Amir in den Goalie-Pulli.

Ich bestand drauf, dass er grünes Licht bekam, denn um beim Kricket einen Ball mit Schallgeschwindigkeit zu fangen, braucht man Fähigkeiten, die auch ein Erste-Sahne-Torwart hat.

Aber nichts da.

Er war grottenschlecht.

Schlechter als grottenschlecht.

Pisse.

Pure Pisse.

Pure fette gelbe Pisse.

Wir verloren 7:4 gegen Shawhead. Monsterprollig auf diesem Niveau. Der größere Teil der Shawhead-Mannschaft bestand auch aus richtigen Spastis. Und ich meine Spastis, die Probleme mit den Beinen haben, für sie war Fußballspielen also wie ein Wunder. Aber sie schafften es, Amir sieben Dinger zu verpassen. Völlig, total, komplett behindert.

Das Ganze ging ab wie eine Sendung von Ross Kemp, dem Action-Reporter.

Beim Stand von 6:4 bekam Shawhead einen butterweichen Elfer. Einer ihrer Typen mit Klumpfuß fiel im Sechzehner hin, und der Schiedsrichter, Mr Comeford, zeigte auf den Punkt. Für alle war klar, dass der Kerl einfach das Gleichgewicht verloren hatte und aus den Latschen gekippt war; Comeford pfiff mehr aus Mitleid als wegen irgendetwas anderem. Eine schockierende Entscheidung.

»Wenn du den nicht hältst, dann trete ich dir deine Paki-Eier den Arsch hoch«, schrie Doughnut Amir zu.

»Hä?«, fragte Amir.

»Wenn du den nicht hältst, setzt's was«, brüllte Doughnut. Amir sah mich mit einem Ausdruck völliger Verwirrung an. »Dann kannst du dir keine Syphilis mehr in einem Paki-Puff holen.«

»Wa-wa-was?«, fragte Amir noch mal. Ich wollte auch »Was?« sagen, denn ich wusste weder, was Syphilis war … noch ein Paki-Puff.

»Bist du taub, Pak-Sack?«

»Nein, ich bin n-n-nicht taub.« Amir kapiert diese Art Fragen einfach nicht. Seine Antworten brachten Doughnuts Gehirnzellen zum Durchdrehen. Wenn seine Gehirnzellen durchdrehen, dann gerät Doughnut völlig aus dem Häuschen, sprich, seine Wut sprudelt hoch wie Quecksilber. Ihr solltet Doughnut mal im Unterricht sehen, wenn die Lehrer ihm verrückt schwierige Fragen stellen – dann explodiert er wie ein Hüpfball.

»Halt ihn einfach verdammt noch mal oder du scheißt heute Abend deine Eier mit dem Curry raus.« Ich wusste, dass Amir keinen blassen Schimmer hatte, was all das bedeutete, denn er musste erst mal damit klarkommen, dass alle (ich auch) auf ihn einschrien und brüllten, er sei ja wohl der mieseste Torwart, den die Fußballwelt je gesehen hätte.

»O. K., ich versuch's«, sagte er, als hätte Doughnut ihm einfach etwas von Fußballer zu Fußballer gesagt.

Dann lief (oder hinkte) dieser riesige Shawhead-Spieler mit einem Megahinkebein an und bolzte den Ball Richtung Amirs Tor. Der Ball knallte an die Unterseite der Latte, von dort an Amirs Hinterkopf und hüpfte ins Netz. Amir hatte null Durchblick, was passiert war. Comeford pfiff und gab das Tor. Die Shawhead-Spieler jubelten. Und Doughnut ging direkt auf Amir los.

»Du bist mir 'ne Paki-Fotze.« Doughnut kochte vor Wut, aus Nase und Ohren schienen Dampfwölkchen zu kommen.

Amir rannte ein Stück weg.

»Bleib hier«, sagte Doughnut und stapfte ihm nach, auf dem besten Weg zu einem Hassverbrechen.

»Nein«, sagte Amir.

»Ich krieg dich an den Eiern, Paki-Sack.«

»Ich ha-ha-hab doch nichts gemacht«, sagte Amir.

»Eben, du Arsch. Komm her.«

Doughnut war nur noch eine Armeslänge von Amir entfernt und ich eine Armeslänge von Doughnut.

»Lass mich in Ruhe.«

»Ja, lass ihn in Ruhe. Er hat nichts falsch gemacht«, sagte ich. Schlecht. Ganz schlecht.

»Du hältst dich da raus, Tick-Tack, sonst verpass ich dir so ein Ding, dass du bis Mitte nächster Woche nicht mehr aufwachst.«

Ich hasste dieses Schimpfwort. Amir zitterte und knurrte, was auch mich zum Zittern und Knurren brachte. Es war, als hätten wir dieses verrückte Zwillings-Ding zwischen uns laufen. Zwillings-Hunde. Zwillings-Dingos. Doughnut packte Amir im Genick und schubste ihn zu Boden. Und dann, das schwöre ich beim Jesuskind, setzte er an, als wollte er einen Elfmeter mit Amirs Kopf schießen.

»WICHSFICKER.«

»Arrrrrrrhhhhhhh«, kreischte Amir. Das klang, als würde ein neugeborenes Baby wimmern, und alle Köpfe wandten sich diesem Ereignis zu.

»BASTARDFICKER.« Bevor ich michs versah, hing ich auf Doughnuts Rücken, die Arme um seinen Hals, und zerrte ihn ins Gras. »FETTEIRRENFOTZE.« Ich konnte überhaupt nicht mehr hören, was irgendjemand sagte oder schrie. Alles, was ich hörte, war ein eindringliches Geräusch im Kopf, *ssszzzhhhoooooooo*, wie eine Waschmaschine, die verdammt verdammt schnell dreht und versucht, den dicksten Dreck aus den dreckigsten Klamotten der dreckigsten Stadt im dreckigsten Land der Welt zu waschen.

Ssszzzhhhoooooooooo.
Ssszzzhhhoooooooooo.
Ssszzzhhhoooooooooo.
Dann verlangsamte sich der Schleudergang zu einem

stott
stott
stotter
stotter
stotter
stott
stott
stott
tott
tott
tott
to
to
to
t
t
t
nt
nt
nt
int
int
int
Mint
Mint
Mint …

»MINT!«

»MINT!«

»MINT!« Mr Comeford zerriss mein Fußballtrikot, als er mich von Doughnut runterzerrte. Das war allerdings super-O. K., denn es war das Schultrikot. »DU GEHST DA RÜBER, MINT, UND WEHE, DU BEWEGST DICH, VERDAMMT NOCH MAL«, fuhr er mich an und deutete auf das Tor, in dem der Ball vor Kurzem gelandet war. »THOMPSON, HOCH MIT DIR, UND SETZ DEINEN VERDAMMTEN KADAVER IN BEWEGUNG, DA RÜBER.« Er zeigte auf einen Teil des Spielfelds, der weit von mir entfernt war. »MANZOOR, HÖR AUF, DICH IM GRAS HERUMZUWÄLZEN WIE EIN VERFLUCHTER STRASSENKÖTER, UND KOMM AUF DIE BEINE, JUNGE.«

Ich hörte, wie er »Verdammter ******« vor sich hinmurmelte, während Amir sich aufrappelte. Ich war mir nicht hundert Prozent sicher, ob das »******« *Paki, Blackie* oder *Spasti* heißen sollte, aber ich war mir fünfundachtzig Prozent sicher, dass es ein Schockerwort war. Ein Wort, das durchaus was für die Zeitung war, weil es ein Lehrer gesagt hatte. Ich glaube, Mr Comeford sind die Schüler in Drumhill ziemlich egal.

»SCHLUSS«, brüllte er in die Runde und blies dann richtig laut die Pfeife.

Der Shawhead-Lehrer schüttelte den Kopf, als sei dies nur ein Vorwand, um das Spiel abzubrechen. Aber das Spiel war wirklich abgebrochen. Hieß das, dass wir die Punkte doch nicht verloren hatten?

Während die Shawhead-Mannschaft zu ihrem Schulbus humpelte, teilte Doughnut Kung-Fu-Tritte aus, wann immer ein Shawhead-Spieler in seine Nähe kam. Skittle und Snot waren auch nicht weit, aber sie taten nur so, als würden sie um sich treten und das alte Das-können-wir-genauso-gut-Spielchen spielen. Da ich nun mal ein Liebhaber bin und kein Krieger, beschloss ich, auf jegliche Gewaltanwendung zu verzichten.

Aber ich bin nun mal ich und mich konnte ich nicht bremsen.

»VERDAMMTE SPASTEN ... SHAWHEAD-SPASTEN.« Meine Hände taten weh vom ganzen Fäusteballen. »SCHWANZLUTSCHER«, brüllte ich Comeford an. Meine Knie schmerzten höllisch von der Keilerei; zwei dürre Zweige, die aneinanderschlugen und brannten. »HOMO.« Es war quälend, aber die Wörter kamen einfach.

»DU, AB IN DIE SCHULE«, sagte Comeford, zeigte mit dem Finger auf mich und fuchtelte in Richtung Schule. »SOFORT, MINT.«

Und ich sprintete los wie der junge Allan Wells (der für Großbritannien bei den Olympischen Spielen 1980 in Moskau in 10,24 Sekunden die Goldmedaille über hundert Meter gewonnen hat, eine Zeit, die völliger Müll ist und mit der er heute nicht mal mehr in die Zwischenläufe kommen würde. Er hat auch nur gewonnen, weil alle guten Läufer die Spiele boykottierten – na ja, ihre Länder –, weil 1980 die Sowjetunion nur etwas für Durchgeknallte war). Als ich in der Schule war, wusste ich nicht, was ich tun oder wohin ich gehen oder mit wem ich reden sollte. Alles war still. Ich ging zur nächsten Ecke und stellte mich hinein, richtig nah an die Wände, wo sie ein V bilden, zählte bis zehn, sagte alle Konsonanten des Alphabets auf, suchte dann für jeden Konsonanten nach einem Tier, das mit diesem Buchstaben beginnt, machte meine Atemübungen, probierte, eine Melodie zu spielen, indem ich die Luft durch die Nase ausstieß.

Die *Wilhelm-Tell-Ouvertüre*. Das machen wir in Musik mit Miss Adams – na ja, wir versuchen es, aber hören uns immer an wie ein Idiotenorchester für Taube. Ich wünschte, ich hätte Grün dabeigehabt, um ihn zwischen meinen Fingern zu drehen, aber er war in meiner verflixten Schulhose.

Eine Ewigkeit lang kam niemand. Ich war bei Buchstabe X.

Tipp.

Ich war seit einer Ewigkeit bei X.

Tipp.

Mit fiel kein Tier mit X ein. Auch kein Wort.

Ich dachte an Michelle Malloy, weil ich bei X an das Wort *Sex* dachte und bei Sex an Michelle Malloy.

Jemand tippte mir auf die Schulter.

Ein Gemisch aus Make-up und Parfüm wehte mir in die Nase, eine Frau.

Manno, war ich froh, dass Miss Flynn da war. So froh, dass ich ihr die Arme um den Hals warf, als hätte ich ein Tor geschossen. Aber das war kein Torjubel. Ich schmetterte alles aus mir heraus, gegen ihre Brust. Das war megaseltsam, denn ich konnte ihre Möpse an meiner Jungenbrust spüren und hatte Angst, dass mein Schniedel sich aufregen würde, doch darüber vergaß ich den Zwischenfall mit Doughnut ziemlich. Aber ich hörte trotzdem nicht auf zu brabbeln. Vorsichtshalber. Ich wollte in Miss Flynns Büro sein, in diesem bequemen Sessel sitzen, die klasse Songs hören, mit denen sie uns *beruhigt*. Außerdem hat sie so verrückte Poster aufgehängt, damit wir *nachdenken* und uns besser fühlen. *Was mich nicht umbringt, macht mich stärker* von irgend so einem Typen namens Friedrich Nietzsche ist mein numero uno. Nietzsches Job war, herumzusitzen und über dieses wirklich verrückte Zeug NACHZUDENKEN.

Voll durch!

Das wär ein Job für mich.

* * *

Mum lag auf der Couch und hatte Gurkenscheiben auf den Augen. Ich hätte einen räudigen Hund verputzen können, denn so reagiert der Körper, wenn man Hochleistungssport treibt. Ich brauchte Kohlehydrate. Oder einen Becher Instantnudeln. Ich hätte aber auch einfach auf Mum hechten und die Gurkenscheiben essen können, so hungrig-schwummrig war ich. Ich war nicht sicher, ob sie schlief. Sie lag mucksmäuschenstill da. Immerhin hob und senkte sich ihr Bauch, ich wusste also, dass sie lebte.

Puuh!

Der Fernseher lief. Irgendein Typ machte Nudeln mit Eiern und Schinkenspeck. Mein Magen rumorte und gab ein Geräusch von sich wie ein kleiner behämmerter Furz.

»Im Topf ist noch Suppe«, sagte Mum, ohne aufzusehen oder auch nur die Gurkenscheiben zu bewegen. Sie hatte wohl meinen Magenfurz gehört. Ich wollte keine Suppe.

»Mum, warum hast du Gurkenscheiben auf den Augen?«

»Ich war müde, Dylan.«

»Hast du mit den Gurken auf den Augen geschlafen?«

»Meine Augen sind müde, Dylan. Gurken tun gut.«

»Wirken sie beruhigend?«

»Ja.« Es war ultraschräg, so mit Mum zu reden. Wie mit einem Marsianer, stellte ich mir jedenfalls vor. »Ich muss wirklich ein bisschen schlafen, Dylan. Du kannst dir die Suppe warm machen, als Abendessen. Ist Tomate. Im Schrank ist auch noch Brot.« Immerhin war es Tom-Tom-Suppe.

»Hat die Schule angerufen?«, fragte ich.

»Mag sein, aber ich habe nichts gehört.«

»O. K.«

»Warum sollte die Schule anrufen?«

»Ähm, einfach ...«

»Hast du Ärger gehabt?«

»Nein.«

»Wär schön, wenn nicht.«

»Nein nein.«

»Ich habe genug Sorgen.«

»Ich hatte keinen Ärger, Mum.«

»O. K., dann geh und iss die Suppe und lass mich schlafen.«

»Soll ich dir frische Gurken bringen?«, fragte ich. Ich hatte ein schlechtes Gewissen, wegen Lügen.

»Nein, schon in Ordnung, Dylan, aber wenn du dir Tee machst, dann wirf die Beutel nicht weg.«

»Wird gemacht, Mrs Mint.«

Ich sah, wie ihr Bauch ein klein wenig bebte, als würde sie glucksen. Tom-Tom-Suppe ist klasse. Gibt kein anderes Wort dafür.

Klasse.

Na ja, man könnte auch FANDABBYDOZZY sagen.

Amir darf nichts aus Dosen essen; seine Mum macht alles ohne Fertigprodukte und nimmt nur frische Lebensmittel, die man nur in Spezialsupermärkten kaufen kann, wo es so mieft, als hätte sich ein Stinktier in die Hosen gemacht. Er weiß also nicht, was er verpasst. Und Mrs Manzoor auch nicht. Scooby-Doo wäre stolz auf mich gewesen, so wie ich den Teller sauber leckte. Komplett sauber. Wäre Mum da gewesen, hätte ich ihr gesagt, dass sie sich den Geschirrspüler sparen konnte. Dann klingelte es und ich sprang auf meinen Gestopften zum Telefon.

»Hallo, hier 4 2 6 2 5 8 … Hallo?«

Am anderen Ende der Leitung sagte niemand Hallo. Ungezogener Mensch. Vielleicht war er stocktaub.

»Hallo, hier 4 2 6 2 5 8.«

Immer noch nichts. Also sagte ich auch eine Weile nichts.

»Hier Dylan Mint … Hallo?«

Ich wartete.

Nix.

Ich legte den Hörer auf, weil ich einen kapitalen Fehler gemacht hatte. Ich hatte dem am anderen Ende der Leitung meinen Namen gesagt. Meinen kompletten Namen. Wenn der Mensch am anderen Ende ein Mörder war oder jemand, der gerne Jungs in meinem Alter bestieg, dann wusste er jetzt, wo er mich erwischen konnte. Wie idiotisch. Ich ging zurück in die Küche. Dann klingelte es wieder. Mein Herz machte bum, bum, flitz, flitz. Ich wollte Mum nicht aufwecken. Und ich wollte auch bestimmt nicht umgebracht oder bestiegen werden. Mir war nicht klar, was von beidem schlimmer war.

Es klingelte weiter.

Hölle und Teufel.

Ich schlug mir an den Kopf, bevor ich abnahm.

»Hallo.«

Kein Ton.

»Hallo. Wer ist da bitte?«

Ich konnte Atmen hören. Nicht von einem Perversen – normales Atmen.

»Sag schon, was willst du. Ich weiß, dass du da bist. Diese Nummer kann jetzt nachverfolgt werden, Bürschchen. Die CIA hat das voll im Griff. Mein Dad hat dieses Telefon verwanzt.«

Immer noch keine Antwort.

»KINDERFICKER«, brüllte ich mit meiner anderen Stimme – obwohl ich nicht so laut sein sollte –, bevor ich den Hörer aufknallte.

»Dylan«, schrie Mum. »War das das Telefon?«

»Glaub schon.«

»Was heißt das, du glaubst es. War es das Telefon oder nicht?«

»Nehm ich an.«

»Ja oder nein?«

»Ja.«

»Wer war dran?«

»Hat er nicht gesagt.«

»Wer hat nichts gesagt?«

»Keiner hat was gesagt.«

»Wer?«

»Der Mensch am anderen Ende.«

»Welcher Mensch am anderen Ende?«

»Er hat nur ein kleines bisschen geatmet.«

»Geatmet?«

»Nichts gesagt, nur geatmet.«

»Hast du nicht gefragt, wer dran ist?«

»Hab ich, kam aber keine Antwort.«

Ich konnte hören, dass Mum etwas vor sich hinmurmelte. Nicht wie komplett durchgedreht, sie war eher wütend wie ein wilder Stier, wegen irgendwas.

»Bring mir doch ein paar gebrauchte Teebeutel, Dylan.«

Verabredung 13

Ich musste endlich in die Gänge kommen. Keine Coke oder Schokodröhnung würde es bringen, nein nein, mein Herr. Überall lagen die gelb-roten Oktoberblätter herum und der Vorgarten sah aus wie eine riesige Pizza.

Ich lag in meiner Koje, starrte an die Decke und dachte an Michelle Malloy, die ein echt verrückter Feger war. Ein verrücktes Biest von einem Feger. Der Plausch vor den Toiletten hatte es aus mehreren Gründen gebracht:

1. Sie hatte einen Witz gerissen.
2. Sie hatte mir keine gescheuert.
3. Sie hatte *runterholen* gesagt, was nun voll in Großbuchstaben VERRÜCKT ist, denn sie ist ja ein Mädchen … wenn auch nicht irgendein Mädchen!

Es war Zeit für den Ritter, in die Gänge zu kommen und den Drachen ein für alle Mal zu erlegen. Eminem brachte mich in die Gänge. Es war Zeit, die *Coole-Sachen-die-ich-machen-muss-bevor-ich-abkratze*-Liste in Angriff zu nehmen. Also dann, wie Fräulein Maria in *The Sound of Music* sagt, noch mal ganz von vorne … oder so ähnlich.

Nummer eins: Echten Geschlechtsverkehr mit einem Mädchen haben. (Vorzugsweise Michelle Malloy und definitiv nicht in einem Zug oder einem anderen Transportmittel. Wenn möglich bei ihr zu Hause.)

Da ich weder Schnaps trinken noch Grünzeug rauchen konnte, war es an Eminem, aus mir ein tapferes Schneiderlein zu machen. Ich hatte allerdings keine Ahnung, was das bedeutet, weil ich noch keinen tapferen Schneider kennengelernt habe. Ich hüpfte zu seinem Song *Business* im Zimmer herum. Ich versuchte auch mitzusingen, aber das war schwierig. Wenn ein Schotte Rap singen will, ist das ein bisschen so, als würde ein schwarzer Amerikaner Dudelsack spielen. Mindestens genauso schräg! Ich rappte nur das eine oder andere Wort hier und da mit. Mum hasst meine Rap-Musik; sie würde die Gehirnzellen verseuchen, sagt sie, und mich zu einem HONK machen, oder einem G-man. (Obwohl sie G-man nicht wirklich sagt.) Wenn die Musik plärrt, muss ich den verrückten Tourette-Typen spielen und kann so die ganzen Schimpfwörter mitsingen.

»Stell den verfluchten Lärm ab«, schrie Mum und hämmerte an die Wand zwischen unseren Zimmern.

»Tut mir leid, Mum«, sagte ich, aber es tat mir nicht besonders leid.

»Braucht dir nicht leidzutun, stell sie einfach leiser … oder noch besser aus. Ich hab dir gesagt, was dieses Zeug anrichten kann.«

»O. K.«

Stattdessen steckte ich Kopfhörer in die Ohren und jagte mir *Cleanin' Out My Closet* ins System. Ich rappte ein bisschen mit, aber unterm Strich funktionierte Eminem heute für mich nicht – ich glaube, er war zu nah an meinen Gehirnzellen dran. Ich suchte dafür nach dem perfekten Song, der diesen bedeutsamen Augenblick großartig einfangen, der alles in drei Minuten zusammenfassen würde. Ich klickte mich durch die eine Million Songs, die ich auf meinem iPod habe, bis ich ihn fand: *This Is The One* von den

Stone Roses. Wenn man den Text mal über Bord schmeißt, war es genau das, was ich im Kopf spürte. Aber in meinem Kopf war auch die grässliche Angst, und wenn die schreckliche Angst in der guten alten Birne ankam, dann ging es auch mit den Tics und dem Gejaule los. Und manchmal dem Um-sich-Schlagen. Und je mehr ich versuchte, die furchtbare Furcht loszuwerden, umso größer und größer und größer wurde sie, wie ein riesiger Schneemann, der aus einem winzigen Schneeball wuchs. Aber in gewisser Weise wusste ich, dass genau das passieren würde. Und wenn es erst mal so weit gekommen ist, dann kann ich nicht mehr besonders viel dagegen tun. Es ist etwas, wie Miss Flynn sagt, wofür ich einen »Bewältigungsmechanismus entwickeln« muss. Mein Bewältigungsmechanismus war mein Kumpel.

Als der Tag kam, um Michelle Malloy zu erlegen, sagte Amir, als mein bester Kumpel würde er sich mit mir treffen, bevor wir zur Schule gingen, um mir dabei zu helfen, nicht an die Decke zu gehen oder einen Rappel zu bekommen. Ich vermute aber, er dachte eher an den Fall, dass Doughnut ihm am Eingang auflauern würde, und das hatte wenig mit mir zu tun.

»AMIR, WICHSER … Scheiße, entschuldige. ARSCHGESICHT … Mist … Tut mir leid … EIERARSCH.«

»Nervös?«

»Nur ein bisschen.«

»Du wirst grand-a-mundo sein.«

»Hoffentlich.«

»Bleib, wie du bist, und Michelle Malloy wird Leim in deinen Händen sein, Alter.«

»Wachs.«

»Was?«

»Wachs in deinen … Ach egal, Amir.«

»Hast du deinen Schp-Schp-Spruch geübt?«

»Bis ich schwarz geworden bin. SCHLAMPENSAU … Lach nicht, Amir, das ist nicht lustig. Ich mach mir gleich in die Hose. Ich brauche Hilfe.«

»Ich lach dich nicht aus, Dylan – würd ich niemals tun.«

»Weiß ich.«

»Ich denk nur dran, wenn dein erstes Wort zu Michelle Malloy SCHLAMPENSAU ist.« Da war etwas dran. Ich gab ein gequältes Lachen von mir.

»Ich bin gefickt, Amir. Was soll ich bloß tun?«

»Du musst ja nicht heute mit ihr reden, weißt du.«

»Muss ich.«

»Musst du nicht.«

»Wenn ich heute nicht in die Gänge komme, dann kommt mir jemand zuvor und schnappt sie mir verdammt noch mal weg.«

»Was, um sie flachzulegen?«

»Nein, nicht, um sie flachzulegen … Good Golly, Miss Molly, Amir, manchmal glaub ich, das ist alles, woran du denkst.«

»Ich denk auch noch an andere Sachen.«

»Vielleicht ist das meine letzte Chance, sie zu fragen, ob sie mit mir zur Halloween-Disco will.«

»Dann solltest du's besser nicht vermasseln.«

»Na, aber holla.«

»Nein, ich meine, du musst dich einfach riesig anstrengen.«

»Aber was ist, wenn ich wieder komplett zu ticken anfange?«

Das nahm Amir sich zu Herzen und dachte richtig scharf darüber nach. »Sie wird annehmen, dass du ein Selbstmordattentäter bist.« Er kicherte wie ein winziges Teufelchen, das auf meiner Schulter saß. Ich war kurz davor, ihm volle Kanne eins auf den Arm zu geben.

»Ich mach nur Spa-Spaß, Dylan.«

»Dann lass es.«

»O. K., O. K. Allah auf dem Laufsteg!«

»Was? Wer ist Alan?«

»Allah, nicht Alan. Wenn du ›Jesus auf dem Laufsteg‹ sagen darfst, dann darf ich doch ›Allah auf dem Laufsteg‹ sagen.«

»Das ist nicht der Zeitpunkt für irgendwelchen Scheiß, Amir. Das ist eine Super-duper-Krise.«

»Tut mir leid, Dylan, ich habe nur versucht, dich ein bisschen abzulenken.«

»Aber was ist, wenn ich?«

»Wenn du was?«

»Wie verrückt herumticke?«

»Und wenn schon. Sie weiß, wer du bist und was du hast.«

»Das weiß sie.« Aus dieser Perspektive hatte ich das noch gar nicht betrachtet.

»Und du weißt auch, was bei ihr nicht stimmt, wo also liegt das Riesenproblem?«

Ich fühlte mich sofort besser. Amir hatte mit einem kurzen Spurt mein Abseits aufgehoben. Das ist eine Fußball-Analogie. Es wäre fantanztisch, wenn ich zu Amirs Ehren mal eine Kricket-Analogie finden würde. Amir legte mir den Arm um die Schulter, das war sehr nett von ihm. Er war das Größte. Ich würde den Kerl bestimmt höllisch vermissen.

»Sei einfach du selbst und im Nu rutscht ihr die Unterhose auf die Kn-Kn-Knöchel«, sagte Amir.

Ich kicherte. »Du meinst wohl, ihr Höschen?«

»Unterhose … Höschen … Ist doch das Gleiche.«

»Unterhosen sind eher die Höschen von Jungs.«

»Was auch immer. Du weißt doch, was ich meine.«

Der Schulbus ratterte an uns vorbei. Auf der Rückbank saß Doughnut und zerquetschte sein Gesicht an der Scheibe.

»Da ist dieser original Dummbeutel Doughnut«, sagte Amir.

Wir hatten Doughnut seit dem Fußballspiel nicht mehr gesehen. Er war für seine Kung-Fu-Tritte gegen das Shawhead-Team *und* den Lehrer suspendiert worden. Doughnut machte mit der linken Hand ein Loch und schob den rechten Zeigefinger wie einen Kolben rein und raus, als wolle er damit sagen, dass Amir und ich es wie schwule Jungs miteinander trieben. Er hatte wohl gecheckt, dass Amir den Arm um meine Schulter hatte. Dann unterbrach er seine Sex-haben-Bewegung und gab uns die beiden aufgestellten Mittelfinger.

Ich grinste und winkte ihm zu.

Amir nicht; er hob die linke Hand und fing an, auf deren Rücken zu klatschen und dabei mit sich überschlagender Stimme »Spasti, Spasti, Spasti« zu krakeelen, sodass er wirklich wie ein Spasti klang. Es war genau der Ton, den die Leute von den normalen Schulen für uns benutzen. Ich war einfach nur schockiert, dass Doughnut sich entschlossen hatte, mit dem Spasti-Bus zu fahren.

»Ich hasse dieses dämliche Wichskind«, sagte Amir.

»Das darfst du nicht sagen, Amir.«

»Warum darf ich nicht?«

»Weil er dich wegen Beleidigung vor Gericht bringen kann.«

»Ach so? Ich hab überhaupt kein Geld.«

»Ja, aber dein Dad hat Kohle.«

»Doughnut soll sich um seinen eigenen Mist kümmern.«

»Lass dich nicht von Doughnut ärgern.«

»Das kannst du so einfach sagen, Dylan. Du bist kein Pa-Pa-Paki, den alle ständig runtermachen.« Ich konnte dem unerschrockenen Amir nicht widersprechen. In gewisser Weise war ich Doughnut dankbar, dass er mich von Michelle Malloy abgelenkt hatte. »Deshalb lass ich mich jeden Tag zur Schule bringen, um einer dummen Sau wie Doughnut aus dem Weg zu gehen. Ich hab die Leute satt, die mir *Nigger* oder *schwarzer Bastard* hinterherrufen. Ich meine, ich bin nicht schwarz, und mein Dad lebt immer noch bei uns zu Hause.«

»Also, ich bin Pink Floyd erfreut, dass du hier bist, Amir. Genau das machen beste Kumpel.«

»Danke schön!«

»Dadurch bist du so was wie der beste aller besten Kumpel.«

Amir zuckte mit den Schultern.

Im Kopf summte ich *This Is The One* von den Stone Roses vor mich hin. Ich wollte mich vor dem großen Augenblick in Form pushen. Ich hatte diese ganzen Fußballspieler gesehen, die sich selbst pushen, indem sie beim Aussteigen aus dem Teambus Musik hören und dabei einen Gladiatorblick in den Augen haben. Dad sagte häufig, das seien überbezahlte Fotzen, die keinen Satz miteinander reden könnten, falls ihr Leben davon abhängen würde, und den meisten würden ein paar ordentliche Schichten in der Armee mal guttun. Er wollte gern mal sehen, sagte er, wie es ihnen nach fünf Tagen ohne Essen, Wasser oder Schlaf im Dschungel von Sierra Leone gehen würde und ob sie dann immer noch so verdammt cool wären. Aber das war nichts, worüber Dad und ich uns unterhalten hatten – das war einfach Dad, wie er war. Ich zog es vor, Fußball alleine in meinem Zimmer zu gucken.

»Was willst du denn zu ihr sagen?«, fragte Amir.

»Null Ahnung … Ganz direkt fragen, nehm ich an.«

»Keine gute Idee.«

»Was heißt das, keine gute Idee?«

»Ich würde das ganz anders angehen.«

»Also dann, Valentino, was würdest du machen?«

Amir sah mich mit einem Ausdruck an, mit dem er mich immer ansieht, wenn er nicht weiß, wovon ich rede, und das ist ziemlich oft. Ich kenne diesen Blick von Amir so gut wie meinen Handrücken.

»Wer ist Va-Va-Valentino?«

»So'n Typ vor Ewigkeiten in Italien, glaub ich, der es massenweise mit superknackigen Frauen getrieben hat.«

»Mehr als zehn?«

»Glaube schon.«

»Wow, der muss aber einen ziemlichen Lulli gehabt haben.«

»Und wie.« Man merkte, wie Amir sich freute, in einem Atemzug mit Valentino genannt zu werden. »Was würdest du mir also raten?«

»Na, wenn ich du wäre, würde ich erst mal ein bisschen mit ihr palavern, bevor ich zur Sache komme.«

»Palavern über was?«

»Ach, weiß nicht. Über Bands oder Schuhe oder Filme … Über Filme kann man gut palavern.«

»Könnte sein«, stimmte ich ihm zu.

»Was ist dein Lieblingsfilm?«

»Einfach. *The Sound of Music.*«

»Dann wohl besser doch nicht über Filme. Rede über *England sucht den Superstar* und diese ganzen ausgemachten Idioten, die da auftreten.«

»Das ist 'ne Scheißidee, Amir. Nein, ich bleibe auf jeden Fall bei Plan A.«

»Und der ist?«

»Einfach ich selbst sein.«

»Bist du sicher?«

»Ja.«

»Na, dann O. K.«

Meilenweit entfernt sah ich Michelle Malloys coole rote Adidas-Turnschuhe und ihre niedliche Converse-Tasche. Die Schuhe sahen ziemlich im Arsch aus und die Tasche war mit diesem ganzen Graffiti-Zeugs dekoriert. Wenn meine neue Tasche und die kolossalen Schuhe in so einem Zustand gewesen wären, dann wäre Mum völlig durchgedreht und hätte mir wie nichts den Kopf gewaschen und mich zur Strafe mit einer Plastiktüte in die Schule geschickt und etwa so angebrüllt: »Dylan, glaubst du, dass Geld auf Bäumen wächst? Glaubst du das?« Und ich hätte kopfschüttelnd vor ihr gestanden und versucht, sie nicht wüst zu beschimpfen. Knete KANN NICHT auf Bäumen wachsen, denn Knete ist nichts Lebendiges und kann deshalb NIRGENDS wachsen, von Bäumen gar nicht zu reden. Eltern stellen immer diese verrückt blöden Fragen. »Möchtest du gern eine Ohrfeige haben, Dylan?« »Nein, Dad, möchte ich nicht.« Dummi-wummi! Michelle Malloys Mum muss wohl total komplett relaxed sein, was solche Sachen angeht.

Mein Herz schlug rasend schnell, als wäre es auf der Flucht aus meinem Körper oder irgendein Winzling da drin trainierte auf ihm Trampolin. Amir jauchzte, aber ich wusste nicht, ob es ein Amir-Jauchzer oder ein Freudenjauchzer war. Auf jeden Fall wollte ich ihm sofort was richtig fett Mieses an den Kopf werfen. So fett mies, dass ich es nicht mal laut aussprechen konnte. Mr Dog wollte mich dazu bringen, Michelle Malloy ein »SCHLAMPE« oder »RIESENFOTZE« entgegenzuheulen. AAAARRRRHHHH! Es war FOLTER mit einem riesigen F, es nicht rauszulassen. Mein Kopf zuckte hin und her. Ich gab mir einen Klaps auf die Ohren und klappte sie nach innen. Rubbelte Grün so lange, bis meine Hand feucht wie eine Sauna war.

Ich wollte den Usain Bolt geben.

Ich wollte heulen.

Ich wollte normal sein.

Ich wollte auf eine andere Schule gehen.

Ich wollte mit Mädchen plaudern, ohne ihnen »FLITTCHEN«, »KUH« oder »HURE« ins Gesicht zu schleudern, bevor ich auch nur »Wie geht's« gesagt hatte.

Ich wollte, dass Mum mich wieder liebte und in den Arm nahm. Ich wollte, dass Dad nach Hause kam und wieder ein Familienmensch war.

Ich wollte, dass die Ärzte eine Superbehandlung für mich erfanden und dass der Erfinder und ich weltweite Promis sein und zur Promi-Szene gehören würden und großartige Geschenke bekämen wie DVDs oder Mobiltelefone und andere Promis treffen würden wie Simon Cowell und Kevin Costner.

Ich war zweifellos dabei, mich selbst so tief in die Scheiße zu reiten wie nie zuvor. Sogar noch tiefer als damals, als ich mir in meinem ersten Jahr an der weiterführenden Schule tatsächlich in die Hose gemacht habe. Wie beim Arsch des Teufels machen es die waschechten Aufreißer?

»Ich schaff's nicht, Amir.«

»Schaffst du. Nur M-M-Mut.«

»Ich kann's nicht! Mein Herz schlägt so wild, dass es wehtut, und ich will so laut losschimpfen wie ein Mofo.«

»Dann schimpf doch – für sie ist das doch nichts Neues«, sagte Amir herausfordernd. »Wenn du es nicht machst, dann mach ich es.«

»Was, sie einladen?«

»Nein, du Knödel, ich frag sie für *dich*.«

Wir waren inzwischen in der Schulkantine angekommen und betrachteten das ganze arme Völkchen, das in der Schlange auf sein kostenloses Frühstück wartete: hauptsächlich stinkendes Obst, das die Supermärkte weggeworfen haben, harte Eier, pampiger Toast und Haferbrei. Igittigittigitt! Der Lärm war gigantisch. Alle Blödie-Blöden hauten hier zusammen auf den Putz. Es war schlimmer als die schlimmste Disco der Welt. Ich dankte meinem Glücksstern, dass ich nicht arm genug war, um hier für etwas zu mampfen anstehen zu müssen; ein Hoch auf das gute alte Lunchpaket.

Michelle Malloy saß in einer Ecke und hatte den Kopf tief in einer Zeitschrift vergraben. Wahrscheinlich eine Zeitschrift über coole Mode oder abgefahrene Pop-Bands oder scharfe Typen oder Make-up. Eine Zeitschrift, über die ich absolut null etwas wusste.

»Da ist sie«, sagte Amir und schubste mich vorwärts.

»Schon gut, Amir, ich bin nicht Stevie Wonder.«

»Geh«, sagte er, schubste mich heftiger und war total aufgeregt.

»Bloß jetzt hier keinen Aufstand, Amir.«

»Mach schon.«

»Als Verführer muss man bekanntlich cool bleiben.«

»Beeil dich lieber, bevor du die Ge-Ge-Gelegenheitschance verpasst.«

»Ich muss mich nur noch konzentrieren.« Keine Tics, kein Fluchen, keine Schläge. Nur ein kleines bisschen Nervenflattern und heftiges Herzklopfen, das war alles.

»Mach los«, sagte Amir. »Ich bin nicht beknackt früh aus der Koje gekrochen wegen verdammt gar nichts. Mach schon.«

Ich schlurfte in ihre Richtung. Der ganze Lärm, all die Versager, der ganze Muff des stinkenden Frühstücks verschwand. Jetzt gab es nur noch uns beide: Michelle Malloy und mich. Genau wie ein Duell in einem dieser Western, die Dad sich so gerne ansah, wenn er aus dem Pub mit dem Essen vom Imbiss nach Hause kam. Die ganze Zeit murmelte ich lautlos *Sag einfach Hallo, Sag einfach Hallo* vor mich hin. Und bevor ihr auch nur »Hey, Big Mamma!« sagen könnt, stand ich auch schon an ihrem Tisch.

Die Zeit fror ein. Stand still. Ich hörte nichts mehr, nur meinen Kopf. Es war, als würde ich Ochs am Berg spielen. Michelle Malloy hob nicht den Kopf, um Hallo zu sagen; sie las einfach ihre Zeitschrift, als wäre die in der ganzen weiten Welt das letzte Teil mit ein paar Wörtern drin und sie hätte nur noch zwei Minuten zu leben. Eine RIESIGE RIESENWELLE mit einem nackten Surfer auf dem Kamm schlug über mir zusammen. Albtraum. Amir, Kumpel, Paki-Superheld – komm und rette mich!

»EINGEBILDETE SCHLAMPE … Scheiße … Verdammt … Entschuldige, Michelle, ich wollte nicht …«

»Was willst du, Mint?«, sagte sie, ohne den Blick auch nur einen Moment lang zu heben.

»'DAMMTE TUSSE … Scheiße … Entschuldige, Michelle …«

»Sag lieber, was du willst, Mint, denn für deinen Tourette-Mist hab ich keine Zeit.«

Amir hatte ins Schwarze getroffen, was sie von mir wusste und was ihr ziemlich egal war. Sie war mega-coca-cool. Und ich war ein Idiot.

»Ich hab mich nur gefragt, welche Zeitschrift du da liest.«

Sie sah mich an. Wow! Michelle Malloy war mir jetzt so nah, ich hätte sie streicheln können, wenn ich den Arm ausgestreckt hätte. Ihren leuchtend roten Lippenstift und die schwarze Wimperntusche mit meinem Daumen verschmieren. Mannomann, ich hätte ihren Ohrring mit meinem kleinen Finger anschnippen können. Meine Supernase verriet mir, dass sie das gleiche Deo benutzte wie Mum, »Super-Sicher« für Frauen. Ich war mir hundertsiebzehn Prozent supersicher. Als es mir in die Nase stieg, vergaß ich die stinkenden Frühstücksgerüche sofort.

»Hau ab, Mint. Hast du nicht irgendwelchen puerilen Kram, den du noch mit deinem dicken Freund da erledigen musst?«

Was hieß *pueril*? Was für ein unglaubliches Babe. Aber hier waren wir bei *Coole Sachen, die ich machen muss, bevor ich abkratze*, und ich musste sehen, dass ich vorankam. Ich musste meine Spielermaske aufsetzen.

»Du meinst Amir?«

»Es ist mir scheißegal, wie er heißt.« Sie blätterte eine Seite weiter.

»Worum geht's in der Zeitschrift?«

Sie schaute mich wieder an. Oh mein Gott! Diese Augen! Sie glitzerten zwischen dem Eyeliner hervor. Smaragde. Aber Michelle Malloys funkelten nicht vor Glück.

»Was kümmert's dich?«

»Interessiert mich einfach, Michelle.«

»Na, dann lass es.« Mein Herz machte bumm bumm bumm, ganz der kleine Superheld *Joe 90*. »Hör mal, Mint, was willst du? Ich habe keine Zeit für diesen ganzen Mist.«

»Einfach nur … ich bin einfach nur total an deiner Zeitschrift interessiert … an Zeitschriften insgesamt.«

Sie blies die Backen auf und stieß die Luft heraus wie ein Athlet, der gerade einen guten alten Sprint hingelegt hat.

»Es geht um Body-Art.«

»Ach wirklich?« Ich tat so, als wüsste ich genau, wovon sie redete.

»Zufrieden?«

Ich war zufrieden, also nickte ich.

»Dann verpiss dich.« Dieses kleine Herzchen gab schon tolles Zeug von sich, das kann ich euch sagen.

»Ich wollte dich auch noch was anderes fragen, wenn das für dich O. K. ist.«

»Was?« Ich bekam es nicht heraus. Ich spürte, wie ich schreien, sie anbrüllen oder mir an den Kopf schlagen wollte. Ich versuchte, es nicht rauszulassen, und mein Gesicht brannte. Für normale Leute hätte sich das angefühlt, als würden sie versuchen, mit einer elefantösen Lutschkugel im Hals etwas zu sagen. Für mich war das Alltag.

»Ich warte, Mint.« Und sie wartete.

Ich versuchte es, ich versuchte es wirklich.

Sie wartete. »Schau mal, Mint, das ist das Problem mit dir. Du kriegst es einfach nicht da raus, oder? Warum gehst du nicht einfach wieder zu deinem komischen Kumpel?«

Dann kam alles auf einmal, wie ein Geschoss, rausgekotzt.

»Hättest-du-Lust-mit-mir-zur-Halloween-Disco-zu-gehen? VERDAMMTE HURE.« Oh, sagt mir bitte, dass sie den letzten Teil nicht gehört hatte. Aber no way, sie hatte natürlich. Michelle Malloy starrte mich ungefähr eine Ewigkeit lang an. Bei solchen Augenduellen bin ich das Allerletzte.

»Mint, falls ich rein zufällig demnächst eine Lobotomie habe und mich entscheide, zur Halloween-Disco zu gehen – was ich sowieso nicht mache, denn die ist was für die echten Loser, aber nur mal angenommen, *falls* –, dann mitnichten und auf keinen Fall mit jemandem, der mich in jedem zweiten Satz als Schlampe oder geile Tusse beschimpft.«

»Aber ich meinte ...«

»Und jetzt mach 'nen Abgang.«

»Ich sag so Sachen nur, wenn ich nervös bin, Michelle. Das weißt du doch.«

»Meinetwegen, Mint. Ich geh trotzdem nicht zu dieser Halloween-Kinder-Disco. Und jetzt mach's wie Michael Jackson.«

»Was?«

»Mach dich vom Acker!«

»Wir müssen auch nicht zur Disco gehen. MONSTERFUDD ... Entschuldige ... WICHSFRESSE ... Tut mir leid.« Würde mich bitte jemand sofort und mit dem Gesicht nach oben unter eine Guillotine legen?

»Nicht mal, wenn du der Letzte deiner Art wärst, Mint. Nicht mal, wenn ...«

»Aber mir bleibt nicht mehr viel Zeit.« Das war ein ziemlich alberner Satz, denn jetzt klang ich erst recht völlig übergeschnappt. Michelle Malloy schüttelte den Kopf auf genau die Art, wie man den Kopf bei diesen bedauernswerten Leuten schüttelt, die einem besonders super-duperdumm vorkommen, und eine Nano-Nanosekunde lang war ich kurz davor, ihr zu erzählen, dass ich demnächst abkratzen würde.

»Ach ja? Dann willkommen im Club«, sagte sie und scheuchte mich mit einer Handbewegung weg. »Wenn du mich jetzt entschuldigen würdest, Mint, ich muss noch jede Menge sonstigen Mist vor dem Unterricht erledigen.« Und mir nichts, dir nichts wandte sie sich wieder ihrer Body-Art-Zeitschrift zu.

Ich trottete zurück zu Amir. Der lange Marsch in die Schande. Alles in der Kantine bewegte sich in Zeitlupe, alle Stimmen klangen dumpf, und ich spürte, wie alle ihre verschwommenen Blicke auf mich richteten. Dann spürte ich, dass Mr Dog wiederkam, ein riesengroßer Riese von einem Hund. Aber dieses Mal war er gekommen, um mir mit einem einzigen Biss den Kopf abzureißen. Mein Kopf zuckte hin und her, als würde er gleich runterfallen. Ich hatte nichts mehr unter Kontrolle. Mein Bauch war schweißüberströmt. War das der Augenblick, von dem der Doc gesprochen hatte? War meine Zeit JETZT abgelaufen? Wo ich doch nichts von dem erreicht hatte, was ich mir so sehr wünschte?

Ich machte den Umriss von Amir aus, der langsam auf mich zukam. Er war total einfach zu erkennen. Seine kalkweißen Zähne leuchteten in einem großen Banana-Lächeln. Man konnte glauben, dass er gerade das entscheidende Tor im Pokalfinale geschossen oder in der letzten Minute wie ein Lachs im Sprung den Elfmeter aus dem oberen Winkel gefischt hatte (oder »von der Briefmarke gekratzt«, wie Dad das nennt). Allerdings war es wahrscheinlicher, im Lotto eine Million Euro zu gewinnen.

»Will sie?«, sagte er komplett aufgedreht. »Will sie's mit dir machen?«

Das große Nichts öffnete sich und ich ging einfach an ihm vorbei. Ich bin mir nicht eine Million Prozent sicher, aber ich glaube, dass ich ihn vielleicht kurz angeknurrt habe. Jedenfalls gab ich den Usain Bolt, hinaus aus der Schule und nach Hause, ins Bett zur *Jeremy Kyle Show*.

Dann kapierte ich, warum alles so verschwommen war wie hinter Dads Windschutzscheibe, wenn es in Strömen regnete, und wischte mir die Tränen aus den Augen.

Auto 14

Als ich in unserer Straße ankam, hatten das Zittern und Zucken, die Tränen und das Gebrüll komplett aufgehört. Puuh! Aber jetzt hatte ich Angst, in der Schule würden sie merken, dass ich blaumachte. Wenn sie es merkten, würden sie Mum anrufen und fragen, wo ich war. Oder noch schlimmer, sie würden erzählen, dass ich in die Schule gekommen war und sie dann wieder verlassen hatte. Ich hasse es, dass Drumhill immer die Eltern anruft, wenn ein Schüler bei irgendwas auch nur eine Nano-Nano-Nanosekunde zu spät kommt. Amir sagt, das ist nur, falls jemand einen Herzinfarkt hat oder sich mit Schaum vor dem Mund auf dem Boden wälzt oder auf dem Schulweg von einem Perversen in den Büschen zwischen den Beinen begrapscht wird. Ich weiß ganz genau, dass es in normalen Schulen nicht so ist. Wenn den Schülern dort der tägliche Unterricht am Arsch vorbeigeht, dann interessiert die Schule das einen Scheiß. Ich wünschte, Drumhill würde sich einen Scheiß interessieren.

Ich hoffte, dass Mum unterwegs war, um Futter fürs Abendessen zu kaufen, oder mit einer ihrer Freundinnen, die keiner geregelten Arbeit nachgingen, einen Morgenkaffee trank. Wenn sie unterwegs war, dann konnte ich mich ins Bett schleichen und mir die Idioten in der *Jeremy Kyle Show* ansehen, meinen Kopf unter die Bettdecke stecken und mir vorstellen, ich sei in einem Zelt oder Iglu oder Tipi, und mich supersicher und rundherum wohl fühlen.

Ich konnte mir vorstellen, auf einer exotischen Ferienreise zu sein oder bei bedeutenden Abenteuern, oder ich sei Leiter einer äußerst wichtigen Expedition, die auf der Suche nach einer Behandlung für all die armen Seelen war, die in Tourettes Höllen-Hotel leben. (Was wohl ziemlich schwierig sein würde, denn der Doc hatte Mum und Dad gesagt, dass es keine Behandlung gäbe.) Aber wahrscheinlich würde ich einschlafen und die ganze Unterhaltung mit Michelle Malloy vergessen.

Auf Dads Parkplatz stand ein rotbraunes Auto. Es gehörte nicht Mum, denn Mum kann nicht fahren und braucht deshalb keins, um von A nach B zu kommen. Mum ist fünf beknackte Mal durch die Fahrprüfung gefallen. Dad zog sie immer wegen all der vergeblichen Versuche hinter dem Steuer auf und sagte, sie könne »keinen harten Kurs fahren«, was ein Wortspiel ist, und Leute machen Wortspiele, damit andere sie für witziger oder cleverer halten, als sie tatsächlich sind.

Meine Lieblingswortspiele sind:

Ich lese gerade ein Buch über Anti-Schwerkraft. Man muss es ständig festhalten, sonst hebt es ab.

Und:

Ich hatte vergessen, wie man einen Bumerang wirft, aber da kam er schon wieder zu mir zurück.

Allerdings bin ich nicht witzig oder clever.

Es war genau jene Art von Wagen, in dem Zivil-Cops oder Kripobeamte herumfahren; die Art von Auto, von dem die Polizei dich glauben lassen will, dass es Otto Normalverbraucher gehört und nicht wirklich ein Polizeiwagen ist; mit dem sie die Kriminellen hinters Licht führen und in Sicherheit wiegen will ... und dann ab in den Knast. Aber das ist ein blöder Trick, denn jeder, der nur ein bisschen schlau und *auf dem Quivive* ist, weiß sofort, was wie ein Zivilfahrzeug aussieht. Und dieses Ding, das da vor meinem Haus und auf dem Parkplatz meines Dads stand, sah wie ein Zivilfahrzeug aus. *Klingeling! Klingeling!* Ich dachte nach. Was, wenn die Schule die Polizei angerufen und beauftragt hatte, mich wegen Schulschwänzens zu beschatten, oder, maximaler Kopfschmerz, wegen sexueller Belästigung von Michelle Malloy? Vielleicht würden sie mich im Polizeigriff zur Wache bringen, für eine Leibesvisitation mit anschließendem Verhör? Und wenn sie mich gleich dabehalten würden, brauchte ich einen Paragrafenheini für den Fall, dass sie mich sofort einbuchten wollten: Fünf bis zehn Jahre gab das sicher. Ich wusste nicht mehr, was ich denken sollte. Ich war völlig durch den Wind. Der eine Teil meines Gehirns war noch im Laden, der andere schon mit dem Wechselgeld auf dem Weg nach Hause. Halleluja! Wenn sie mich zum Verhör auf die Wache schleppten, dann würde ich ihnen erzählen, dass Michelle Malloy soooooooooo frech war und mich soooooooooo beleidigt hatte, dass ich bei ihren Sprüchen in Tränen ausgebrochen war, meine Gefühle wie in einer Hüpfburg herumbolzten und ich no way daran denken konnte, den ganzen Tag hinter meinem Tisch zu sitzen, und hätten sie mich gezwungen, hätte ich es vielleicht an der Wand des Klassenraums ausgelassen und bestimmt einen unschuldigen Klassenkameraden verletzt. Das wollte ich aber nicht und so habe ich die Schule nur aus Sorge um die Sicherheit aller verlassen.

Mein Plan war, auf Zehenspitzen die Treppe hochzuschleichen und ab ins Bett, ohne ein Knarren oder Quietschen. Ich hielt den Atem an, während ich den Schlüssel ins Schloss steckte, und drehte ihn auf genau jene Art, wie es ein eisbergcooler Safeknacker bei einem supersicheren Banktresor getan hätte. Wenn Knochen atmen könnten, dann hätte ich auch deren Luft angehalten. Mein Körper versteifte sich, als ich vorsichtig die Tür hinter mir zuzog. Ein kleiner Zeh war schon auf der untersten Treppenstufe, um die große Gipfelbesteigung anzugehen.

»Bist du das, Dylan?«

Ich wagte nicht zu atmen und spürte, wie mein Gesicht rot wurde, denn so was ist verdammt schwer, was heißt, wenn ich es auf eine solche Karriere angelegt hätte, wäre ich wohl ein beschissener Rettungsschwimmer oder Tiefseetaucher geworden.

»Dylan?« Mum klang verärgert – vielleicht, weil ich sie zu früh ins Grab treiben würde? –, also nahm ich den Zeh wieder von der Stufe und drehte mich zur Küche um. Denn von dort kam ihre Stimme. »Dylan?«

»Jaaaaaaa?«

»Warum bist du zu Hause und nicht in der Schule?«

Ich fragte mich, ob das eine der Fragen war, die keine Antwort brauchten, oder vielleicht doch nicht. Wenn Mum eine Antwort wollte, hieß das, die Schule hatte sich noch nicht bei ihr gemeldet, und wenn sie keine wollte, dann war ich erledigt. Ich verordnete mir Schweigen und sagte zero. Das war jetzt eine Pattsituation, so wie sie im Wilden Westen ab und an mal zwischen den guten und den bösen Jungs vorkommt. Ein schweigendes Patt. Ich wollte mich gerade schnell nach oben verdrücken, da hörte ich eine zweite Stimme aus der Küche. Mum und diese Stimme unterhielten sich flüsternd. Ich kannte diese Stimme nicht und es war eine männliche. Kein Scherz, mein Herz. Dann überlegte ich und … Himmel, Arsch und Zwirn! Vielleicht ein Polizist. Ein Bulle. Der Schupo. Hawaii Five-o. In diesem Moment hätte mein Herz den Beat zu einem tollen Drum-'n'-Bass-Track abgegeben.

»Mum«, sagte ich.

Das Geflüster ging weiter, und ich war sicher, Mum »NEIN!« sagen zu hören. Aber sie sagte es auf ihre schräge Mit-leiser-Stimme-schreien-Art. Die benutzt sie, wenn ich im Laden noch mal und noch mal und noch mal frage, ob ich irgendwelche Sachen haben kann, etwa Schokolade, Fußballsticker, besondere Spülmaschinen-Tabs oder Rasierer (obwohl ich noch nicht angefangen habe, mich zu rasieren). Mum schaut mich dann an und schreit mit sanfter Stimme: »Nein, Dylan, und jetzt reicht's.«

Aus der Küche kam keine Antwort.

»Mum, bist du O. K.?«

An diesem Punkt fing ich an zu glauben, dass der flüsternde Typ in der Küche Mum etwas Übles angetan haben könnte. Vielleicht hatte ich ihn mitten in einer scheußlichen und ekligen Folter unterbrochen. Vielleicht hielt er Mum ein stumpfes Fleischermesser an den Hals, damit sie ihm verriet, wo im Haus die Wertsachen versteckt waren. Und das Verrückte daran ist, dass ich zwar der Mann im Haus war, aber keine Ahnung hatte, was man in so einer Situation tun muss oder nach wem ich schreien oder wen ich anrufen sollte. Ich wusste wirklich nicht, wie man kämpft.

Ich pfiff und flötete richtig laut. Ich flötete einen ganzen Vogelschwarm an.

»Dylan, mir geht's gut.«

Ich flötete weiter, immer lauter.

»Dylan, mir geht's gut, wirklich.«

Aber ich glaubte ihr nicht, stiefelte schnurstracks in Richtung Küche, um sicher zu sein, dass der flüsternde Mann Mum kein Messer an die Kehle drückte, um sie zu zwingen, solche Sachen zu mir zu sagen. Diese Bestie dachte offenbar, Dylan Mint würde sich umdrehen, »Null Problemo, Mum« sagen und nach oben ins Bett gehen, um sich ein paar Songs anzuhören, während *er* in der Küche den Teufel spielte. Dieser Typ glaubte, Dylan Mint sei irgendein Iddie.

»MIESE PÄDOFOTZE.«

Ich stürmte durch die Küchentür und reckte dem Mann ein finsteres Gesicht entgegen. Zuckte wie verrückt. Dieser Kerl hielt kein stumpfes Fleischermesser in der Hand und war auch nicht dabei, Mum zu vergewaltigen. Stattdessen saßen Mum und der flüsternde Mann sich am Küchentisch bei einer guten Tasse Tee gegenüber. Verwirrt-dot-com. Mein Kopf steckte im Nebel. Ich haute mir vier Mal auf den Schenkel. Der flüsternde Mann stand auf und streckte mir die Hand entgegen. Ich schüttelte sie nicht. Ich behielt meine Hände strikt bei mir. Kein Fremder würde mich anfassen. Ich würde dafür sorgen, dass er auf alle Ewigkeit in Einzelhaft kommt. Wenn er nicht aufpasste, dann würde er als Schlampe hinter Gittern enden. Aber super-rapido. In der Dusche mit dem Gesicht zur Wand.

»Und du, junger Mann, musst Dylan sein.«

Ich schaute Mum an. Sie lächelte, als ob sie einen unglaublichen Fehler gemacht hätte.

»Sind Sie von meiner Schule?«, fragte ich ihn, was eine doofe Frage war, denn wenn er von Drumhill gewesen wäre, dann hätte ich ihn gelegentlich durch die Gänge schlurfen sehen. Er lachte. Von Leuten, die über mich lachten, hatte ich so was von die Schnauze voll.

»Nicht direkt.«

»Übrigens hat die Schule angerufen, Dylan«, sagte Mum. »Sie sagten, dass du weggegangen bist, einfach so.« Bei *einfach so* malte sie mit zwei Fingern Anführungszeichen in die Luft. Ich habe wohl etwas einfältig ausgesehen, weil sie nicht allzu wütend schien oder einfach durchdrehte. »Wir reden später darüber, O. K.?«

Ich war mir nicht sicher, ob sie darauf eine Antwort wollte.

»O. K.«, sagte ich. Und zu ihm: »Sind Sie ein Polizist?«

Er stand noch immer. Er war außerordentlich groß, groß genug für einen Polizisten. Obwohl nicht Kripo oder Staatssicherheit. Für mich sah dieser Irre so aus, als würde er vor dem Stadion die Tickets der Leute kontrollieren. In meinen Augen war das ein Horrorjob, und nur noch mieser war es, bei Wind und Regen auf einer verpesteten Straße zu stehen und den Verkehr zu regeln, weil zum x-ten Mal die Ampeln ausgefallen waren. Er lachte über meine Frage.

»MIESES SCHWEIN BULLENFICKER ... Verzeihung ... Ich ...«

»Schon O. K., Dylan. Und nein, ich bin kein Polizist, Dylan.«

»Ist das Ihr Auto da draußen?«

»Ist es. Magst du es?«

»Es steht auf Dads Platz.«

»Ich wusste nicht, dass es in dieser Straße Anwohnerparkplätze gibt.« Ich nahm mir vor, *Anwohnerparkplätze* im Wörterbuch nachzuschlagen, hatte aber ungefähr eine Vorstellung, was er damit meinte. Vielleicht konnte ich Mrs Seed damit mal beeindrucken.

»Sind Sie Arzt?« Dann würde alles Sinn machen. Dieser Mann war ein Spezialist vom Nationalen Gesundheitsdienst.

Der Mann für die guten Nachrichten. Vielleicht hatten sie kapiert, dass der andere Doc einen miesen Job machte und bei den Patienten immer nur den Lügenbaron gab. Dann würde ich seinen Arsch verklagen wegen der emotionalen Randale, die er bei uns verursacht hatte.

»Nein, ich bin auch kein Arzt, Dylan«, sagte er und ging lächelnd darüber hinweg wie eine dieser großen, kräftigen Katzen aus dieser Stadt in England, wo die Katzen immer nur lächeln. Er schaute Mum an und drehte die Augen zur Decke, als wolle er sagen, *Gott bewahre.*

»Dylan, hör bitte auf, so viele Fragen zu stellen.« Dann rollte *sie* die Augen zur Decke, als wolle sie ihm sagen: *Ich habe dir doch erzählt, wie er ist, oder*?

»Aber warum steht Ihr Auto dann auf Dads Parkplatz, wenn Sie nicht von der Schule und kein Polizist oder Arzt sind?«

»Dylan«, sagte Mum, »das ist Tony. Er hat mich mitgenommen, als ich vom Einkaufen nach Hause wollte.«

»Aber es ist zu früh, um einkaufen zu gehen.«

»Sei nicht albern – zum Einkaufen ist es nie zu früh.«

»Aber du gehst nie morgens einkaufen.«

»Heute bin ich halt mal gegangen.«

»Und was hast du gekauft?«

»Dylan, wo ist das Problem, wenn ich gleich morgens einkaufen gehe?«

»Es ist einfach ein bisschen merkwürdig, sonst nichts.«

»Ich habe deine Mutter nur mitgenommen, weil sie so viele Tüten hatte, Dylan«, sagte der große Mann.

»Sie sind nicht mein Dad.«

»DYLAN«, rief Mum.

»Ist er nicht.«

»Das weiß Tony.«

»Also, dann sag ihm, dass er sein Auto von Dads Parkplatz fahren soll.«

»Das werde ich nicht.«

»Hör mal, Moira, ich muss sowieso los«, sagte der Mann.

»Trink doch wenigstens deinen Tee aus, Tony.«

»Ich habe in einer halben Stunde eine Tour zum Flughafen.«

»Sind Sie Pilot?«, fragte ich ihn.

»Nein, Dylan, ich bin ein Cabbie.«

»Ein was?«

»Ein Taxifahrer.«

»Also ist das Auto da draußen ein Taxi?«

»Ja, und es wird ratzfatz weg vom Platz deines Dads sein.«

»Heißt das, jetzt gleich?«

»Dylan, bitte hör auf, so unhöflich zu Tony zu sein«, sagte Mum. Jetzt klang ihre Stimme wieder voll nach Ärger.

»Aber normalerweise kommen Taxifahrer nicht mit ins Haus ihrer Fahrgäste und trinken mit ihnen Tee.«

»Da hast du völlig recht, aber deine Mum und ich kennen uns schon ziemlich lange.«

»Wir sind alte Schulfreunde«, sagte Mum.

»Aber warum habe ich dich nie über ihn reden hören?«

»Also, das liegt daran ...«, mischte sich der Taxifahrer ein, aber ich ließ ihn nicht ausreden.

»Amir und ich sind Schulfreunde, und wir sehen uns ständig und reden über uns, auch wenn wir nicht in der Schule sind, und seine Mum und Dad wissen genau, wer ich bin, auch wenn ich nicht zu ihm nach Hause darf.«

»Tony und ich haben uns erst vor Kurzem durch Zufall wiedergefunden.«

»Beim Einkaufen?«

»Online«, sagte der Taximann.

»Auf Facebook«, ergänzte Mum.

»Aber Mum, du hast gesagt, Facebook ist nur was für Freaks.«

Der Taximann und Mum lachten wie über einen Insiderwitz. Ich hasste sie beide.

»Viele bei Facebook sind das, Dylan, aber es gibt auch ein paar nette Menschen, die das benutzen.«

»Irgendjemand hat ein altes Schulfoto an meiner Pinnwand gepostet, und deine Mutter war markiert«, sagte der Taximann. Ich bin nicht bei Facebook und hatte verdammt noch mal keinen blassen Schimmer, worüber er redete. »Also habe ich ihr eine Freundschaftsanfrage geschickt und dann haben wir uns gegenseitig Nachrichten an die Pinnwand geschrieben und über die alten Zeiten gesprochen und so was.«

»Aber wir haben keine Pinnwand«, sagte ich.

Er lachte wieder. »Das ist keine echte Wand, Dylan. So nennt man eine Funktion der eigenen Seite bei Facebook.«

»Und warum sagt man dann nicht einfach Seite?«, fragte ich.

»Dieser Bursche ist eine echte Type, Moira, das reinste Energiebündel.«

»Und das ist erst die Spitze des Eisbergs«, sagte Mum.

»Alles klar, aber hör mal, ich geh jetzt lieber – muss diese Fuhre bekommen.«

»Ganz sicher, Tony?«, sagte Mum. Sie klang enttäuscht.

»Leider. Bringt eine Menge.«

»Hast schon recht, Tony«, sagte Mum.

Ich spürte, wie die beiden mich ansahen. Für einen Taximann machte ich den Weg nicht frei.

»Wiedersehen, Mr«, sagte ich, und dann gab es eine endlos lange Pause.

»O. K., Moira, ich, äh …«

»TSCHÜSS«, sagte ich.

Dann ging er in Richtung Haustür.

»Ich bring dich raus, Tony«, sagte Mum und sprang auf. »*Du* bleibst hier.« Sie hatte dieses Hexenkrächzen in der Stimme, das mir Angst macht. »Das meine ich ernst, Dylan. Bleib hier.« Sagte sie mit ihrer wütend-sanften Stimme.

Und ich stand wie ein echt bekloppter Vollpfosten in der Küche und starrte auf die halb leeren Teetassen. An der Haustür wurde wieder geflüstert und dann kicherten meine Mutter und der Taximann ein bisschen. Dann nichts. Schweigen. Stillstand. Dann geriet mein Kopf in ein unkontrollierbares Trudeln.

»TAXIBASTARD TAXIBASTARD.«

Die Tür fiel ins Schloss.

Bang!

»Ab mit dir nach oben«, rief Mum.

»Warum bist du mit diesem Mann befreundet?«, sagte ich.

»Es geht dich überhaupt nichts an, welche Freunde ich mir aussuche.«

»Aber …«

»Nichts aber, Dylan. Du gehst nach oben. Ich sag's nicht noch einmal.«

»Warum?«

»Warum? Wegen Schuleschwänzen, darum. Davon hab ich die Schnauze gestrichen voll.« Sie deutete die Treppe hinauf.

»Tut mir leid wegen Schuleschwänzen«, sagte ich, während ich zur ersten Stufe ging. »Ich hatte einen Albtraum von Vormittag.«

»Einige von uns haben jeden Morgen Albträume, Dylan, aber wir rennen nicht davon.« Sie hatte Tränen in den Augen.

»Tut mir leid, dass ich so grob zu dem Taximann war.«

»Er heißt Tony und fürs Leidtun ist es jetzt ein bisschen spät, oder?«

Als ich oben angekommen war, rief sie mir etwas hinterher.

»Ich glaube, ich muss mal zur Schule und ein Wort mit denen reden, also pass in Zukunft auf, was du tust, Bürschchen.« Sie nennt mich nur Bürschchen, wenn sie endwütend auf mich ist, also hatte ich mal wieder alle falschen Knöpfe bei ihr gedrückt.

»Meine Fresse«, murmelte ich vor mich hin.

Ich lag auf meinem Bett, hielt Grün fester denn je umklammert und drehte mich genau dreitausendfünfhundert Mal von einer Seite auf die andere. Rekord. Ich drehte mich im Rhythmus zu Songs von Sigur Rós, denn diese Typen wissen, wie man chillige Musik abliefert, die einen beruhigt. Ich fand einfach nicht heraus, warum Mum sich keine Sorgen mehr um mich machte und warum sie mich wie einen gottverdammten Aussätzigen behandelte, wo ihr doch nicht mehr viel Zeit mit mir blieb. Die meisten Mütter in ihrer Lage würden mit ihrem kranken Kind an einen tollen Sandstrand fahren oder in irgendeinen Abenteuerpark, wo man einen Helm tragen muss, oder in so einen Safaripark, in dem man vom Auto aus die wilden Tiere herumlaufen sehen kann. Obwohl Mum kein Auto hat und normalerweise auf Taxis angewiesen ist, verstand ich nicht, warum dieser Taxifahrer in meinem Haus aus unseren Tassen trank und seine Blechkiste auf Dads Platz geparkt hatte. Ich verstand nicht, dass Mum wütend oder traurig oder enttäuscht schien, als der Taximann gegangen war. Ich war total durcheinander, das war ich.

Es hätte so schön sein können, wenn Mum zu mir ins Zimmer gekommen wäre und sich neben mich gelegt, meinen Kopf gestreichelt und gesagt hätte, alles würde wie im Telly *all right on the night* werden. Ich hätte meinen rechten Arm dafür gegeben, wenn sie wieder *Liebling* oder *Goldstück* oder *Dylanschnucki* zu mir gesagt hätte oder mit einem ihrer Kicheranfälle über mich hergefallen wäre und mir das Gesicht abgeleckt hätte, sodass ich »Igiiiiiiiiiiittigiittt, Muuuuuuuuuuuummmmm, das ist Ekelhaft mit großem E« gebrüllt und sie nur »Hab dich lieb, mein Darling« gesagt hätte. Wenn ich mich rumwälzte, wenn ich zählte, mich haute oder was auch immer, war Mum immer da, massierte mir den Rücken, ließ ein Bad für mich ein, sagte mir, dass alles »in Butter« sei und es ihr leidtat, wenn sie mich aus der Fassung gebracht hatte. Aber dieses Mal nicht.

Ich lag da und versuchte, an irgendwas anderes zu denken als das, woran ich die ganze Zeit dachte. Aber sosehr ich mir auch vorzustellen versuchte, wie Michelle Malloy wohl in Unterwäsche aussah, ich konnte nur an das Wort mit großem T denken. WIE FÜHLTE SICH DAS WOHL AN UND WIE WÜRDE ES PASSIEREN? Würde ich mich einfach auf eine echt weiche Bettdecke legen, die Augen schließen und darin versinken? Ein bisschen wie in den großen Scanner einzufahren, nur flauschiger, bequemer und aufregender? Ich hoffte, Mum würde mir eine neue Decke kaufen; ich wollte mich nicht auf dieser alten, schäbigen verabschieden, denn die fühlte sich an, als würde man unter Ten-Ton-Tessie liegen, dem singenden Monster aus Wales höchstpersönlich. Würde es passieren, während ich schlief? Dann würde mein Leben (oder Sterben) so wie ein endloser Traum werden, der niemals endet. Ich würde nichts anderes tun, als von einem Ort zum anderen zu gleiten. Wenn das passieren würde, das wäre wirklich total genial fantanztisch. Mein Gesicht verzog sich mit geschlossenen Augen zu einem Grinsen, so breit wie ein auf dem Rücken liegendes C mit Großbuchstaben, als wäre ich tatsächlich schon in diesem Traumland.

Aber dann kippte mein Grinsen ins Gegenteil und ich war wieder im traurigen Grübelland. Ich dachte daran, was Dad alles passieren konnte. Wenn er zum Beispiel in eine USBV geriet, wie das bei der Armee heißt, eine Unkonventionelle Spreng- oder Brandvorrichtung, dann wäre das eine Katastrophe, denn es würde eine Ewigkeit dauern, bis man seine Beine, Arme oder den Oberkörper finden würde. Vielleicht würden wir gar keinen Sarg mit ihm sehen, weil sie nur seinen Kopf, ein Bein und einen halben Arm gefunden hatten. Wenn er unter Eigenbeschuss geriet, wie die amerikanischen Soldaten das nennen, wenn man versehentlich von den eigenen Kumpels gekillt wird, anstatt mit einem Klaps auf den Rücken oder einem »Hallo« begrüßt zu werden – diese verdammten Yanks! –, dann hätten wir Dad immerhin friedlich und als Held in seinem Sarg. Ich schwang mich aus dem Bett und griff mir Dads Brief. Ich las ihn zum achtundneunzigmillionsten Mal.

Und dachte daran, wie schlecht ich es hatte.

Schließlich kam ich dann doch wieder auf Michelle Malloy.

Puuh!

Nieren 15

Als mein Handy mit No Sleep Till Brooklyn losplärrte, wachte ich auf. Sonne blinzelte durch das Fenster meines Schlafzimmers, was bedeutete, dass ein paar Stunden vergangen waren und ich ein Nickerchen gemacht hatte. Ich wusste sofort, wer es war, denn ich habe mein Handy so programmiert, dass alle meine Freunde einen speziellen Klingelton haben. Wenn ich sage, alle meine Freunde, heißt das, meine Mum, deren Song *Mama Said Knock You Out* ist; ich habe auch meinen Dad mit *King of the Swingers* (aber das höre ich nie, weil Dad sein Handy nicht benutzt, denn sonst würden ihn die verrückten Ungläubigen aufspüren, in irgendeine dunkle Höhle am Ende der Welt verschleppen und foltern, um an die sahnemäßigen Staatsgeheimnisse zu kommen, die er in seinem Kopf gespeichert hat); und dann habe ich noch Miss Flynn, deren Song *Good Vibrations* ist. Aber das ist nur für Ernstfälle. Und obwohl heute eine Art Ernstfall war, hörte ich *Good Vibrations* nicht.

hi dylan, amirs hier. bisde morgn i d schule? Amir sagt mir am Anfang einer Nachricht immer, von wem sie kommt, obwohl ich ihm schon zehn Millionen Mal gesagt habe, dass ich bei *No Sleep Till Brooklyn* weiß, dass er dran ist. Ich habe es ihm sogar schon vorgespielt. Amir ist schon einer, echt.

Scheinlich, will aber nicht

mach dir keinen Kopf wegen MM

machichnich

iss eh nelesbe. lol

Wie ihr Schlund. Lol

lol

llllooooollll

gehst du noch auf disco?

Kein Plan.

Wird abgfahrn ... kommst?

Werd drüber nachdenken.

wir könntn als laurel und hardy gehen

Du als der dicke

Odr cagney und lacy. Amir schaut ständig die alten Sendungen auf Sky.

dann bags cagney. Lol

wie mit susan boyle und mrs seed? lol.

dachte du gehst als der jämmerliche doughnut?

nä diesr fette schwansludscher

lol

lol glaichfalls

also gehst du?

Vleichd

überlegs dir

machich. hab nur noch 17 pence guthabn

dann c u morgen

okeydokey

Mobiltelefone sind vielleicht die größte Erfindung, die die Welt gesehen hat. Meine Top-vier-Erfindungen sind:

1. Mobiltelefone
2. Sky+
3. Fußballerisches
4. Dialysemaschinen

Was ich noch sagen wollte, Michelle Malloy braucht eine Dialysemaschine an ihren Nieren, damit sie sich nicht ständig bepisst. Oder ist es, damit ihre Nieren nicht kaputtgehen? Im Grunde bin ich nicht hundert Prozent sicher, weil ich zu viel Angst habe, sie zu fragen. Sie muss deshalb massig ins Krankenhaus – na ja, deswegen und wegen ihrer Kurzes-Bein-langes-Bein-Sache. Vielleicht war sie deshalb so mürrisch – wegen Dialysemaschineentzugserscheinungen. Vielleicht war diese Verdrießlichkeit ein Symptom davon – wer weiß schon, wie diese Dialysemaschinen arbeiten? Ich jedenfalls nicht. Ich hätte auch nichts dagegen gehabt, ihre Handynummer in meine schmutzigen Pfoten zu bekommen – ich hätte ihr nette SMS schicken können, ohne mir anhören zu müssen, wie sie über mich herzog oder mich beschimpfte. Ich hätte ihr SMS voller ???? geschickt, auf die sie mir Antworten schicken müsste. Amir hat das mal gemacht, und ich hatte schließlich mein ganzes Guthaben aufgebraucht, nur mit Chatten. Er war der Oberkracher. Ich bin regelmäßig eingeschlafen von meinem eigenen Gekichere über irgendwelchen Quatsch, den er schrieb. Ich lag im Bett und LMAO. Manchmal war es sooooooo lustig, es war sogar LMFAO. (Das F ist ein schmutziges Wort.)

In den alten Zeiten, als es noch keine Handys gab, muss es echt schwierig gewesen sein. Was haben die Leute damals gemacht, um Spaß zu haben, frage ich mich? Solche Fragen machen mich regelmäßig verrückt und rauben mir nachts den Schlaf, ich drehe und werfe mich im Bett herum und stöhne, weil ich keine Antwort darauf finden kann. Warum gibt es keine schwarzen Ski-Champions? Warum haben, als ich mit Mum und Dad in Torremolinos war, die Hunde auf der Straße besser Spanisch verstanden als ich? Wer hat entschieden, dass man einen Tisch einen *Tisch* nennt oder ein Ohr *Ohr* oder dass wir *gelb* zu gelb sagen? Aaaaarrrrrggggghhhhh …

Solche Antworten findet man nie in Büchern, nicht mal in *100 000 Tatsachen* oder *100 000 Tatsachen Band 2*, die wir in unserer Schulbücherei haben.

Auch die Lehrer wissen keine Antwort, und alle sagen mir, ich soll aufhören, solche Fragen zu stellen. Dadurch habe ich gelernt, was diese Wörter bedeuten:

Banal

Sinnlos

Stumpfsinnig

Oberflächlich.

Klassenkameraden 16

Als ich am nächsten Tag wieder in die Schule ging, glaubte ich, Amir würde sich auf ein Wiedersehen freuen wie Dick und Doof.

Tat er aber nicht.

Ich glaubte, er würde mich abklatschen und dann in letzter Sekunde die Hand wegziehen, gerade wenn ich meine Hand hob und dabei »Wie geht's, bester Kumpel?« brüllte.

Tat er aber nicht.

Ich glaubte, er würde seine Hand runternehmen und mir hinhalten und »hier unten« sagen und sie einen Sekundenbruchteil, bevor ich draufhauen konnte, wegziehen, worauf er mit »zu langsam« reagieren konnte.

Tat er aber nicht.

Ich glaubte, er würde mir mit seiner Amir-Begrüßung-für-besondere-Gelegenheiten kommen: »Was geht, D-D-Dildo?« Das Wort Dildo klang ein kleines bisschen wie Dylan, und weil wir beide wussten, dass es ein wirklich schmutziges Wort von Frauen war, heulten wir dabei immer laut auf vor Lachen.

Aber das tat er auch nicht.

Er sah eher aus wie ein verwundeter Bär, als ich ihn da in unserer Nachhilfeklasse sitzen sah.

»Na denn, Furzbux«, sagte ich.

Er tat so, als würde er ein Buch über Löwen lesen, aber ich wusste, dass er fakte, denn Amir war nicht der Nummer-eins-Leser der Welt. Mir konnte er nichts vormachen.

»Na denn, Dumpfbacke«, sagte ich, nur für den Fall, dass er tatsächlich das Buch las und mir etwas vormachte.

Aber er sagte nichts. Heute keine LOLs oder LMAOs.

»Alles in Ordnung, Amigo?«

Ich legte ihm die Hand auf die Schulter und er legte den Kopf auf den Tisch. Ich wusste, dass irgendwas im Busch war, denn beste Kumpel wissen, wenn ihr Freund sich wie Scheiße fühlt.

»Amir, was ist los, Kumpel?«, fragte ich noch einmal.

»Ich hasse diesen d-d-dumpfen be-be-beschissenen Scheißarschort«, sagte er. Jetzt wusste ich, dass etwas ziemlich tittenmäßig aus dem Ruder gelaufen war.

»Amir?«

»Diese Schule ist voller Idioten und Arschlöcher«, sagte er, dann schleuderte er das Löwenbuch quer durch das Zimmer, als sei er der definitiv beste Frisbee-Spieler Schottlands. Fast hätte es die einzige andere Person in der Klasse mit voller Wucht an der Birne getroffen, Charlotte Duffy. Sie zuckte nicht einmal. Sie hatte kurz zuvor all ihre Tabletten genommen. Morgens war sie wie ein abgedrehter Kiffer.

Sie wandte sich uns zu und sagte: »Passt bloß auf, oder ich werd …«, und dann murmelte sie etwas vor sich hin, das ich nicht verstehen konnte, aber ihr Gesicht sah völlig zerknautscht aus; es war, als würde sie mit ihrem Tisch reden. Komplett verrückt, oder was?

»Entschuldige, Charlotte«, sagte ich, »das war keine Absicht.«

»Eines Tages krieg ich euch.« Und dann sagte sie etwas, das meine Hände zum Kribbeln brachte und mein Gesicht wie eine Ziehharmonika auseinandergehen ließ. Ich wollte mich wie *Teen Wolf* auf sie stürzen und ihr ein kräftiges Stück aus der Backe beißen.

Sie hatte »Paki-Popper« gesagt.

»Wie hast du mich genannt?«, fragte ich sie.

»Hast du doch gehört.«

»Sag's noch mal.«

»Sag's noch mal.«

»Sag's noch mal – wenn du dich traust.«

»Sag's noch mal – wenn du dich traust.« Ich hasse es, wenn Leute dieses Nachplappern auspacken; es bringt meinen inneren Dampfkessel zum Überkochen. In diesem Moment war ich komplett am Überkochen.

»Du spinnst ja, Charlotte.«

»Wir spinnen alle, Dumpfarsch. Deshalb sind wir hier in diesem Drecksloch.«

»Schwirr ab, Tischlutscher.«

»Bist du taub?«, sagte sie.

»Was?«

»Ob du taub bist«, sagte sie und tippte an ihr eigenes Ohr.

»Was haben sie denn an dich verfüttert?«

»Ist eine einfache Frage. BIST DU TAUB?«, brüllte sie.

»Ich glaube, du solltest noch 'ne Pille nehmen, denn ich habe keinen Schimmer, was …«

»Korb.«

»Was?«

»Korb.«

Ich wusste nicht, was ich sagen sollte. Ich verzog das Gesicht.

»Fetter Korb.«

»Was quasselst du da, Headbanger?« Solche Neben-der-Spur-Palaver gibt es in Drumhill stündlich – deshalb waren auch ständig Leute am Schreien, Brüllen, Heulen oder versuchten, sich gegenseitig oder selbst zu verletzen. Auf der einen Seite des Klassenzimmers war Amir, den Kopf gebeugt, und umarmte den Schreibtisch, auf der anderen imitierte Charlotte Duffy das durchgeknallte Mädchen aus dem *Exorzist*. Wenn man zu dieser Mischung noch vierzig oder fünfzig Leute dazunimmt, weiß man, wie ein typischer Tag in Drumhill aussieht. Kein Wunder, dass die Leute sich ständig in die Hosen scheißen.

»Michelle Malloy hat dir einen dicken, fetten Korb gegeben. HA!«, sagte Charlotte, die schnatternde Hexe.

Charlotte Duffy und Michelle Malloy waren nicht unbedingt Busenfreundinnen, ich wusste also nicht, woher sie diesen schlüpfrigen Klatsch hatte. Michelle Malloys Kopf war Charlotte Duffy um zu viele Meilen voraus, als dass die beiden auch nur annähernd hätten Freundinnen sein können. Charlotte pulte sich das Schmalz aus den Ohren und kaute darauf herum, und davor sagte sie meistens zu den Jungs von der normalen Schule, sie würde so heftig an ihrem Ding-Dong zerren, dass ihr Spritz-Spritz rauskommen würde. Verrückt mit großem V.

Ich konnte es nicht glauben, dass sie von Michelle Malloy wusste. In der Schule verbreiten sich Neuigkeiten wie bei einem gackernden Hühnerhaufen von Spielerfrauen.

»Wer hat dir diesen Piss erzählt?«

»Das weiß jeder.«

»Wetten nicht.«

»Wetten doch.«

»Das geht mir völlig am Arsch vorbei.«

»Wetten doch.«

»Wetten nicht.«

»Doch.«

»Nicht.«

»DOCH!«

»NICHT.« Ich glaube, meine Lautstärke nahm ihr etwas den Schwung aus den Segeln.

»Ich kann's ihr nicht verübeln. Schau doch bloß, wie du dich hier aufführst«, sagte sie.

»Du führst dich selber auf«, sagte ich.

»Du führst dich auf.«

»Du führst dich auf.«

»VERDAMMT FÜHRST DU DICH AUF!«, brüllte sie.

»VERDAMMT FÜHRST DU DICH AUF!«, brüllte ich zurück. Der Druck stieg. Mr Dog zerrte an der Leine, und noch nie war ich in diesem Zustand so kurz davor gewesen, einem Mädchen eine reinzuhauen.

»Schau dich an. Schau dir deine Drecksfresse von einem Gesicht an, Mint.«

»Aha, und du hast eine Muschi wie der Grand Canyon.«

»Halt die Fresse.«

»Halt du die Fresse.«

»NEIN, DU HÄLTST DIE FRESSE.«

»DU HAST EINEN ARSCH WIE EIN SACK VOLLER WÄSCHE.« Jetzt brüllte ich wirklich – und das hatte nichts mit Tourette zu tun. Ich wollte diese schrecklichen Sachen gar nicht sagen. Ich sagte sie nur, weil Charlotte so ekelhaft zu mir war. Und ich war nicht mal derjenige gewesen, der das Buch nach ihr geworfen hatte.

»HALT DIE FRESSE, EKELHAFTER BASTARD!«, kreischte sie und knallte ihren Kopf auf den Tisch. Ich glaube, sie brabbelte weiter vor sich hin; ihre Schultern tanzten den Heulsusen-Boogie. Mir war nach dem kompletten Gegenteil von einem Liebesgedicht und Charlotte Duffy hatte sich das redlich verdient. Was konnte ich dafür, dass sie beschlossen hatte, den ganzen Tag verrückt zu spielen? Aber bevor ich mich wieder Amir zuwenden konnte, ruckte ihr Kopf vom Tisch hoch, und sie bellte: »DYLAN MINT, DU BIST EIN DRECKIGER VERDAMMTER SCHEISSKERL, UND ICH HOFFE, DU BIST BALD TOT.« Sie würde bereuen, dass sie das gesagt hatte, im März.

Ich wusste nicht, was mich mehr quälte – »Paki-Popper« genannt zu werden oder dass alle wussten, dass Michelle Malloy mich fett abserviert hatte. Ich bin kein Experte in gesellschaftlichen Sachen, war mir aber ziemlich sicher, dass Charlotte Duffy ein schrecklich rassistisches Biest war, wenn sie »Paki-Popper« zu mir sagte. Ich erwähne das bloß, weil ich glaube, sie hatte nicht gemeint, dass ich tatsächlich jemanden aus Pakistan gefickt habe, das habe ich nicht, und das sage ich nicht, weil ich ein Rassist bin – ich hatte einfach niemand anderen als Amir und seine Familie kennengelernt, und die hatte ich nicht mal *offiziell* kennengelernt, aber ich wusste, dass sie aus Pakistan kamen, und ich wusste ganz genau, dass ich Amir oder jemanden aus seiner Familie nicht gefickt hatte. Bisher hatte ich noch nie jemanden aus irgendeinem Land oder irgendeiner Stadt auf der Welt gefickt. *Coole Sachen, die ich machen muss, bevor ich abkratze, Nummer eins* sagte das klar und deutlich. Ich hoffte wirklich, dass Charlotte Duffy nicht glaubte, Amir und ich würden das Tier mit den zwei Rücken spielen.

Aaarrrghhh. Ich war megawütend.

Ich schloss die Augen und ballte die Fäuste, weil ich nicht über Charlotte Duffy herfallen, ihren Tisch umtreten, Stühle nach ihr werfen oder sie mit Mr Dog bekannt machen wollte. Ich hielt die Augen fest geschlossen. Miss Flynn hat mir geraten, auftretende Probleme im Kopf zu lösen, wenn ich genervt bin oder das Gefühl habe, gleich um mich zu schlagen oder mit Worten auszuflippen. Da ich in Mathe furchtbar schlecht bin, suche ich mir andere Methoden, mit denen ich Probleme lösen kann. Miss Flynn nennt das Übungen in Gehirnakrobatik.

Um wieder auf den Boden zu kommen, machte ich also mit geschlossenen Augen Gehirnakrobatik. Ich versuchte, mich an ein Fußballteam in der Schottischen, Englischen, Walisischen oder Irischen Liga zu erinnern, das mit einem J anfängt – außer St. Johnstone natürlich.

Mir fiel keins ein.

Mit dem Kopf auf dem Tisch stellte ich mir vor, wie ich das entscheidende Tor für Schottland im Endspiel der WM erzielte, indem ich den Ball am Ende eines schnellen Konterangriffs per Kopfball ins Netz beförderte. Schon klar, das war keine Gehirnakrobatik und löste auch kein schwieriges Problem, aber es war ein super Stoppschild für das Wirbeln im Kopf.

* * *

Als ich die Augen öffnete, merkte ich, dass auch Amirs Schultern den Heulsusen-Boogie tanzten.

»Alles O. K., Amir, mein alter Kumpel?«

»Ich kann's nicht glauben, was du zu ihr gesagt hast.« Er kicherte vor sich hin; seine Schultern tanzten den Gute-Laune-Boogie.

»Was gesagt?«

»Dass ihre Muschi wie ein Grand Canyon ist.«

»Hast du gehört, was sie zu mir gesagt hat?«

»Hat einfach Klasse.«

»Sie hat es verdient.«

»Ich weiß.«

»Und was war mit dir heute Morgen los?« Meine Frage

schien die Erinnerung an den Morgen wieder zurückzubringen.

»Selbe alte Scheiße.«

»Welche selbe alte Scheiße?«

»Na, der Kram über Nach-Curry-Riechen, und hört auf, uns unsere Jobs zu klauen, und Pakis können keinen Fußball spielen. Hängt mir zum Hals raus.«

»Wer denn? Wieder Doughnut?«

»Nein.«

»Wer dann?«

»Snot Rag und Skittle.«

»Snot Rag und Skittle?«

»Meistens Skittle.«

»Kein Scheiß?«

»Nein.«

»Lass dir das nicht von ihm gefallen.«

»Was kann ich schon machen?«

»Schubs ihn einfach um, den kleinen Spinner.«

»Er macht das jetzt jeden Tag.«

»Warum hast du mir das nicht erzählt, Amir?«

»Weil du doch andere Sachen hast, um die du dich kümmern musst.«

»Ja?«

»Und Michelle Malloy dir einen fetten Korb gegeben hat.«

»O. K.«

»Na, hat sie doch.«

»O. K.«

»Ich sag doch bloß …«

»Schon kapiert, Amir, Herrgott noch mal«, sagte ich.

»Was kann ich denn machen, Dylan?«

»Wobei?«

»Dem ganzen Paki-Kram.«

»Ahh, ja. Also, du könntest das mit Skittle unter Männern klären.«

»Hast du mich schon mal kämpfen sehen, Dylan?« Jetzt zog Amir wieder sein Jammergesicht.

»Ich hab's nicht ernst gemeint, Amir.«

»Ich glaube, ich will überhaupt nicht mehr zur Schule gehen.«

»Sag so was nicht.«

»Wünschte, ich wär ein echter Kämpfer und könnte ihm eins auf die Mütze hauen und das wär's dann auch.«

»Die sagen so was nie, wenn ich dabei bin«, sagte ich.

»Würden sie sich nicht trauen«, sagte Amir. »Kann ich dich was fragen?«

»Los.«

»Findest du, dass ich nach Curry rieche?«

Mannomann, oh Manno-Manno-Manno-Mannomann, was für eine Frage für einen besten Kumpel an seinen besten Kumpel. Eine ehrliche Antwort hätte ein Loch wie ein Meteoreinschlag in unsere Beste-Kumpel-Freundschaft gehauen. Meine Augen flackerten wie eine Kamera.

»Findest du?«

»Ähm, natürlich nicht.«

»Tatsächlich?«

»Hör einfach nicht auf diese Prollos, Amir.«

»Also kein Curry?«

»Nein, kein bisschen.«

»M-m-meinst du das ernst?«

»Na, klar doch.«

»Ich stinke also nicht nach Curry?«

»Nein, Amir, du stinkst nicht nach Curry.«

»Aber Skittle sagt ...«

»Nächstes Mal fragst du *sie*, warum *sie* immer nach ranzigem Öl und Chips und Pisse und Fürzen miefen, warte mal ab, was sie dazu sagen.« Ich musste nach Strich und Faden lügen, damit Amir keinen Grund hatte, mir zu sagen, dass wir keine besten Kumpel mehr waren. Was für ein gruseliger Gedanke.

Stellt euch bloß vor!

Ich müsste ganz alleine Steine über den Schulhof kicken und hätte niemanden mehr, mit dem ich SMS schreiben oder über Schweinkram reden könnte. Ich musste lügen. Aber es war eine Notlüge. Ich fühlte mich wie Abschaum, nachdem ich das zu Amir gesagt hatte, denn der unerschrockene Amir – und das ist die einzig *wahre* Wahrheit – kommt zur Schule und riecht, als hätte er gerade eine schwitzige Vierundzwanzigstundenschicht in Korma Chamäleons Curry-Küche hinter sich. Mir macht das nichts aus – ich mag es, wenn es in der Klasse nach Curry riecht. Curry ist sowieso eins meiner Lieblingsessen und der penetrante Muff macht mir immer Lust auf Happa-Happa. Der Currygeruch übertrifft todsicher den ständigen Pennermief, der überall in der Schule hängt. Fast jeder Schüler in Drumhill stinkt nach irgendetwas wie Kohl, Fürzen, Fett oder feuchten Handtüchern. Amirs Geruch ist mir jederzeit willkommen. Ich benutze jeden Tag *Axe Africa*, manchmal sogar zwei Mal, also bin ich in der Abteilung Stinken voll O. K.

»Aber warum sagen das alle immer wieder, Dylan?«

»Ich glaube, das hat mehr mit deiner Hautfarbe zu tun, Amir.«

»Meiner Hautfarbe?«

»Ja.«

»Was ist mit meiner Hautfarbe los?« Amir fragte, als

wüsste er es nicht. Mal ehrlich, dieser Bursche ist die Unschuld in Person.

»Ich glaube, manche Leute mögen sie nicht.«

»Aber warum?«

»Manchen Leuten macht sie Angst.«

»Wie, verfluchte Scheiße, kann man vor jemandes Haut Angst haben?«

»Ich weiß nicht, Kollege, aber manche Leute fühlen sich scheinbar beleidigt von der Hautfarbe anderer Leute.« Amir schaute mich mit dem gleichen Ausdruck an wie ich Mum, wenn ich mal wieder Trübsal blase und sie mit einer ihrer Spezialumarmungen wieder alles super-O. K. macht. Ich wollte ihm eine Spezialumarmung geben, vielleicht wurde er dann wieder der fröhliche, lachende Amir. Aber wenn ich das tat, dann würde Charlotte Duffy vielleicht überall auf Facebook posten, dass ich tatsächlich ein Paki-Popper war.

»Aber warum kann man sich von so was wie Haut beleidigt fühlen, Dylan?«

»Ich weiß nicht, Amir, aber einige fiese Leute sind so.«

»Aber Haut sa-sa-sagt nicht mal was!«

»Ich weiß, es ist verrückt.«

»Wetten, dass das verrückt ist, Dylan. Du kannst im nächsten Wettbüro drauf wetten, dass das verrückt ist.«

»Es ist Willy-Billy-Wahnsinn.«

»Ich ve-ve-versteh's bloß nicht.«

»Es ist wie eine dieser verrückten Fragen, die man nie beantworten kann«, sagte ich zu Amir.

»So, wie warum wir das gleiche Wort haben für Bank, auf der man sitzen kann, und Bank für das Geld?«

»Oder warum schwul heißt, es mit einem anderen Typen zu treiben, und dass irgendwas total scheiße ist?«

Da gab es keine Antworten, denn die Welt ist nun mal plemplem.

»Ich weiß es auch nicht, Dylan«, sagte er.

Manchmal legen Amir und ich es darauf an und sagen die beklopptesten Sachen, die normalen Leuten niemals in den Sinn kommen würden. »Normale Leute fragen solche Sachen nicht«, sagt Mrs Seed immer zu Amir, wenn er im Unterricht mal wieder eine seiner endfertigen Fragen gestellt hat.

»Nein, ich weiß es auch nicht, glaub ich.«

»Aber ich weiß, dass es nicht normal ist, Leute nur wegen ihrer Haut zu hassen«, sagte Amir.

»Schon klar.«

»Ich meine, man muss schon geistig behindert sein, um Haut zu hassen.«

»Aber Skittle und Snot Rag *sind* behindert, Amir«, sagte ich.

»Ist wohl so.«

»Siehst du? Kein Grund, sich Sorgen zu machen.«

Mir war klar, dass wir hier alle behindert waren, aber diese beiden waren voll behindert, weil sie extra behinderte Sachen machten, wie herauszufinden, wer seine Pisse am längsten halten kann, und dann beim Rausspritzen so taten, als käme sie aus einem Feuerwehrschlauch, oder auszuprobieren, wer am höchsten in die Klobecken pissen konnte, oder einen Finger ins eigene Arschloch zu schieben und zu sehen, welcher am meisten stank. So was Behämmertes machten Amir und ich nie.

»Ja … aber … trotzdem.«

»Du hast recht, in Ordnung ist das nicht.«

»Ich glaube, ich will nach Hause«, sagte Amir.

»Mach das nicht, Amir.«

»Du hast das gemacht, als Michelle Malloy dir einen fetten Korb gegeben hat.«

»Na dann, tschüss.«

»Tut mir leid, aber du weißt, was ich meine. Ich hab das alles einfach satt.«

»Ja, aber ich hab Megaärger bekommen und zu Hause eigentlich auch nichts gemacht.«

»Was hast du gemacht?«

»Hauptsächlich in meinem Zimmer gesessen.«

»Und was gemacht?«

»Nachgedacht.«

»Über was?«

»Nichts Richtiges, zufälliges Zeug.«

»Nackte Mädchen?«

»Nein.«

»Doch, ich wette.«

»Wetten, nicht.«

»Ich wette, du warst die ganze Zeit im Internet.«

»Wetten, nicht.«

»Wetten, du hast dir Blowjobs und Bumsen angesehen«, sagte er und schaute sich um, bevor er Blowjob und Bumsen sagte und die beiden Wörter auch nur flüsterte.

»Wetten, nicht.« Das war ein echter LOL-Augenblick, aber ich lachte nicht.

»Wetten, doch.« Ich war kurz davor, Amirs Arm auf Beste-Kumpel-Art mit einem kurzen Knocker außer Gefecht zu setzen, als ich ihn im linken Augenwinkel auftauchen sah.

Skittle.

Er humpelte in die Klasse und zog die krummen Beine hinter sich her. Amir legte den Kopf auf den Tisch. Charlotte Duffy hob den Kopf von ihrem Tisch, prustete verächtlich und machte mit der Hand Bewegungen, als würde sich einer einen runterholen, um so zu sagen, ich sei ein Wichser.

Im Gegenzug wirbelte ich meine Zeigefinger um die Schläfen.

Touché, Charlotte Duffy.

Dann ging ich rüber zu Skittles Tisch. Gleich würde es klingeln, und die Leute waren dabei, sich in die Klasse zu schieben und zu quetschen. Ich musste das schnell erledigen. Verflucht snaptastisch schnell. Ich musste immer noch mein Versprechen erfüllen, meinem besten Kumpel Amir zu helfen, und dachte an *Coole Sachen, die ich machen muss, bevor ich abkratze, Nummer zwei: Amir wieder zu einem Happy Chappy machen, anstatt zu einer jämmerlichen F*****! Das war ein perfekter Augenblick, um ihm zu beweisen, was ich draufhatte, zu zeigen, ohne was er auskommen musste, wenn ich weg war.

»Skittle, ich hab ein klitzekleines Hühnchen mit dir zu rupfen«, sagte ich und versuchte, so cool und hart auszusehen wie die T-Birds aus *Grease*.

»Was?«

»Warum verarschst du Amir die ganze Zeit?«

»Was?«

»Mach die Ohren auf, Skittle. Du hast Amir verarscht.«

»Was geht dich das denn an, du Mongo?«

»Du lässt besser die Finger von ihm«, sagte ich und setzte mein bestes Harter-Mann-der-sich-von-niemandem-was-gefallen-lässt-Gesicht auf, was ich in Mr Grants Theaterklasse gelernt hatte. Schließlich geht es in Mr Grants Klasse darum, für sich selbst einzutreten und sich keinen Scheiß gefallen zu lassen und loszulegen und sich nicht unterkriegen zu lassen.

»... oder was?«, sagte er.

Das war genau so wie beim Improvisieren in unserem Theaterkurs, nur war das hier echt. Ich konnte das ranzige Öl in seinem Atem riechen. *Bei allen beschissenen Schoko-Sticks*, dachte ich. *Was jetzt?*

»Eins sag ich dir, Skittle ...«

»Und was willst du dagegen machen, Dildo, hä?«, sagte er und rückte noch ein Stück vor, sodass wir jetzt Männerbrust an Männerbrust standen.

Skittle machte mich jetzt enorm nervös. Ich fühle mich nicht wohl in meiner Haut, wenn mir Leute, die ich kaum kenne, so auf die Pelle rücken. Ich räusperte mich so aggressiv, dass er ein klitzekleines bisschen abrückte. Und wenn ich sage räuspern, dann klang es mehr nach einem Wolfsrudel, das sich räusperte. Als Skittle ein klitzekleines bisschen von mir abrückte, merkte ich, dass ich die Oberhand in unserem Clinch hatte, und mir fiel ein, was Dad mir immer wieder über das Oberhandhaben gesagt hat: »Weiche nie NIE zurück. Halte deine verfluchte Stellung und dann immer IMMER Attacke.« Das war ein unschätzbarer Tipp des Militärs und kam von ganz oben, also war es wohl ein guter Tipp. Ich nahm ihn an. Einfach so wie Dad, wenn die Typen vorm oder im Pub sich »mit seinem Karma anlegten«. Schlechter Schachzug, wenn ein Spezi vom Militär da mitmischt.

»Ich werd dir eins zwischen deine verfluchten rassistischen Hörner geben, das werd ich machen«, sagte ich. Im selben Augenblick fing mein Kopf an zu zucken und zu ticken.

»Halt die Fresse, Tick-Tack, und geh zurück zu deinem verdammten Affen«, sagte Skittle und nickte in Richtung Amir.

»Was hast du gesagt?«

»Ich hab gesagt…« Er rückte mir jetzt wieder auf die Pelle, was hieß, dass mein Nicht-Zurückweichen für die Tonne war. »… schieb's deiner Mum in die stinkende Spalte, Tourette-Bürschchen.«

Wow!

Verdammten Augenblick mal!

Alle Maschinen, stopp!

Un-glaub-lich.

So eine Bemerkung war wie ein roter Teppich für einen Elefanten, der sich nirgendwo lieber tummelt als in einem Porzellanladen.

Immer Attacke.

»Du kleine Hinkebein-Fotze.« Wie eine Katze sprang ich vor und packte ihn mit einer Hand an der Gurgel, sodass ich seinen Adamsapfel an meinem Daumen zittern spürte. Ich drückte fest zu, bis sein Gesicht so rot wurde wie eine Säufernase. Dann trat ich ihm eins seiner Hinkebeine weg und das war's dann. Skittle fiel wie ein Sack Kartoffeln zu Boden.

Krach!

Peng!

Rums!

Amir ächzte und jauchzte im Hintergrund. Charlotte Duffy kreischte und raufte sich vor Aufregung wie verrückt die Haare. Durchgeknallt.

»Hast du sonst noch was zu sagen, du kleiner Wichser?«, brüllte ich Skittle auf dem Boden an.

Er hatte sich zusammengerollt und zitterte hemmungslos. Ich dachte daran, ihm den entscheidenden Tritt zu verpassen, aber das hätte bedeutet, wirklich zu weit zu gehen, und darin bin ich nicht besonders gut. Aber bevor ich auch nur mit dem linken Fuß ausholen konnte (das ist mein starker), brüllte mir Mr Comeford »GENUG, DYLAN MINT!« ins Gesicht, packte mich gewaltsam am Kragen und zerrte mich echt aggressiv à la Flash Gordon aus dem Zimmer. Der Hemdkragen zerriss. Und weil ich das Hemd in die Hose gesteckt hatte, wurde meine Hose mit hoch in den Hintern gezogen, und der tat genauso mofomäßig weh wie mein Sack. Ich dachte daran, Mr Comeford wegen schwerer Körperverletzung und der Beschädigung von privatem Eigentum und den Schmerzen in meiner Arschloch-Sack-Kombo anzuzeigen. Aber Mist! Verdammt! Mum und ich hatten weder einen Anwalt noch die Nerven, einen der Top-Rechthaber Schottlands auf unsere Seite zu holen. Das Ende vom Lied war, dass ich nichts wegen Mr Comefords Überfall auf mich unternahm. Aber je länger ich darüber nachdachte, desto lieber hätte ich den Arsch dieses Mannes auf einem Präsentierteller vor mir gehabt. Ich sah die Schlagzeile schon vor mir: *Lehrer vergeht sich an todgeweihtem Teenager.*

Wieder blieb mir nichts anderes, als in der Ecke der Wand vor Miss Flynns Büro zu stehen. Und das nur, weil ich versucht hatte, meinem besten Kumpel bei einem Problem mit rassistischem Mist zu helfen.

Ich machte Gehirnakrobatik.

Ich rubbelte Grün in der Tasche.

Ich zählte nach, wie viele Clubs grün auf ihrem Fußballtrikot haben. Ich verschärfte das Problem, indem ich die Clubs aller europäischen Ligen zählte. Olympische Gehirnakrobatik.

An den Clinch mit Skittle erinnere ich mich nicht mehr allzu sehr, aber ich weiß noch genau, dass Charlotte Duffy ihre Zeigefinger um die Schläfen wirbeln ließ und mich dabei ansah, als ich rausgebracht wurde. Darüber musste ich nun wirklich lachen, denn das war ein sahnemäßiger Touché-Augenblick.

Zehn Punkte für Charlotte Duffy.

In: Übergeschnappt.

Millionär 17

Miss Flynn rief Mum an und fragte, ob sie herkommen und mich von der Schule abholen könnte. Sie sagte, ich hätte mich selbst »in die Bredouille gebracht«. Beim Telefonieren blinzelte sie mir zu. Wären wir in einem verruchten Club oder einer hippen Bar und ich zehn Jahre älter gewesen und sie hätte mich so angeblinzelt, dann wäre ich zu ihr hinübergeschlendert und hätte dieser Braut ein Pint bestellt. Dann reichte sie mir den Hörer und Miss Flynns Telefonmuschel berührte mein Ohr; sie war heiß und parfümiert und mir wurde untenrum ziemlich komisch.

»Schau mal, Dylan, ich bin gerade beschäftigt. Schaffst du es alleine nach Hause?«, sagte Mum.

»Bist du mir böse?«

»Nein, Liebling, bin dir nicht böse, aber muss jetzt los.«

»Essen wir heute Abend zusammen Suppe und schauen Fernsehn?«

»Klingt nach einer guten Idee.«

»Wenn du willst, kann ich die Suppe schon mal pimpen.«

»Prima. Bin schon ganz gespannt. Gib mir doch noch mal Miss Flynn.«

»O. K., tschüss«, sagte ich und gab das Telefon Miss Flynn, die sich mit Mum für eine gute alte Plauderei in der Schule verabredete.

* * *

Ich weiß, dass die meisten Teenager nicht gern mit ihren Alten abhängen, aber immer mal zwischendurch ist schon O. K. Und es ist immer super-O. K., wenn Mum und ich Suppe essen und zusammen *Wer wird Millionär*? gucken. Entweder ich oder Mum rufen: »Es geht lo-hos!«, wenn wir nicht sowieso schon beide im Wohnzimmer sind.

»Was ist da drin, Küchenchef?« Sie nannte mich Küchenchef, denn genau das bin ich, wenn ich die Suppe pimpe. Mum weiß, dass sie nicht in die Küche darf, wenn ich koche.

»Also, heute Abend haben wir Tomatensuppe …«

»Klar doch.«

»… mit etwas Paprika, schwarzem Pfeffer, Basilikumblättern, einer Dose gemischten Bohnen …«

»Mmm, riecht lecker, Küchenchef.«

»… oh, und Estragon.«

»Oooooo, Estragon«, sagte Mum mit aufgerissenen Augen. »Wer ist hier hinter einem Michelin-Stern her?«

Ich lachte, denn nur die besten Küchenchefs bekommen einen Michelin-Stern, und es dauert ewig und drei Tage, bis man ihn kriegt, und du musst jede Stunde arbeiten, die Gott dir geschenkt hat, riskierst dabei, Frau und Kinder zu verlieren, weil du sie nie siehst, und dann wird deine Leber ganz matschig von all dem Schnaps, den du aus Stress trinkst. Und das alles nur für so einen blitzenden Michelin-Stern. Ich wollte keinen, nein, danke, mein Herr! Vielleicht konnte ich später ein Kein-Michelin-Stern-Küchenchef werden. Aber halt – konnte ich nicht weil ihr-wisst-schon-weshalb. Manchmal habe ich einen Kopf wie ein Sieb.

»Probieren«, sagte ich.

Mum schlürfte einen Löffel. »Oh, Dylan, die ist so was von lecker.«

»Wirklich?«

»Bin total begeistert, Küchenchef.«

»Fantastico«, sagte ich und schlürfte auch einen Löffel voll. Sie war lecker. »Shizenhowzen!«

»Wie bitte?«

»Ich hab die gerösteten Brotwürfel vergessen.«

Geröstete Brotwürfel sind keine Gewürzzwiebeln, also konnte ich die Brotwürfel auch nicht dafür verantwortlich machen, dass meine Gucker tränten. Nein. Es war der Gedanke daran, dass Mum und ich es so schön miteinander hatten, der die Schleusen öffnete. Ich musste das dritte Stück wieder herausfischen, weil beim Schneiden etwas Rotz draufgetropft war. In diesem Moment sah ich Mum vor mir, wie sie an meinem Sarg stand, in dem ich ganz friedlich lag. Sie war am Boden zerstört. Schrie ohne Ende. Die Leute mussten sie vom Sarg wegzerren, damit sie sich nicht zu mir warf. Dann stellte ich mir vor, wie ich aus dem Sarg rollte und wie ein Rollmops durch den Kirchengang kugelte und Mum auf Hände und Knie musste, um mich aufzufangen. Ich wollte nicht, dass Mum traurig war.

»ES GEHT LO-HOS!«

»O. K.« Ich spritzte mir Wasser ins Gesicht und schnäuzte mich.

Die Tausend-Euro-Frage war für Mum ein Kinderspiel.

Frage: Die Fernsehserie Sex and the City *basiert auf einem Buch von*

a. Carrie Bradshaw

b. Candance Bradshaw

c. Candance Bushnell

d. Carrie Bushnell

»Wäre Dad dein Telefonjoker?«, fragte ich Mum.

»Er kann nicht ans Telefon gehen, Dylan.«

»Ich weiß, nur mal so. Wäre er?«

»Das kommt auf die Frage an, oder?«, sagte sie und warf ein paar Brotwürfel in die leckere Suppe.

»Der unerschrockene Amir wäre mein Telefonjoker«, ließ ich Mum wissen, »besonders, wenn es um eine endlos komplizierte Frage zu Kricket ginge.«

Mum hatte eine echte Glückssträhne: Auch die Zweitausend-Euro-Frage konnte sie beantworten. Selbst die Fünftausend-Ocken-Frage war kein Problem für das große Mint-Mädchen.

Dann war es vorbei mit dem Glück: Die Zehntausend-Euro-Frage wusste sie nicht.

50:50?

Telefonjoker?

Das Publikum fragen?

Nie im Leben!

Auftritt Dylan Mint nach siebzehn Stunden Gehirnakrobatik.

Was für ein Mordsding von Frage, liegt genau auf meiner *strada*:

Frage: Welcher Fußballclub führte in den 1920ern als Erster die Spielerbank ein?

a. Arsenal

b. Airdrieonians

c. Aston Villa

d. Aberdeen

Als ich »D, Aberdeen. Letzte Antwort« sagte, wurde mir etwas flau im Magen. Mum und ich waren zehn Riesen in den Miesen. Himmel, man stelle sich vor, wenn wir tatsächlich zehn Riesen gehabt hätten – ich hätte einen weiteren Familienurlaub in Torremolinos vorgeschlagen, ohne aufs Kleingeld zu achten, oder Kavos.

»Jawoll, gut gemacht, Dylan!«, sagte Mum, und wir klatschten uns ab. Was gibt es Besseres, als sich mit seiner Mum abzuklatschen?

Ding! Dong!

»War das die Tür?«, fragte Mum.

»Ich hab nichts gehört«, log ich. Wer im Namen von Jason »Wee Man« Acuna würde jetzt klingeln, wo gleich die Zwanzig-Riesen-Frage kam?

Ding! Dong!

»Es *ist* die Tür«, sagte Mum und stand auf.

Ich blies die Backen auf und prustete.

»Geh einfach nicht hin«, sagte ich.

»Es könnte wichtig sein, Dylan.«

»Aber jetzt kommt die Zwanzigtausend-Ocken-Frage.« Hätten wir einen korrekten Fernseher, dann hätte ich auf Pause drücken und abwarten können, aber da wir nun mal vor so einer alten Kiste saßen, wäre es besser gewesen, Besuche nach acht Uhr abends einfach zu verbieten.

Mum war an der Eingangstür und kicherte leise. Dann eine tiefe Stimme. Dann gar keine Stimmen.

Ich linste durch die Vorhänge und da stand sie. WAS ZUM …? Wieder auf Dads Parkplatz. Der dreiste Mistkerl.

Ich und Amir sollten dieser Scheißkarre mal eine kleine Acid-Behandlung verpassen, vielleicht würde er die Botschaft verstehen und nicht wieder auf Dads Platz parken. Vielleicht war dieser Taxi-Bastard in Wirklichkeit ein Stalker, der Mum die ganze Zeit belästigte, und ein totaler Sex-Quälgeist? Vielleicht war Mum völlig am Ende durch diesen Taxi-Fiesling, der sich bei ihr breitmachen wollte? Wenn er irgendwelche zweifelhaften Sachen versuchte, dann würde ich rausgehen und ihm die glühend heiße Suppe in die Visage schütten. Sittenstrolch. Mehr Kichern und gedämpfte Stimmen.

Ich hatte viel zu massig Gehirnerweichung, um mich auf die Frage zu konzentrieren. Die Antwort wusste ich sowieso nicht. *Die Bauhaus-Bewegung.* Die was?

»Schau mal, wer da ist«, sagte Mum.

Ich starrte auf den Fernseher. Die Fünfzigtausend-Frage kam und ging. Meine Konzentration war ein Haufen Scheiße.

»Hallo, Dylan«, sagte der Taximann.

»Wir gucken Fernsehen, also brauchen wir kein Taxi«, sagte ich.

»Tony kam nur einfach so vorbei«, sagte Mum.

Ich brabbelte etwas vor mich hin, wie ein Baby.

»Was war das, Dylan?«

»Wir wohnen in einer Sackgasse, da ist es unmöglich, *einfach so* vorbeizukommen.«

Der Taximann lachte.

»TAXIFOTZE.«

»Dylan!«

»Er hat schon recht, Moira. Wie kann man in einer Sackgasse einfach vorbeikommen?« Der Taximann lächelte mich an.

Ich schaute weg. Perversling.

»FETTER LÜGNER.«

»Ich warne dich, Dylan«, sagte Mum. »Das war Absicht.« Sie weiß, wann es mir so rausrutscht und wann nicht. Mums wissen *wirklich* einfach alles.

»Du hast völlig recht, Dylan. Eigentlich habe ich jemanden ganz in der Nähe abgesetzt und dachte, ich spring mal kurz rein und sage Hallo.«

»Hallo. Und tschüss.«

»Haben wir darüber nicht gesprochen, Dylan?«

»War vielleicht keine so gute Idee, Moira.« Der Taximann flüsterte in Mums Ohr.

»Nein, Tony, er muss das lernen. Er ist hier nicht der Herr im Haus.« Mum versuchte, superleise zu flüstern, aber mein bionisches Hörvermögen bekam alles mit. »Setz dich, Tony.«

Tony der Taxifahrer setzte sich in Dads Sessel. Wer wird NIEMALS Millionär?

»JUNGFRAUENFICKER.«

»Dylan, ich warne dich.«

»Ich kann nichts dafür.«

»Oh doch, ich glaube schon«, sagte Mum. »Entschuldige dich bei Tony.«

»Wofür?«

»Ehrlich, Moira, das ist O. K.«

»Ich warte, Bürschchen.« Mum saß mit verschränkten Armen da.

»Tut mir leid.«

»Ach, schon in Ordnung, Dylan. Nichts passiert.«

»Sie sind schon wieder auf Dads Platz«, sagte ich.

»Bin ich?«

»Ja.«

»Nächstes Mal mach ich's richtig und parke ein Stück weiter«, sagte der Taximann.

Hört euch das an: *nächstes Mal.* Nicht mit mir, Bürschchen.

»Nein, der Sessel.« Ich deutete darauf.

»Wie dumm von mir«, sagte der Taximann und wollte aufstehen. »Ich setz mich hier hin.«

»Das wirst du nicht tun«, sagte Mum zu dem Taximann und zu mir. *»Das reicht jetzt!«*

Ich zählte im Kopf bis zwölfeinhalb.

Währenddessen sagte keiner ein Wort.

Kein Wort darüber, wie man das Zusammensein von Mutter und Sohn zerstört.

»Ihr Auto ist rotbraun«, sagte ich.

»Ja, magst du rotbraune Autos?«

»Aber wenn Sie Taxifahrer sind, warum ist Ihr Auto dann nicht silbern oder beige?«

»Das weiß ich nicht, mein Freund. Hab ich wirklich noch nicht drüber nachgedacht.«

Wenn er glaubte, dass ich sein Freund war, dann lag er kreuzweise daneben.

»Außer Hackneys sind Taxis meistens silbern oder beige«, sagte ich.

»Jawoll, hast du recht.«

»Haben Sie eine Hackney?«

»Nein.«

»Warum nicht? Sie sind viel cooler als dieses rotbraune Ding.«

Der Taximann fing an zu lachen. »Einverstanden, Dylan. Aber Hackneys fahren eher in London als hier oben.«

»Ich hab sie in *Eastenders* gesehen«, sagte ich. »Außerdem machen sie sowieso zu viel Lärm.«

»Deswegen fahre ich lieber meinen rotbraunen Wagen.«

Jetzt setzte sich auch Mum, weil sie merkte, dass wir uns wieder beruhigt hatten. Es war wie eine merkwürdige Dreiecksbeziehung im Wohnzimmer. Ich schaute Mum an, die den Taximann anschaute, der Mum anschaute. Dann schaute ich den Taximann an, der mich anschaute und grinste. Dann schauten wir alle drei auf den Fernseher.

»Was guckt ihr?«, fragte der Taximann.

»*Wer wird Millionär?*«, sagte ich.

»Guck ich total gern«, sagte der Taximann.

Ich wette, dass er es nicht total gern guckte und das nur sagte, damit Mum ihn ranließ. Ich wette, er war dumm wie Bohnenstroh und würde nicht mal die Fünfhundert-Ocken-Frage schaffen. Ich wette, er wusste nichts über *Sex and the City* oder die Spielerbank beim Fußball. Deshalb fuhr er den ganzen Tag Leute durch die Gegend, weil man für so einen Job kein Gehirn braucht. Der Taximann war bei *Wer wird Millionär*? ungefähr so nützlich wie ein Schwanz bei einer Lesbe.

»Wir gucken das auch total gern. Es ist so eine Art Ritual für uns geworden«, sagte Mum.

»Das glaube ich sofort«, sagte der Taximann.

»Dylan ist ziemlich gut dabei, nicht wahr, Dylan?«

Ich sagte nichts, sondern starrte nur auf den Fernseher.

Ich las die Hundertfünfzig-Giga-Frage.

Frage: Wer prägte die Redewendung »Was uns nicht umbringt, macht uns nur stärker«?

a. Friedrich Nietzsche
b. Immanuel Kant
c. Jean-Jacques Rousseau
d. Friedrich Wilhelm Joseph Schilling

Ich las sie etwa vier Mal. Meine Hände kribbelten. Ich wusste es. Ich wusste es. Die verfluchte Hundertfünfzig-Giga-Frage, und ich, Dylan Mint, Schüler der Drumhill School, wusste es. Gleich würde der Taximann merken, wer hier im Haus das einzig wahre Köpfchen hatte. Miss Flynn, Sie und Ihre Büroposter sind *legendinas*.

»Ich weiß es, Mum, ich weiß es.«

»Jawoll, ich glaube, ich weiß es auch«, sagte der Taximann.

WAS ZUR HÖLLE …

»Wetten, Sie wissen's nicht«, sagte ich.

»Wetten doch«, sagte er.

Der Kandidat befragte das Publikum, das Fifty Shades of Doof war.

»WETTEN, SIE WISSEN'S NICHT«, brüllte ich.

»Dylan!«

»O. K. Bei drei sagen wir es beide gleichzeitig, O. K.?«, sagte der Taximann.

»O. K.«, sagte ich.

»Moira, du zählst bis drei.«

»O. K. Fertig?«, sagte Mum.

»Wir rufen nur den richtigen Buchstaben«, sagte ich.

»Verstanden.«

Der Kandidat entschloss sich, den Telefonjoker einzusetzen, aber der klang, als würde er Suppe mit der Gabel essen.

»Eins … zwei … drei …«

»A.«

»A.«

Sagten wir gleichzeitig.

Wow!

Der Taximann kannte die Antwort.

»Woher wissen Sie das?«, fragte ich.

»Ich lese gerade ein Buch über ihn.«

»Über Friedrich Nietzsche?«

»Ja.«

»Taugt es was?«

»Ich leihe es dir, wenn du willst.«

»Ähm …« Ich wusste nicht, was ich sagen sollte.

»Das wär doch nett, Dylan, oder?«, sagte Mum.

»Ähm …« Ich biss mir immer noch auf die Zunge.

»Das ist nett von dir, Tony«, sagte Mum.

»Wär mir ein Vergnügen«, sagte der Taximann.

»Was meinst du, Dylan?«

»Ähm … Danke.« Das wäre nett, dachte ich.

»Keine Ursache. Sobald ich durch bin, bring ich es vorbei.«

»Kann ich es auch verstehen?«

»Ich bin sicher, es gibt nicht viel, was du *nicht* verstehst, Dylan«, sagte der Taximann.

Ich war nicht sicher, ob das ein Kompliment war oder nicht, grinste aber vorsichtshalber. Die nächste Frage bekamen wir nie mehr zu sehen, weil der Kandidat überhaupt nichts gebacken kriegte.

Therapie 18

»Mrs Mint, wir mussten feststellen, dass Dylan in den letzten Wochen nicht mehr er selbst ist«, sagte Miss Flynn.

»Um ehrlich zu sein, das habe ich auch schon bemerkt«, sagte Mum.

Also jetzt, mega-WOW, Miss Flynn und Mum!

Na klar doch

Na klar

Na klar

war ich nicht ich selbst.

Eine fürchterliche Bombe ist von verdammt weit oben genau auf mich draufgekracht.

MICH.

SCHON VERGESSEN?

Nicht auf EUCH.

AUF MICH.

Dylan (kein zweiter Vorname) Mint.

Aber ich hab nicht geheult, nicht ein Mal.

O. K., O. K., ich geb's zu: Als ich es erfuhr, habe ich zunächst geheult, weil ich *ich selbst* und mir treu sein wollte. Und ich habe geheult, als Michelle Malloy mir einen Korb gegeben hat, aber diese Tränen hatten nichts mit du-weißt-schon-was zu tun, deshalb zählen diese Tränen durch Michelle Malloys fette Abfuhr auch nicht.

PUUUUUHHHHH!

»Er ist einfach nicht mehr der muntere Dylan«, sagte Miss Flynn und schaute dann mit einem kleinen Lächeln im Gesicht erst mich und dann Mum und dann wieder mich an. Süßes Gesicht.

»Wem sagen Sie das«, sagte Mum und schaute düster erst mich und dann Miss Flynn und dann wieder mich an.

Dann schauten Mum und Miss Flynn einander an und ich schien im Zimmer so fehl am Platz wie ein großer Elefant.

»Ich fürchte, es wird langsam zum Problem, Mrs Mint.«

»Moira.«

»Es wird langsam zum Problem, Moira.«

»Das brauchen Sie mir nicht zu sagen, ich bin seine Mutter – ich merke das jeden Tag.«

Schon wieder saß ich nur herum, und keiner beachtete mich, also kaute ich an meinen Daumennägeln; mein Kiefer war ein Presslufthammer, der sich in sie hineinfraß. Dann schluckte ich die Nägel runter und machte bei der Haut unterhalb der Halbmonde weiter. Sie bluteten, und ich saugte das ganze Blut zurück in meinen Blutkreislauf, nur für den Fall, dass ich wegen dem literweise verlorenen Blut umkippen und eine Bluttransfusion brauchen würde.

ICH BIN HIER!

HALLO!

HIER DRÜBEN!

WINKE WIE VERRÜCKT!

ICH STARRE NICHT WIRKLICH AUF DEN TEPPICH. ICH HÖRE JEDES WORT, DAS IHR SAGT, UND ICH SAGE EUCH, ICH MAG GAR NICHT, WAS ICH HÖRE.

SEHT IHR MICH?

Wie in drei Himmels Namen sollte ich nicht von der Rolle sein, nachdem ich es vom Doc erfahren hatte?

Miss Flynns Büro ist super-duper-cool, mit gigantischen Ledersesseln, in denen man versinkt, riesigen Pflanzen, die fast bis zur Decke reichen, und schönen Bildern von Stränden, Regenwäldern und Wasserfällen an den Wänden. Manchmal spielt sie Musik, um Schüler zu beruhigen, die sich komplett irre aufführen. Wir müssen dann in einem Sessel versinken, ein paar Schluck Wasser trinken und der Musik zuhören. Bei mir funktioniert das prima. Am Tag nach dem Fußballspiel, bei dem alles aus dem Ruder lief, spielte sie Sigur Rós nur für mich. Das ist eine Band aus Island, und ein paar von denen haben Bärte, und alle tragen Wintersachen, weil es absolut eiskalt in Island ist, und wenn gerade keine Schweinekälte herrscht, ist alles voller Vulkanasche, und die Leute sind noch viel mehr pleite als Mum, weil sie eine riesige Knetekrise hatten, und jetzt sind da alle nur noch trübe Sauertöpfe.

»Gibt es vielleicht etwas, das wir wissen sollten?«, fragte Miss Flynn.

Mum rutschte in ihrem Ledersessel hin und her, als würde sie versuchen, sich am Hintern zu kratzen, ohne dass es jemand merkt. Meine Gucker brannten.

»Na ja … Ähm … Da ist …«

»MUND HALTEN. NICHTS IST. GGGGGGRRRRR.«

»Dylan, red nicht dazwischen«, sagte Mum.

»Möchtest du vielleicht etwas Wasser?«, fragte Miss Flynn.

Ich schüttelte den Kopf. Negativ, Miss.

»SCHEISSWASSERTITTEN.« Ich *wollte* eigentlich nur den Kopf schütteln. In diesem Augenblick wollte ich nur noch schniefen, denn ich hatte so die Nase voll von dieser Stimme, diesem Tier, dieser anderen Person, dieser Ratte, die da in mir drin wohnte. Ich hatte nicht nur die Nase, sondern auch die Schnauze voll, von ganz hinten bis zu den Schneidezähnen.

Dann sagte Mum mit ihrer Flüsterstimme: »Also da ist diese Sache mit seinem Vater.«

»Ich verstehe«, sagte Miss Flynn mit ihrer Flüsterstimme, die ich bei ihr noch nie gehört hatte. »Das muss für alle Beteiligten ziemlich hart sein.«

»Es ist hart.«

HART?

Natürlich war es HART.

Da war Dad tief im Feindesland stationiert, jeden Tag wurde er von den Rebellen beschossen und Miss Flynn und Mum nannten das »hart«. Was für eine miese Beleidigung. Dad der Tapfere kämpfte gegen die Mächte des Bösen, um der Freiheit in diesem Land einen Weg zu ebnen, und diese beiden saßen da in ihren riesigen, weichen Sesseln, tranken herrlich kühles Wasser und redeten darüber, wie HART das wohl sein musste.

UNGLAUBLICH, ODER WAS?

Wenn »hart« ein Einmannzelt war, dann war Dad ein kolossaler Wolkenkratzer. Ich würde sogar noch weiter gehen und sagen, er war ein Überschallweltraumkratzer.

Am besten, ich hörte ihnen gar nicht mehr zu und dachte an ein paar andere Sachen, zum Beispiel an Amir, der ohne mich im Englischunterricht versauerte. Mrs Seed nahm die verrückt schweren Vergangenheitsformen von Verben durch, und bei Verben war er schock-schockierend miserabel. Er war in Grammatik überhaupt schock-schockierend, aber deshalb war er kein schlechter Mensch. Er wand sich wohl gerade verzweifelt auf seinem Stuhl, weil er das Partizip Perfekt des Verbs *to eat* nicht wusste. Aus dem tapferen Amir würde nie ein Arzt, Rechtsanwalt oder Ingenieur werden, worüber sich sein Vater schwer ärgerte. Aber einen großartigen Kellner oder Küchenhelfer könnte er abgeben – Hauswirtschaftslehre fand er ganz großartig.

»Das ist nicht lustig, Dylan. Das ist todernst«, sagte Mum.

»Was?«, sagte ich.

»An deiner Stelle, junger Mann, würde ich nicht lachen.«

»Ich lache gar nicht.«

»Dann hör sofort auf zu grinsen«, quetschte Mum zwischen zusammengebissenen Zähnen hervor.

»Dylan, das ist wirklich nicht der richtige Zeitpunkt zu lachen«, sagte Miss Flynn. »Verstehst du das? Dylan?«

»Aber ich …«

»Wir wollen dir helfen«, sagte Miss Flynn.

Warum hörten sie mir nicht zu? Was dachten sich diese herzlosen Leute?

»Schauen Sie ihn an, Miss Flynn, sitzt da und kichert vor sich hin. Er hat vor nichts und niemandem mehr Respekt. Er ist ein kleiner Satansbraten … Du bist ein kleiner Satansbraten.«

»ICH LACHE VERDAMMT NOCH MAL NICHT.« Das war nicht die Stimme dieses anderen Typen und auch nicht die des Hundes; das war ganz allein meine Stimme. Als das Starren und das Schweigen einsetzten, verkroch ich mich noch tiefer in den gemütlichen Sessel, verschränkte die Arme, atmete durch die Nase und dachte an alle Fußballmannschaften in den schottischen, englischen irischen und walisischen Spielklassen, die kein F, O, T, B, A, L in ihrem Namen haben.

Also, das war jetzt auch HART.

»Sehen Sie, was ich mir gefallen lassen muss, Miss Flynn?«

»Sagen Sie Sandra.«

»Er hat sein ganzes Leben keine richtige Vaterfigur gehabt«, sagte sie mit ihrer Flüsterstimme.

»Wie hoch ist die Wahrscheinlichkeit, dass sich diese Umstände demnächst klären?«

»Das weiß nur der Himmel, Sandra. Wir warten weiterhin auf eine Nachricht.«

»Und das kann vermutlich noch eine Weile dauern?«

»Ja.«

»Eine Schande.«

»Solche Sachen scheinen nie aufzuhören.«

»Ich kann es mir vorstellen.«

»Es kommt einfach eins nach dem anderen.«

»Und er weiß immer noch nicht …«

»Nein, weiß er nicht.«

»Ist vielleicht besser so, Moira.«

»Ich glaube schon.«

Beide sahen mich aus großen Hundeschlappaugen an.

»Ja, ist vielleicht besser so«, sagte Miss Flynn wieder.

»Das ist es.«

»Wirklich.«

»Jedenfalls muss er sich genug Gedanken machen, auch ohne dass ich ihm *das* noch aufbürde.«

»Ich glaube, da haben Sie völlig recht, Moira. Das ist besser für alle.«

»Allerdings.«

»Vielleicht muss man ihn davor schützen.«

»Oh ja, das muss man.«

»Ja.«

»Schauen Sie, Sandra, ich weiß, dass er ein kleiner Scheißkerl sein kann, und manchmal verliere ich die Geduld mit ihm, aber im Innersten ist er ein guter Kerl, und wie Sie wissen, wird er ja nicht mehr lange hier sein.«

WIE SIE *WAS* WISSEN?

Miss Flynn wusste Bescheid?

Jeeze Luise!

War hier denn nichts mehr heilig?

»Nein, er wird nicht mehr lange hier sein, und, das muss ich sagen, darüber sind wir alle traurig. Es wird ein großer Verlust für unsere Schule sein, wenn Dylan dann schließlich geht.«

Tatsächlich? Sprach Miss Flynn davon, dass ich von der Schule abging? Oder einen *Abgang* machte?

»Ich werde dafür sorgen, dass er sich am Riemen reißt.«

»Das würden wir begrüßen.«

»Darüber machen Sie sich mal keine Gedanken.«

»Mit den Aggressionen und Kämpfen können wir innerhalb der Schule umgehen, aber das Schwänzen kann ein Problem werden.«

»Er wird schon zur Schule kommen und wenn ich ihn jeden Morgen an den Ohren hierherziehen muss.«

»Es ist einfach so, dass Dylan sich in eine heikle, vielleicht sogar gefährliche Situation bringt, wenn er allein auf der Straße herumläuft, anstatt zur Schule zu kommen, wissen Sie.«

»Das brauchen Sie mir nicht zu sagen, Sandra.«

»Für Schüler wie Dylan ist Drumhill ein Schutzgebiet.«

»Das halten meine Nerven nicht aus, wenn ich nur daran denke, dass er alleine …«

»Genau.«

»Leute, die über ihn lachen und ihn aufziehen …«

»Jawohl.«

»Nein, Sandra, Sie haben mein Wort, ab heute wird er jeden Morgen da sein.«

»Um nichts anderes bitten wir, Moira.«

»Und wenn irgendwas ist – auch nur ein Hauch von irgendwas –, dann sagen Sie mir gleich Bescheid?«

»Natürlich werde ich das.«

»DUNDEE, DUNDEE, DUNDEE«, brüllte ich, und es riss mich fast aus dem gemütlichen Ledersessel.

»Was ist so faszinierend an Dundee, Dylan?«, fragte Mum. Das war jetzt mal keine ihrer rhetorischen Fragen.

»Dundee ist die einzige Mannschaft, die weder ein F noch ein O noch ein T noch ein B noch ein A oder ein L im Namen hat.«

»Also, das ist ja wunderbar, Dylan«, sagte Miss Flynn.

»Nein, Sie verstehen nicht. Dundee ist das EINZIGE Team in den schottischen, englischen, irischen und walisischen Ligen ohne die Buchstaben F, O, T, B, A oder L im Namen. Die EINZIGE Mannschaft und ich bin ganz alleine draufgekommen. Erstaunlich.«

»Tatsächlich?«, sagte Mum mit ihrer Das-geht-mir-so-was-von-am-Arsch-vorbei-Stimme.

»Glaubt ihr mir nicht?«

»Natürlich glauben wir dir«, sagte Miss Flynn mit ihrer Ein-bisschen-durchgeknallt-junger-Mann-Stimme.

Ich hatte beide Stimmen schon viele Male gehört.

»Ich nenne das spitzenmäßige Gehirnakrobatik, Miss.«

»Das ist es ganz bestimmt, Dylan, ganz bestimmt.« Miss Flynn schien von meinen Gehirnakrobatikübungen beeindruckt zu sein. Sie hätte sich geschmeichelt fühlen können, denn die Gehirnakrobatik verdankte ich ihr.

»Solltest du auch versuchen, Mum.«

»Vielleicht am Sonntag, wenn ich in die Zeitung gucken kann«, sagte Mum.

»Aber das ist Ronan Keating. Das ist nicht fair.«

»Das ist total fair und nicht gemogelt«, sagte Mum.

In diesem Moment wünschte ich, ich hätte auf den fetten Buzzer aus *Family Fortunes* hauen können. Der diesen *Du-liegst-so-falsch-das-haut-einen-um*-Ton auslöst.

»Das ist keine korrekte Gehirnakrobatikübung.«

»Quatsch.«

»Das ist Ronan Keating.«

»Das ist nicht Ronan Keating, Dylan«, sagte Mum.

»O. K., jetzt komm ich nicht mehr mit. Was hat Ronan Keating mit all dem zu tun?«, fragte Miss Flynn.

»Ach, das ist Rhyming Slang, den Dylan so gerne benutzt. *Ronan Keating* heißt *cheating*«, sagte Mum.

»Oh, jetzt versteh ich.«

»So was wie unsere eigene Sprache, Miss«, sagte ich.

»Das ist ja fantastisch. Kennst du noch mehr davon?«, fragte Miss Flynn.

»Cristiano Ronaldo.«

»Und das bedeutet?«

»Mörderschwer zu kapieren. Es bedeutet *heiß*, denn *heiß* heißt auf Italienisch *caldo*, und das reimt sich auf *Ronaldo*. Das ist was für fortgeschrittene Reimer, Portugiesisch-Italienisch.«

»Aha, ziemlich clever.« Miss Flynn schien begeistert zu sein.

»Und dann Richard Gere.«

»Das heißt …?«

»Bier.«

»Also, Dylan, du hast ja jede Menge Kunststückchen auf Lager, was?«, sagte Miss Flynn. Sie schaute Mum mit aufgerissenen Augen an, so wie Erwachsene es tun, wenn ein Zehnjähriger sie fragt, was *Vagina* bedeutet.

»Aber ich gehe ja auch nicht zum Zahnarzt, ich mach einen Bob Dylan.«

»Oh, der gefällt mir.« Miss Flynn sprühte nur so vor Begeisterung.

»Aber zum Zahnarzt geh ich nie.«

»Trotzdem, der ist ziemlich gut. Kann ich vielleicht auch mal verwenden.«

»Wenn Sie möchten.«

»Kennst du noch welche?«, fragte Miss Flynn.

»Wenn ein Mann und eine Frau Gläser und Gläser Wein in sich reinschütten, dann wollen sie hinterher vielleicht einen Billy Bragg ...«

»Dylan, es reicht!«, fiel Mum mir ins Wort. »Manchmal überdreht sein Kopf einfach.«

»Ist das nicht typisch für sein Alter?«

»Das ist eindeutig der Einfluss seines Vaters.«

»Stimmt. Also, Moira, ich glaube, das wär's dann.«

»O. K., Sie haben recht.«

Beide standen auf, und das war mein Stichwort, auch aufzustehen.

»Und ist bei Ihnen alles in Ordnung, abgesehen von ...?«

»Ja, warum auch nicht?« Mum schien sich über diese Frage zu ärgern und war kurz angebunden.

»Ach, nur so. Wollte nur mal nachfragen, Moira.«

»Danke, mir geht's gut.«

Mir wurde ein bisschen heiß und schwitzig, weil ich »Mum, halt die Klappe« sagen wollte.

»Tut mir leid, ich wollte nicht aufdringlich sein.«

»Danke für das Gespräch, Miss Flynn«, sagte Mum und hielt ihr die Hand hin.

Wo war die Sandra hin? Erwachsene sind manchmal komisch.

»Danke, dass Sie hergekommen sind.« Miss Flynn schüttelte Mums Hand.

»Keine Ursache. Und nicht vergessen: Wenn er sich danebenbenimmt, Sie wissen, wo ich zu erreichen bin.«

»Ich werde keine Sekunde zögern.«

»Also dann, noch mal vielen Dank für das Gespräch, Miss Flynn.«

»Du kannst jetzt wohl zurück in den Unterricht, Dylan.«

»Kann ich nicht mit Mum nach Hause gehen?«

»Tu, was Miss Flynn dir sagt«, fauchte Mum.

»Aber wir haben gerade nur Verben.«

»Ganz genau, und wie wichtig ist das wohl?«

»Ich kenne alle.«

»Auch Partikelverben?«

»Welche sind das?«, fragte ich.

»Siehst du«, sagte Mum. »Jetzt mach schon, was Miss Flynn dir sagt, oder ich bring dich höchstpersönlich hin.« Holy moly, das wäre die fetteste Peinlichkeit aller Zeiten!

»Nein, ich geh schon.« Und ich war so superschnell draußen wie Speedy Gonzales auf Speed.

Wwwwwuuuuuschhhhhhhhhhhhhhh!

Das Partizip Perfekt des Verbs *essen* ist *gegessen*.

Einige Verben sind *fantastic*, das ist ein Wort, das aufgeregte blöde Amerikaner benutzen. Ich habe herausgefunden, dass sich Wörter, wenn man sie nur derbe schnell ausspricht, so anhören, als würde man Chinesisch sprechen, so wie *sing sang sung*. Fantastic.

Rap 19

77 Blair Rd
ML5 IQE
29. Oktober

Lieber Dad,

was läuft, Alter? Das sagen Rapper, wenn sie sich zufällig auf der Straße begegnen, oder bei einer Preisverleihung. Es heißt: »Wie gehts dir, mein Freund?« Manche sagen auch »Was geht?«, oder einfach nur »Was«. Aber ich mag »Was läuft, Alter?« am liebsten, obwohl ich »Was geht, Alter« auch ganz gut finde. Aber wenn du irgend so was mit schottischem Akzent sagst, dann glauben die Leute, dass du gerade aus der Klapsmühle kommst, oder sie verfrachten dich schnellstens in eine Klapsmühle. LOL. Das heißt *Laugh Out Loud*. Kapiert? Ist ein Akronym. Das hat uns Mrs Seed letzte Woche im Englischunterricht beigebracht. Mit Akronymen kann man 'ne Menge cooler Sachen sagen. LMAO zum Beispiel heißt *Laughing My Ass Off*, und ADIDAS heißt *All Dames In Denmark Are Sexy*. Du kannst dir auch deine eigenen Akronyme machen. Ist total einfach.

In der Schule ist es gerade ziemlich verrückt. Verrrr-rückt mit großem V. Im Fußball sind wir von Shawhead fertiggemacht worden, und du weißt doch, was für ein Müll die sind, oder? Dann bin ich in eine Schlägerei geraten. Na ja, nicht ganz eine Schlägerei, eher wie ein Ringkampf mit diesem riesigen Kerl von unserer Schule. Aber nur, weil er Amir verprügeln wollte, und Amir ist mein bester Kumpel, und ich weiß noch, dass du mir immer gesagt hast, dass ich jeden verprügeln soll, der mir droht. Verpass ihm einen guten alten Satz Ohrfeigen, hast du gesagt. Dieser Kerl hat mich zwar nicht direkt bedroht, aber er wollte Amirs Kopf als Elfmeterball benutzen. Deshalb hat er mich doch bedroht, denn wenn irgendein Typ etwas Übles zu Amir sagt, auch wenn er der schlechteste Torwart der Welt ist, dann könnte er auch genauso gut etwas Übles über mich sagen, und deshalb hab ich den riesigen Kerl von hinten angesprungen und hab ihn festgehalten wie jemand, der total von einem tollwütigen Dingo besessen ist. Dann brach die HÖLLE los, und bevor ich michs versah, stand ich mit dem Gesicht zur Wand und wartete auf Mr McGrain, der einen kleinen Plausch mit mir halten wollte. Sie haben behauptet, ich hätte versucht, ihn in den Hinterkopf zu beißen, aber das ist absoluter Quatsch. Ich habe aber versprochen, von jetzt an artig zu sein.

Obwohl ich was wirklich Bescheuertes gemacht habe … Wetten, du fragst dich, was das wohl ist? Ich habe dieses Mädchen gefragt, ob sie nicht mit mir zur Halloween-Disco gehen will. Also, mit mir ausgehen. Es war fürchterlich, denn als ich sie gefragt habe, habe ich gezittert wie der Typ, der vor dem ASDA-Supermarkt die Obdachlosenzeitung verkauft. Ich habe sie auch nur gefragt, weil es auf meiner Liste der Sachen steht, die ich … Aber von meiner Liste habe ich dir ja noch gar nicht erzählt. Du sitzt ja da im Kriegsgebiet fest, und ich habe mir gedacht, das ist schon schlimm genug, und da muss ich nicht noch über meine Probleme schwafeln. Jedenfalls hat sie NEIN gesagt, was

der ganzen Schule zurzeit einen Dämpfer versetzt. Es tut schon herbe weh, denn sie sieht wirklich ziemlich gut aus. Vielleicht bin ich einfach nicht ihr Typ.
Sonst ist hier nicht viel passiert, außer dass Mum damit angefangen hat, sich Essen auf die Augen zu legen, was so ungefähr das Merkwürdigste ist, seit sie uns mal zum Abendessen was aus Bohnen, Thunfisch und Zuckermais gemacht hat. Weißt du noch?
EKEL-
haft!
So
EKEL-
haft,
dass du deins an die Wand gepfeffert hast.
Das war ein echter LOL-Moment, wenn es je einen gegeben hat.
Außerdem hat irgendein verrückter Typ hier angerufen und wollte dann nicht reden. Immer wenn ich abgehoben habe, kam da nada vom anderen Ende. Ich glaube, es war ein Mann, wegen der Atemgeräusche, bin mir aber nicht ganz sicher. Wir haben in der Schule über die Gefahren von Onlinegangs geredet, Perverse, die Jungen und Mädchen zu illegalen Handlungen verführen, ich glaube, so einer könnte das gewesen sein. Trotzdem ist alles super-O. K., du musst dir keine Sorgen machen – ich habe im Internet nicht mit Gangs von Perversen gesprochen oder Fremde im Park oder vor U-Bahn-Stationen getroffen. Ich bin ja schließlich vernünftig.
Ach, habe ich fast vergessen. Kam wie ein Pass von ganz links, Eckfahne (Fußball, du weißt schon). Mum war einkaufen und zu faul, um nach Hause zu laufen (ich hab ihr gesagt, das wäre ebenso ein gutes Training gewesen wie alles,

was sie in der Muckibude macht), also hat sie ein Taxi genommen. Und bevor du dichs versiehst, Abrakadabra, sitzt der Taxifahrer bei uns in der Küche und schlürft einen heißen Tee. Aber keine Sorge. Ich hab ihm die Leviten gelesen, weil er auf deinem Platz parkte. Sein Auto war sowieso nicht so gut wie deins. Nicht silbern mit Spoilern und glitzernden Alufelgen, das in null Komma nix von null auf hundert kommt. Zooooom!

Das war ein tolles Auto. Schade schade, dass wir solche Sachen nicht behalten durften, als du in den Krieg gezogen bist. Das hab ich nie verstanden. Das ist so eine von den Wahnsinnsfragen, die mich nachts wach halten ... wie noch viele andere. Ich hoffe, du darfst es wiederhaben, wenn du zurückkommst. Irgendeine Ahnung, wann das sein wird? Wir sollten mit dem Biest eine Runde hoch nach Loch Lomond drehen, wenn du nach Hause kommst. Ich drück die Daumen, dass es vor März ist. Muss es einfach! Wir können direkt nach dem ganzen Trara und den Partys losfahren, die die Leute für dich schmeißen werden. Außerdem willst du vermutlich vor einer so langen Fahrt erst mal ein wohlverdientes Nickerchen machen.

Überhaupt hör ich jetzt besser mal auf und lass dich eine Mütze Schlaf kriegen. Du musst ja völlig geschlaucht sein von dem ganzen Bombenentschärfen und Terroristenerschießen. Ich wäre das bestimmt. Ich möchte unbedingt alles über deine Operationen und Geheimmissionen erfahren, aber ich weiß, wie der Hase läuft. Ein paar Verrückte könnten deine Briefe abfangen und dann Mum und mir auf die Pelle rücken. Das wäre für uns alle der totale Albtraum. Ich habe eine Idee – du erzählst mir die ganzen Geschichten auf der Fahrt nach Loch Lomond.

Bevor ich aufhöre, wollte ich nur noch kurz sagen, dass ich

mir ein paar deiner alten Rap-CDs angehört habe, obwohl Mum es nicht so gerne hat, wenn ich mir die anhöre. N. W. A. und die Beastie Boys sind meine *favourites*. Kickt richtig, Alter!!!
Sagt selbst, Señor. (Das kann Spanisch oder Portugiesisch sein [glaub ich] *und* ist Alliteration.)

Dylan Mint xxx

Wie jedes Mal schrieb ich Dads Namen auf den Umschlag und seinen Rang (Sgt., das ist die Abkürzung für Sergeant, eine der Toppositionen bei den Bodentruppen) und gab ihn dann Mum, die ihn ans Postamt für die Spezialeinheiten schicken konnte, die ihn dann an den Briefträger für die Spezialeinheiten schickten, der ihn dann Dad geben würde, der ihn lesen und dann lächeln würde und ihn mit einem riesigen Kloß im Hals dann wieder zusammenfalten und zurück in den Umschlag stecken würde. Es machte mir Spaß, den Weg der Briefe zu verfolgen. Post ist einfach irrsinnig. *Coole Sachen, die ich machen muss, bevor ich abkratze, Nummer drei: Dad aus dem Krieg zurückholen, bevor … du-weißt-schon-was … passiert* war soooooooo irrsinnig, dass mein Kopf sich wie bei einem Walzer drehte, als ich den Brief zu Ende geschrieben hatte.

Verkleidung 20

In der Schule quasselten alle nur noch über die Halloween-Disco und von dem ganzen Gequassel bekam ich eine echt weiche Birne:

»Als was gehst du nächste Woche?«

»Keine Ahnung. Als was gehst du denn?«

»Hab mich noch nicht entschieden. Als was gehst du?«

»Keinen blassen Schimmer. Und selbst?«

»Also, ich weiß noch nicht, aber ich hab mir überlegt ...«

QUATSCH, QUATSCH, BLA, BLA.

Ich wollte nicht ums Verrecken zur Halloween-Disco der Schule gehen, aber als Mum sagte: »Mein lieber Dylan, um nichts auf dieser großen weiten Welt kommt es in die Tüte, dass du zu irgendeiner Halloween-Disco gehst, so wie du dich in den letzten Wochen benommen hast. So was von jenseits von Gut und Böse kann ich gar nicht sein, junger Mann«, da wollte ich so unbedingt hin, dass ich Bauchschmerzen bekam. Ich wünschte mir nichts sehnlicher. Ich hätte den Abwasch gemacht und bis März das Klo geputzt, nur um hingehen zu dürfen. Ich wusste zwar nicht, was sie mit »jenseits von Gut und Böse« meinte, aber ich musste kichern bei der Vorstellung, wie sie irgendwo jenseits war und dort alle ihre Lieblingssachen machte, wie ein Glas Wein trinken und *Come Dine With Me, Eastenders* und *Wer wird Millionär*? gucken. Außerdem textete Amir mich voll und war die Pest in Flaschen. Fast jeden Abend plärrte mein Handy sechs oder sieben Mal *No Sleep Till Brooklyn*, und jedes Mal hatte er eine Willy-Wahnsinns-Idee, als was wir uns verkleiden sollten.

simon cowell + louis walsh?

no way

batman + robin?

schwirr bloß ab

jedward?

bist du jenseits von gut und böse?

bin wo?

nix

Nach der Rauferei mit Skittle war ich in Amirs Buch der Bücher der Titelheld. Ich war so etwa der beste aller besten Kumpel. Sogar besser als seine Familie. Aber das Verrückteste an der Rangelei mit Skittle war, und das machte mich so glücklich wie Homer Simpson auf einem Hot-Dog-Festival, dass darüber anscheinend alle die fette Abfuhr von Michelle Malloy vergessen hatten. Jetzt drehte sich alles nur darum, wie ich Skittle in die Schranken gewiesen hatte und wie Dylan Mint sich von keinem was gefallen ließ. Und obwohl ich mich wie Ralph Macchio aus *Karate Kid I, II* und *III* fühlte, wollte ich nicht, dass alle glaubten, ich sei ein Typ, der sich nichts gefallen ließ. Ich wollte nicht Dylan Mint, der Psycho der Schule, sein.

Die Megaidee kam mir, als ich merkte, wie lange ich mein Ohr nach innen geklappt halten konnte. Eine Minute und dreiundvierzig Sekunden. Nicht lange genug, um *Das Guinnessbuch der Rekorde* zum Hörer greifen zu lassen, aber ein super Punkt, um anzufangen. Mein Ziel waren drei Minuten.

Wassis mit reservoir dogs *?????*

wasn das?

issn film

nich gesehn
dann sehn
machich
so gehen wir
sicher?
sicher
kr8
reservoir dogs isso
reservoir arsch!!!
lol. Du spinnst amir
4alle ... lol

Streit 21

»DYLAN!«, Mum brüllte vom Fuß der Treppe mit ihrer megawütenden Stimme. Genau die Stimme, die mein Herz immer schneller schlagen lässt. »DYLAN!«

Bumm!

Bumm!

Bumm!

Das war mein Herz.

Ich schaltete blitzschnell in den Erinnerungsmodus und fragte mich, ob ich irgendwas Megamäßiges gemacht hatte, um Mum zu nerven. Die Hausarbeiten waren erledigt, sie hatte schon seit Ewigkeiten nicht mehr den »Zustand meiner Bettlaken« beklagt und war auch nicht an die Decke gegangen, als sie sich den Verlauf meines Browsers angeschaut hatte.

»DYLAN, WENN ICH ZU DIR HOCHKOMMEN MUSS …«

»Was ist denn?«

»SPAR DIR DEIN ›WAS IST DENN‹, JUNGER MANN. KOMM SOFORT HIER RUNTER.«

»Okey-dokey«, sagte ich und hoffte, Mum merkte, dass meine Stimme nicht schuldbewusst klang.

Als ich aus meinem Schlafzimmer kam, sah ich, dass Mum am Fuß der Treppe stand. Sie hielt etwas in der Hand und schwenkte es über ihrem Kopf wie eine ungläubige Rebellin, die eingekreist ist und nicht weiß, wie sie aus der Scheiße, in der sie steckt, wieder herauskommen soll. Wenn es ein stärkeres Wort als Bumm gibt, dann war es das, was mein Herz machte.

»Dylan, komm sofort die Treppe runter.«

»Was hab ich denn gemacht?«

»Was du gemacht hast? Komm runter, und ich sag dir, was du gemacht hast.« Ich ging mit winzigen Babyschritten die Treppe runter und ließ dabei meine Hand am Tapetenmuster entlanggleiten. Mum hatte mich fest im Blick. Ich glaube, ich bekam einen dicken Hals. Ich wusste, sie würde mir keine scheuern, wegen meiner Krankheit, aber ihre Augen spuckten Brandbomben und Wirbelstürme.

»Was ist das?«, sagte sie.

»Was ist was?«

»Das.«

»Was?«

»DAS«, sagte sie und warf das Ding, das sie über ihrem Kopf geschwenkt hatte, in meine Richtung. Meine Reaktionen sind nicht raketenschnell, und bevor ich mich wegducken konnte, knallte es mir peng an die Brust.

»Aaaarrrrhhhh.«

»Ach, halt die Klappe, Dylan. Das tut nicht weh.«

»Es *tut* verdammt weh«, sagte ich, aber es tat wirklich nicht verdammt weh: Es war der Schock, der mich mehr als alles andere »Aaaarrrrhhhh« schreien ließ.

»Das ist nur ein Stück Papier«, sagte Mum.

Ich erkannte die krakelig-verschnörkelte Handschrift. Meine. Ich erkannte auch das Papier. 80 g/qm. Magnolia. Mein Papier. Mein Brief. Mein Brief an Dad.

»Erklär mir das«, sagte Mum und zeigte mit einem ET-Finger auf den Boden. Dieses Finger-Ding war ein bisschen albern, denn ich brauchte keinen Sehtest und konnte den Brief null Problemo sehen.

»Was erklären?«

»Das.« Und wieder zeigte sie auf das Ding.

Inzwischen war ich megadurcheinander und wurde immer ärgerlicher, denn Mum sollte die Briefe, die ich an Dad schrieb, nun wirklich nicht lesen. Mum hatte ein schweres Verbrechen begangen. Wenn ich wollte, hätte ich sie wegen Missbrauchs meiner Privatsphäre im Polizeigriff zum nächsten Revier bringen lassen können, und dann ins Gefängnis. Ich dachte darüber nach, aber dann hatte ich einen hellen Moment und beschloss, sie nicht einfahren zu lassen, denn das hätte vielleicht bedeutet, dass ich in einer Pflegefamilie leben musste, die ungefähr neun Hunde, fünf Katzen und vier Headbanger-Kids hatte, die alle unter einem Dach lebten, und das hasse ich. Mum hatte also dieses Mal noch Glück gehabt. Mrs Seed sagte, dass *ich* wohl mal einfahren würde, wenn ich so weitermachte.

»Das ist mein Brief an Dad«, sagte ich.

»Oh, ich weiß, dass das dein Brief an Dad ist.«

»Du hättest ihn nicht lesen sollen.«

»Ich bin deine Mutter.«

»Das ist gegen das Gesetz.«

»Sei nicht albern, Dylan.«

»Ist es.«

»Also, ich bin froh, dass ich ihn gelesen habe. Ich werde alle deine künftigen Briefe an Dad lesen.«

»Dann geb ich sie dir nicht.«

»In dem Fall werden sie nicht abgeschickt.«

»Ich kann sie abschicken.«

»Nicht beim Militär. Das darfst du nicht.« Das stimmte. Nur Mums oder Dads dürfen in das spezielle Postamt, um einen neuen Brief abzugeben. Ich wäre ein riesiges Sicherheitsrisiko für mich selbst gewesen. Dieser ganze Militärkram konnte einem wirklich die Birne knacken. »Ich muss sie kontrollieren, bevor sie losgeschickt werden.«

»Das ist Schnüffelei.«

»Warum hast du geschrieben, dass Fremde hier angerufen haben?«

»Weil es so war.«

»Wann?«

»Am Tag, als du dalagst mit den Gurken auf den Augen.«

»Und warum hast du mir nichts davon gesagt?«

»Hab ich ja, aber du hattest dich unter den Gurken verkrochen.«

»Wie oft haben sie angerufen?«

»Ungefähr drei Mal.«

»Dein Dad braucht solche Sachen nicht zu wissen, Dylan.«

»Ich versuche nur, ihm das Gefühl zu geben, er wäre hier.«

»Er ist aber nicht hier.«

»Ich weiß ...«

»Und wir müssen lernen, damit zu leben.«

»Aber er ist vielleicht todtraurig, da, wo er ist.«

Mum drehte ihr Gesicht nach links und sagte aus dem Mundwinkel: »Darauf würde ich nicht wetten.«

»Er ist immer noch mein Dad, und ich will, dass er Sachen erfährt.«

Mum starrte mich an; ich wusste genau, dass all die kleinen Gedankenautos in ihrem Kopf ineinanderkrachten wie in einer dieser indischen Städte im Berufsverkehr. Wir hatten ein Augenduell. Stechende Blicke. Ich gewann, weil sie zuerst wieder redete.

Ha! Ha!

»Und dieser Mist über den Taxifahrer.«

»Welcher Mist?«

»Warum zerreißt du dir darüber das Maul, he?«

»Weil Taxifahrer nicht in die Häuser ihrer Fahrgäste gehören.«

»Das war nicht bloß irgendein Taxifahrer, Dylan.«

»Ich dachte einfach, das sei eine verrückte Geschichte, über die Dad lachen würde, wenn er abends ins Bett geht, statt an die ganzen Talibans zu denken, die ständig nach seinem Blut lechzen.«

Mum schwieg eine Weile. »Ich bezweifele, dass er darüber gelacht hätte, Dylan.«

»Warum?«

»Weil dein Dad einen anderen Sinn für Humor hat als du oder ich, deshalb.«

»Nein, hat er nicht.«

»Vertrau mir, er hat.«

»Warum sagst du das?«

»Weil es wahr ist.«

»Dad hat ein Recht zu wissen, wer auf seinem Platz geparkt hat und wer in seinem Haus Tee trinkt. Er hat ein Recht, das zu wissen.«

»Und ich habe ein Recht, wen immer ich will in mein Haus einzuladen.«

»Aber einen dicken Taxifahrer? Das ist einfach seltsam.«

»Er heißt Tony, und er ist ein Freund von mir, also sag mir, was daran seltsam ist?«

»Er sollte dich einfach absetzen und keinen Tee bei uns schnorren.«

»Er ist ein Freund, Dylan.«

»Er ist ein Taxifahrer.«

»Ich habe nichts dagegen, dass du deinem Dad schreibst,

aber ich will nicht, dass du ihm von jedem x-Beliebigen erzählst, der hier zur Tür reinkommt.«

»Warum nicht?«

»Weil ich es sage, deshalb.«

»Alle Nachbarn werden schlimme Sachen denken, wenn sie die ganzen Taxifahrer sehen, die auf Dads Platz parken.«

»Ach, halt die Klappe, Dylan.«

»Sie werden denken, dass du eine schmutzige Hure bist«, sagte ich. Ich weiß, das hätte ich nicht sagen sollen, aber ich war kurz davor zu platzen, und das Quecksilber brodelte, und Mum hätte auch nicht mit der Hand ausholen sollen. Sie war die verantwortliche Erwachsene, sie hätte sich abregen müssen. Und NICHT mit der Hand ausholen, no way.

»SAG SO ETWAS NIE NIE NIE WIEDER ZU MIR!«

Ich fing an, Mum anzubellen und anzuknurren.

»Und wehe, du kommst jetzt mit dieser Nummer, junger Mann.«

Ich knurrte und bellte nur noch mehr.

Lauter.

WAUUUUU!

»Du machst das absichtlich, Dylan. Hältst du mich für blöd?«

Grrrrrrrrrrrrrrrrr.

»Glaubst du etwa, ich weiß nicht, was du vorhast?« Mum schnipste mit den Fingern. »Hör sofort auf damit.«

Grrrrrrrrrrrrrrrrr.

»Du kannst das ab- und anschalten, wie du willst. Ich weiß genau, was du im Schilde führst.«

Das glaubte sie, aber sie wusste nicht, wie schwierig das war, wie hart es war, das alles nicht rauszulassen, wie ich meine Fäuste ballen und die Zehen einrollen musste, so fest, wie ich konnte, damit es nicht rausplatzte. Wie ich meine Augenlider fest zusammenpresste und hoffte, es würde weggehen, bis ich kleine weiße Kugeln sah, die durch die Dunkelheit tanzten. Ich presste sie so fest aufeinander, dass ich mir selbst Kopfschmerzen machte. Aber es ging immer noch nicht weg. Mum hatte davon keine Ahnung; niemand hat davon Ahnung.

Ich hob den Brief auf, knüllte ihn zusammen und warf ihn nach Mum. »Behalt den Scheißbrief.« Dann rannte ich zurück die Treppe hoch, um meine Jacke zu holen.

»Und deine Halloween-Disco kannst du vergessen«, brüllte sie mir hinterher. Ich schnappte mir meine neue Reißverschlussjacke, die ich nicht besonders mochte. Sie fühlte sich an, als hätte sie einen halben Zwanni gekostet, und roch, als wär es nur ein Fünfer gewesen. Sie hatte sie einen Tag, nachdem der Taxifahrer in unserer Küche Tee getrunken hatte, gekauft. Im Stillen nannte ich sie die Schuldgefühl-Jacke. Dann polterte ich die Treppe runter.

Peng.

Peng.

Peng.

Peng auf jeder Stufe, wie ein Elefant, der laufen lernt. Ich marschierte schnurstracks an Mum vorbei.

»Was glaubst du wohl, wohin du gehst?«

»Was geht dich das an?«, brüllte ich.

»Komm sofort her.«

Tat ich nicht. Ich öffnete die Haustür und drehte mich noch mal zu Mum um, damit ich das letzte Wort hatte.

»Ich wette, du und dein Taxifahrer könnt es kaum erwarten, dass es März wird«, sagte ich, bevor ich durch die zufallende Tür flitzte.

Schon halb den Weg hinunter, hörte ich die Schreie, »DYLAN, DYLAN«.

Ich lief immer weiter, bis das Geschniefe nicht mehr zu hören war.

Der Reißverschluss klemmte auf halber Höhe. »Billiger Scheißkram«, flüsterte ich vor mich hin.

Aber nachdem ich »Billiger Scheißkram« gesagt hatte, sagte ich: »Wohin um aller Pop Tarts willen gehst du, Dylan? Ist doch bald Happa-happa-Zeit.«

Wenn ich zur Schule oder einkaufen wollte, ging ich nach dem kleinen Tor am Ende unseres Fußwegs immer nach rechts, aber weil mir alles so total stank, beschloss ich, nach links zu gehen. Nach links ging es in den Park. Mum hatte mich immer vor dem Park gewarnt: Der Park ist voller mieser Typen, Kinder, deren Eltern keinerlei Peilung haben, was sie den ganzen Tag machen oder wo sie überhaupt sind. Die HONKs des Viertels halt. Mum sagt, die Polizei sollte die Eltern alle einsperren wegen verdammter Verletzung der Sorgfaltspflicht. Dad ist nie mit mir in den Park gegangen, denn er meinte, er sei voller Leute, die Jägermeister trinken und Billohasch rauchen. Ich habe noch nie Billohasch geraucht oder Jägermeister getrunken und konnte also nicht verstehen, warum er da nicht mit mir hinwollte. Wäre doch super-O. K. gewesen, wenn wir hingegangen wären.

Beim einzigen Fußballplatz im Park war eins der Tore größer als das andere, und die Querbalken saßen bei beiden schief; wer immer die Linien gezogen hatte, musste auf Jägermeister oder Billohasch gewesen sein, denn alle waren krakelig. Der Platz war holperig, aber während ich drüberging, träumte ich trotzdem von einem Tor, das ich mit einem Scherenschlag volley von außerhalb des Strafraums hoch in die Maschen knallte. Ich stellte mir vor, wie ich mit den Händen klatschend die Linie entlang an der Menge vorbeirannte, das Trikot über den Kopf gezogen. Alle würden kreischen und wie verrückt meinen Namen singen. Mein Dad, Michelle Malloy, Miss Flynn und alle Schüler von der normalen Schule würden da sein. Das wär doch mal eine echt brillante Sache. Ich wünschte, mein Fußballteam wäre wirklich gut genug, um bei den Topturnieren mitzuspielen, zum Beispiel um den Wanderpokal der örtlichen Schulen. Stattdessen spielten wir jeder gegen jeden mit den Sonderschulen um den Supercup der Spasti-Schulen … und selbst da konnten wir nicht punkten.

»VERDAMMTE SCHEISSSPASTIS«, platzte es aus mir heraus.

Ich stand jetzt im Strafraum neben dem Elfmeterpunkt, der aber no way die regulären elf Meter vom Tor entfernt war. Dieser Elfmeterpunkt war etwa neun Meter entfernt. Ich wusste es genau, weil ich die Schritte abgezählt hatte.

Und natürlich wird es kein anderer sein als Dylan Mint, Schottlands bester Spieler, der diesen Strafstoß in der letzten Spielminute ausführt. Ein Strafstoß, der ohne Zweifel die erste Weltmeisterschaft für Schottland bedeuten wird. Eine Fantastilliarde Zuschauer auf der ganzen Welt schaut zu, wie Mint den Ball ruhig und konzentriert auf den Punkt legt. Er tritt ein paar Schritte zurück, stößt die Luft aus und wartet auf den Pfiff des Schiedsrichters. Jetzt pfeift er. Die Welt hält den Atem an. Mint läuft an … schießt mit links … Der Ball sieht gut aus … Der englische Keeper taucht ab … und es ist …

»Tach, Dildo.«

»Quatschst du wieder mit dir selbst, Spasti?«

Diese beiden Wichser gingen auf die normale Schule auf der anderen Seite des Parks. Ich kannte sie, denn beide waren in derselben Grundschulklasse wie ich, bevor Mum mich mit acht dort rausnahm und nach Drumhill verfrachtete. Der Größere der beiden, Fritz, hatte Hosenträger an seiner Jeans, was ich nicht verstand, denn die Jeans saß so eng an den Beinen, dass sie auch in einer Ewigkeit nicht runtergerutscht wäre. Sein Irokesenschnitt machte mir ein bisschen Angst. Sein Freund, Gaz, hatte überhaupt keine Haare, aber nicht so wie Kojak oder Krebskranke. Er hatte sie abrasiert; ich konnte die Narben auf seinem Kopf sehen, wie kleine Krater im Marmor. Ich war mir nicht sicher, ob die Narben vom Fußball kamen – denn Gaz spielte viel besser Fußball als jeder andere in der Gegend – oder von Flaschenscherben. Die Jeans hatte er bis über seine burgunderroten Docs hochgekrempelt.

»Was treibst du so, Dildo?«, sagte Fritz.

»Nichts, nur …«, sagte ich.

»Führst wieder Selbstgespräche, was?«, sagte Gaz.

»Nein, war gerade auf dem Nachhauseweg.«

»Aber du wohnst da«, sagte Fritz und zeigte in Richtung meines Hauses. Ich war genau in die andere Richtung unterwegs.

»Hab nur noch mal nach dem Platz geschaut, bevor ich nach Hause wollte.«

»Spielt doch niemand. Niemand hier«, sagte Fritz.

»So was machen Mongos halt«, sagte Gaz.

»Bist du 'ne Art Mongo, Dildo?«, fragte Fritz.

»Nein«, antwortete ich.

»Warum führst du dann immer Selbstgespräche?«, fragte Gaz.

»Mach ich nicht«, sagte ich.

»Machst du, weiß doch jeder. Du beschimpfst Leute in den Läden, wie so'n beschissener Mongo«, sagte Fritz.

»Nur verrückte, übergeschnappte Mongos machen so was«, sagte Gaz.

»Also, wenn du uns beschimpfst, dann kleb ich dir deine verdammten Lider zusammen.« Fritz zog eine Tube Kleber aus der Jackentasche, um klarzumachen, dass er meinte, was er sagte.

Wow!

Diese Typen meinten es ernst. Mein Herz rasselte gegen seine Käfigstangen.

»Lass uns mal was von deinem verrückten Scheiß hören«, sagte Gaz.

»Was?«

»Ja, brüll mal was von deinem verrückten Mongozeugs«, sagte Fritz.

»Ist schon in Ordnung, wir tun dir auch nichts. Wir wollen nur was hören«, sagte Gaz.

»Genau, ist diesmal O. K. Wir wollen nur irgendwas Durchgeknalltes hören – wär doch verdammt saukomisch«, sagte Fritz.

»Ich kann nicht. Das passiert ganz von selbst; ich kann da nicht nachhelfen«, sagte ich. Und wenn ich nur ein Mal gehofft hatte, dass es rauskommt, dann jetzt. Ich wollte sie beschimpfen und anbrüllen, aber nichts passierte. Ich hatte immer versucht, es zu unterdrücken; ich hatte nie versucht, es heraufzubeschwören.

»Komm schon«, sagte Gaz.

»Ich kann einfach nicht …«, sagte ich.

»Du solltest aber besser.« Fritz' Stimme hatte sich verändert, er klang jetzt wie ein G-man im Fernsehen. In diesem Augenblick beschloss ich, so zu tun, als ob. Ich wünschte inzwischen, ich hätte mich nicht mit Mum gestritten.

»Mach schon, Dildo. Mach was«, sagte Gaz.

Ich atmete tief ein, stieß dann die Luft aus und ging wie bei einem Stierkampf auf sie los.

»GGGGGGGGGRRRRRRRRRRRR FOTZENFICKER ARSCHFOTZEN GGGGGGGGGRRRRRRRRRRRRR.«

Fritz und Gaz bekamen einen hysterischen Anfall, rannten umeinander, wichen mir aus, klammerten sich aneinander. Sie lachten wie verrückt und waren bald außer Atem.

»Du bist echt ein verdammter durchgeknallter Mongo, Dildo«, sagte Fritz.

»Das ist Wahnsinn! Du musst noch mal kommen und das unseren Kumpels vormachen.«

Inzwischen hatte ich kapiert, warum Mum und Dad nicht wollten, dass ich auch nur in die Nähe des Parks kam. Ich schwor mir, nie nie nie nie wieder einen Fuß in den Park zu setzen.

»Ich geh jetzt mal«, sagte ich.

»Nich so schnell«, sagte Gaz.

»Aber ich komme zu spät.«

»Wo ist denn dein kleiner Kumpel?«, fragte Gaz.

»Welcher kleine Kumpel?«

»Der Nigger«, sagte Fritz.

»Die Schokonuss«, sagte Gaz.

»Ich kenne keine Nigger oder Schokonüsse«, sagte ich, und das war total korrekt, denn es lebten keine Nigger oder Schokonüsse in dieser Gegend oder gingen auf meine Schule, obwohl Dad immer gesagt hatte, dass Glasgow inzwischen nur so von ihnen wimmelte und dass in zehn Jahren all diese Typen mit elend langen Ausländernamen für Schottland Fußball spielen würden.

»Diese stinkende schwarze Pissfotze, du weißt schon«, sagte Fritz.

»Ich kenne keine schwarzen Fotzen«, sagte ich und nickte dabei, und mir fehlte Mum, weil ich befürchtete, dass meine Augenlider zugeklebt würden, und ich Angst hatte, nichts mehr sehen zu können, und ich wollte doch so viel wie möglich sehen, bevor du-weißt-schon-was passierte.

»Die Paki-Fotze«, sagte Gaz.

»Wer? Amir?«

»Genau der«, sagte Fritz.

»Was für ein Niggername ist das überhaupt?«, warf Gaz ein.

»Ich glaube, das ist Pakistanisch«, sagte ich, und sie lachten.

»Ist fast so mies wie Dildo«, sagte Gaz.

»Ist ein Niggername, sonst nichts«, sagte Fritz.

»Der Name Amir bedeutet eigentlich *Kommandant.*« Das hatte Amir eines Tages jedem im Geschichtsunterricht erzählt, als wir eine Stunde über unsere Namen hatten und was sie bedeuten. Meiner bedeutet *Das Meer*, aber ich hatte nicht vor, das Fritz und Gaz zu verraten.

»Wen zum Teufel interessiert's, was sein Name bedeutet, Arschficker«, sagte Fritz.

»Kann er das hier kommandieren?«, sagte Gaz, legte die Hand auf seinen Schwanz und rubbelte und riss heftig an ihm. Dazu zog er ein Kohlkopfpuppen-Gesicht, total neurotisch und hässlich. »Kann er?«

Ich hielt das für eine ernsthafte Frage und antwortete.

»Ähm, das weiß ich nicht.« Ich wusste es auch nicht.

»Bumst er seine Schwester?«, sagte Fritz.

»Was?« Jetzt verzog auch ich das Gesicht, denn das war eine megaschräge Frage über jemanden. Es war einer dieser dunklen Stressmomente, in die ich mich manchmal hineinreite. Ich hätte etwas ganz anderes tun sollen, wie zählen oder Gehirnakrobatik machen oder mich wie ein Baby zusammenrollen oder Grün reiben. Aber ich hatte keine

Chance, Grün rauszuholen – diese beiden Iddies hätten ihn mir weggenommen und in die Büsche gelobbt, und das wäre das Ende meines armen kleinen Grüns gewesen. Wahnsinnigerweise hatte ich keine Tics, Schreianfälle oder Grunzattacken. Merkwürdig, denn in meinem Inneren tobte die Percussion-Abteilung unseres Schulorchesters. Ich war totalo normalo.

»Ich hab gehört, dass Pakis ihre Schwestern und Cousinen bumsen«, ergänzte Fritz.

»Ähm … glaube nicht, dass sie das machen.« Das war alles neu für mich, ein echter Augenöffner.

»Warum hängst du mit diesem Paki rum?«, fragte Fritz.

»Genau, sag doch mal, Dildo«, ergänzte Gaz.

»Weil er mein bester Kumpel ist«, sagte ich, worauf die beiden Typen in johlendes Gelächter ausbrachen, als sei ich ein Komiker mit spitzenmäßigen Schenkelklopfern.

»Bester Kumpel! Hört euch diesen Scheiß an – wie alt bist du eigentlich?«, sagte Gaz.

»Also, das ist er«, sagte ich.

»Er ist ein schwesternfickender Paki, das ist er, und du solltest dich total nicht mit ihm sehen lassen, Dildo«, sagte Fritz.

»Geht er auch auf deine Spasti-Schule?«, fragte Gaz.

»Das ist keine Spasti-Schule«, sagte ich, aber tief drinnen wusste ich, dass es eine war.

»Die ist für plemplemme Blödmänner, die sich nicht selbst den Arsch abwischen können und sich bepissen«, sagte Fritz.

Beide lachten wieder.

Ich stand einfach da wie ein begossener Spasti und sagte nichts. Es war schwer, ihnen etwas über Drumhill zu erwidern, denn jeden Tag gibt es Schüler, denen der Arsch abgeputzt werden muss. Ich gehöre nicht dazu. Amir auch nicht.

»Bepisst du dich, Dildo?«, fragte Gaz.

»Nein.«

»Bestimmt?«, fragte er wieder.

»Habt ihr schon mal auf seine Schwester gepisst, du und dein Paki-Freund?«, fragte Fritz.

»Nein. Ich gehe gewöhnlich auf die Toilette, wenn ich pinkeln muss«, sagte ich, denn ich würde ganz bestimmt nie jemanden anpinkeln, egal, wie dringend ich muss. Eher würde ich mir einen Knoten reinmachen, als auf jemanden zu pissen.

Wieder wollten sie sich krummlachen über meine Antwort. Diese Typen waren echt zwei Kicherhyäneniddies. In Drumhill hätten sie sich keine fünf Minuten gehalten.

»Hast du schon mal ein Mädchen pissen sehen?«, fragte Gaz.

Ich verdrehte die Augen gen Himmel. Zur selben Zeit schaltete mein Kopf in den Super-Overdrive, denn es war so, dass ich an der Schule schon ein paar Tausend Mädchen hatte pinkeln sehen. Zum Beispiel in meinem zweiten Jahr dort, als Marta Lenton sich hinter ihren Tisch hockte, den Rock hob und auf den Boden pinkelte, nur weil der Lehrer sie gebeten hatte, etwas laut vorzulesen. Die Angst hatte über ihre Blase gesiegt. Ein anderes Mal stand Suzanne Donelly wie auf dem Boden festgewurzelt, und die Pisse rieselte ihre Beine hinunter und wurde zu einer Pfütze um ihre Füße – das war in der Hauswirtschaftslehre-Klasse –, nur weil sie sich vor den Möhren fürchtete, die wir bearbeiteten. Ich hätte diese Frage also tatsächlich mit Ja beantworten können, aber das machte ich nicht.

»Nein.«

Fritz kam mit der nächsten verwirrenden Frage. »Hast du schon mal die Fanny einer Frau gesehen?«

Also, wenn wir jetzt in Amerika gewesen wären, hätte ich mit einem glasklaren Ja antworten können, denn drüben überm Teich bedeutet Fanny *Hintern*, und ein Mal habe ich eine Kostprobe von Claire McManus' Hintern gesehen, als sie vor Amir und mir vom Bus aus blankzog, nachdem wir sie eine fette Lesbo-Socke genannt hatten. Aber wir waren nicht in Amerika.

»Nein.«

»Hast du schon mal an der Muschi einer Frau geschnüffelt?«, sagte Gaz, was eine wirklich alberne Frage war, denn wie sollte ich an einer geschnüffelt haben, wenn ich nicht mal eine gesehen hatte? Außer, ich hätte es mit verbundenen Augen getan. Was diese Parktypen sagten, schien mir immer weniger Sinn zu machen.

»Warum sollte ich das tun wollen?«

»Weil's gut ist«, sagte Gaz, streckte die Zunge raus und imitierte so eine Art Schlangengeräusch oder eine Schlange; der Unterschied war mir nicht ganz klar. Volle Verwirrung oder was! Ich wusste nicht, was Fannys und Schlangen gemeinsam haben. Das ganze Gespräch wurde Willy Wahnsinn und mir fehlte Mum. Ich hatte noch jede Menge über Zeugs zu lernen, das war schon mal klar. Vielleicht meinen Erwachsene und Lehrer das, wenn sie von intellektuellen Unterhaltungen sprechen. Und so gern ich geblieben wäre und mich weiter mit den Typen unterhalten hätte, so langsam wurde es spät, und ich wusste, dass Mum sich keinen Rat mehr wusste, wo sie nach mir suchen sollte, und hier im Park war nun wirklich nicht der Platz für sie.

»Ich muss los«, sagte ich.

»Musst du nicht«, sagte Fritz, und sein Gesichtsausdruck änderte sich von Lachender Junge zu Herr des Klebstoffs.

»Du gehst, wenn wir es dir sagen, Dildo«, ergänzte Gaz.

Fritz nickte zustimmend. »Wir müssen noch jede Menge mit dir bereden, Dildo«, sagte er.

»Zum Beispiel?«, fragte ich und dachte, dass wir für heute genug beredet hatten. Es war ja auch eine ganz interessante Plauderei gewesen.

»Bist du ein Lutscher?«, fragte Gaz.

»Ich rauche nicht.«

Mehr Gelächter.

»Du und dein Paki-Freund, treibt ihrs miteinander?«, sagte Fritz.

»Was?«

»Bumst ihr euch?«

Jetzt musste ich lachen. »Das ist eine Willy-Wahnsinns-Frage«, sagte ich.

»Eine was?«, sagte Gaz.

»Eine dämliche Frage«, sagte ich, denn Fritz und Gaz waren offensichtlich die Vollpfosten der Woche.

»Lutscht ihr euch die Schwänze?«, fragte Fritz.

»Nein, warum sollten wir?«, sagte ich.

»Wenn ihr euch die Boxer runterzieht«, sagte Gaz.

»Wir boxen nicht«, sagte ich.

Mehr Gelächter. Lauter.

»Ehrlich, Leute, ich muss jetzt los, aber wenn ihr morgen oder übermorgen hier seid, dann können wir gerne weiterplaudern, wenn ihr wollt.« Das war eine dicke, fette Lüge. No way, José und seine Schwestern, dass ich noch mal hierherkommen würde, um diese beiden Deppen zu treffen. Wir sprachen über Sachen, die was fürs Nachdenken abends im Bett sind und sonst gar nichts. Zwei Dinge stießen mich ab: ihre Haare und der Kleber. Ich war nicht allzu erfreut von dem, was sie über Amir und seine Familie sagten, aber ich blieb stumm, weil ich nicht wollte, dass meine Lider mit dem Kleber Bekanntschaft machten.

»Scheiß drauf!«, sagte Fritz.

»Wir können jetzt reden, Dildo«, sagte Gaz.

»Es sei denn, du magst uns nicht und willst abhauen«, sagte Fritz.

»Nein, es ist nur …«

»Ich glaube, der Dildo mag uns nicht, Fritz«, sagte Gaz.

»Ich glaube, du könntest recht haben, Gaz.«

»Jetzt bin ich aber beleidigt, Fritz. Dieser freche kleine Mongotrottel mag uns nicht«, sagte Gaz und machte einen Schritt vor.

»Du frecher Mongotrottel.«

»Ich bin kein frecher kleiner Mongotrottel«, sagte ich.

»Er ist kein frecher kleiner Mongotrottel, Fritz.«

»Ich wette, er ist ein *schmutziger* kleiner Mongotrottel, Gaz.«

»Bin ich nicht«, verteidigte ich mich.

»Ich wette, er ist ein *versifftes* kleines Arschloch, Gaz.«

Gaz war inzwischen so nah, dass ich seinen Atem riechen konnte; er war so viel schlimmer als Amirs, auf jeden Fall. Ich glaube, Gaz hatte bestimmt Jägermeister getrunken und Billohasch geraucht. Todesatem! Ich rückte ein Stück von ihm ab.

»Ich bin nicht versifft. Ich dusche jeden Tag.« Diese Typen waren blind wie Tintenfische und, wie jedermann leicht sehen konnte, viel versiffter als ich.

»Was für ein komisches Arschloch, Gaz.«

»Verdammter Stronzo«, sagte Gaz. Dann machte er einen halben Schritt zurück.

»Erzähl doch mal, Dildo«, sagte Fritz.

»Was?«

»Kannst du schon abspritzen?«, sagte Fritz und wackelte mit der hohlen Hand wie verrückt vor seinem Schwanz auf und ab.

Ich gab keine Antwort.

»Pumpst du deinen verrückten Mongoschwengel?«

»Genau, schießt du deine Ladung jeden Abend auf deinen Bauch, Dildo?«

»Nein«, sagte ich und starrte auf den Boden. Ich wusste hundertzehn Prozent genau, worüber die beiden hier redeten, aber es war mir zu peinlich, über solche Sachen mit Fremden zu sprechen; selbst mit Amir wäre es Mannomann gewesen, über solche Sachen zu reden. Und worüber die beiden redeten, hatte ich nie ausprobiert. Wenn Mum mich bei so was erwischt hätte, dann wäre sie sicher durch die Hölle gegangen. Und das würde sich niemand im Haus wünschen.

»Ich wette, unser Dildo hier lutscht sich selbst die Eier, Fritz«, sagte Gaz kichernd.

»Lutschst du dir selbst die Eier, Dildo?«

»Heiliger Wee Man! Warum sollte irgendjemand so was machen?« Das war so ungefähr die ekeligste Sache auf diesem Planeten; schon der Gedanke daran ließ mich würgen. Diese Typen waren jenseits aller Idiotie. Sabbernde Tiere. Wahnsinn.

»Ich wette, wenn's dir ins Gesicht spritzt, dann leckst du es komplett auf«, sagte Gaz.

Die Trottel wurden wieder hysterisch. Ich glaube, das war der Effekt von diesem Billohasch.

»Igitt!« Mehr sagte ich nicht, denn genau so fühlte es sich an, wenn ich an das dachte, was Gaz gesagt hatte.

»Hast du schon ein Loch gehabt, Dildo?«, fragte Fritz.

»Genau, schon mal jemanden geritten?«, fiel Gaz ein.

»Erzähl ich euch nicht.« Ich hätte ihnen ja von meinen Absichten erzählen können, es mit Michelle Malloy zu machen, aber ich wollte ihren Namen nicht in den Schmutz ziehen, und die Tatsache, dass wir noch nicht zur Sache gekommen waren, hieß, dass ich ihre Frage nicht mit einem dicken, fetten Ja beantworten konnte. Vielleicht hätten sie, wenn ich mit Ja geantwortet hätte, mir die Arme um die Schultern gelegt und mir was von ihrem Jägermeister oder Billohasch abgegeben.

»Komm schon, wen hast du gepumpt, Dildo?«, sagte Gaz.

»Genau, wer hat denn das wilde Mongowürstchen abbekommen?«

»Jemand aus der Schule?«, fragte Gaz.

»Ein anderes Spasti gebumst?«, sagte Fritz.

»Verrückter geht's nicht, Mann«, kreischte Gaz.

»Große Spasti-Orgie«, sagte Fritz.

»Hört mal, ich muss schnellstens nach Hause, Mum macht Abendessen.«

»Hör dir das an, Gaz. Verdammtes Mamasöhnchen.«

»Wette, er bumst auch seine Mum.«

»Genau, ist es das, Dildo? Bumst du deine Mum?«, sagte Fritz.

Doppel-Wow!

Das war das, was Mr McGrain in der Schule eine absurde Frage nennt.

»So was zu machen ist gesetzwidrig«, sagte ich, was bei den beiden Prolls Krämpfe hervorrief. Entweder war ich der lustigste Kerl hier am Platz, oder diese Einfaltspinsel hätten auch über ein paar Höschen gelacht, die an einer Wäscheleine baumelten.

»Vielleicht hat er nicht genug Haare auf den Eiern, um irgendwen zu rammeln, liegt's daran?«, sagte Fritz.

»Genau, hast du überhaupt schon Sackhaare, Dildo?«, fragte Gaz.

»Warum wollt ihr das wissen?«, sagte ich. Dann dämmerte mir, dass diese beiden Schwachköpfe wohl Schwuchteln waren, besonders, wenn sie tatsächlich wissen wollten, ob ich Haare um meinen Schwanz hatte und ob ich mir in meiner Freizeit einen von der Palme schüttelte.

»Wir machen eine Umfrage für die Schule«, sagte Gaz.

»Genau, also zeig uns deine Sackhaare«, stimmte Fritz ihm zu.

»Nein.«

»Was soll das heißen, nein? Zeig uns deine Sackhaare, aber ein bisschen plötzlich, Dildo.« Die Stimme von Gaz klang jetzt ganz anders: nicht mehr voller Lachen und Kichern, sondern so, als wolle er zehn Brocken Scheiße aus mir rausprügeln. Mein Unheilradar blinkte grell.

»Nein, ich will sie euch nicht zeigen«, sagte ich.

»Hol sie jetzt raus, Dildo, oder dieser Kleber macht Bekanntschaft mit deinen verdammten Augenlidern.« Fritz' Stimme klang jetzt genauso wie die von Gaz. Das Billohasch hatte offenbar seine Wirkung verloren und ihr Gelächter war verdampft wie Salzwasser im Chemieunterricht. Dad hatte hundertzwanzig Prozent recht, was das Hasch betraf.

»Genau, und dann kleben wir deine Hände an den Torpfosten fest, dann kannst du uns nicht mehr entkommen«, sagte Gaz.

»Und keiner wird dich finden«, sagte Fritz.

»Und dann stirbst du genau da auf der verschissenen Torlinie«, ergänzte Gaz.

»Genau das Richtige für einen verdammten Mongo wie

dich.« Sie waren wie ein bösartiges Komikerduo. Cannon und Ball, oder Little und Large, die ständig auf *UK Gold* im Telly zu sehen sind; aber ich finde nicht, dass sie so lustig sind, wie die ganzen Leute im Publikum meinen, die sich bei ihren miesen Witzen wie vom Affen gebissen aufführen.

»Ich muss jetzt wirklich nach Hause.«

»Zeig uns erst deine Sackhaare, dann kannst du nach Hause«, sagte Gaz.

»Genau, raus damit«, sagte Fritz.

Und dann war er bei mir, rempelte hart meine linke Schulter, zwängte die Hand unter meinen Gürtel und zog

und zog
und zog
an meinem Gürtel
und zerrte
und zerrte
und zerrte
den Gürtel hoch an meinen Bauch, sodass das Futter der Jeans meinen Schniedel, meinen Sack und das Arschloch quetschte. Ich jaulte schrill auf. Gaz stachelte ihn weiter an. Beide Iddies brüllten vor Lachen. Ich verstand nicht genau, was sie sagten, aber ich wusste, es war krank, so was darf man nicht machen. Nur Leute, die nicht ganz dicht in ihrer verdammten Birne sind, würden so was machen. Es dauerte nicht lange und Gaz wollte bei dem Spaß mitmachen. Er kam von hinten und griff dort nach meinem Gürtel. Jetzt wuchteten sie mich beide vom Boden hoch.

Hoch.
Runter.
Hoch.
Runter.
Hoch.

Runter.

Ein schwer schwungvolles menschliches Trampolin!

Mein Schwanz, Arschloch und Sack taten mofomäßig weh. Dieses Spielchen hätte echt Spaß machen können, wenn man es richtig gespielt hätte, aber diese beiden Wahnsinnigen waren viel zu grob. Die Schmerzen in meinem Schwanz, Sack und Arschloch fingen an, mir die Tränen in die Augen zu treiben. Eine knifflige Situation.

Das Ziehen und Zerren spielten bald die zweite Geige, denn ich spürte nichts anderes mehr als die rabiaten Stöße an meinen Nieren und die gequetschte Schwanz-Sack-Kombo. Sie taten so weh und ich wollte schreien wie ein kleines hungriges Bambino.

Ich brauchte Mum.

Ich brauchte Dad.

Ich brauchte meinen besten Kumpel.

Meine Ohren taten weh.

Meine Augen taten weh.

Mein Herz tat weh.

Ich biss die Zähne ganz fest aufeinander, um nicht zu weinen. *Sie sollen dich nicht heulen sehen, Dylan. Sie sollen nicht sehen, wie du heulst, mein alter Kumpel*, sagte ich mir immer wieder. Dann dachte ich eine millionstel Nanosekunde, dass es DAS war, dass es so enden würde, mein Schwanz und mein Sack in Fetzen, meine Lider zusammengeklebt, und ich hier zurückgelassen so durch den Park irren würde, bevor ich am Elfmeterpunkt zu Boden sackte. Aber sollte dies das schreckliche Ende von Dylan Mint sein? Es war doch erst Oktober, bis März war es noch eine Ewigkeit hin. Also kam das überhaupt nicht in die Tüte. Ich, Dylan Mint, würde diese Welt nicht ohne meinen Schwanz und meine Sack-Kombo verlassen. *Not tonight, Josephine!*

Ich schloss die Augen und spürte eine Träne über meine Wange tröpfeln. Ich ballte die Fäuste und presste die Arschbacken zusammen. Ich weiß nicht, woher er kam, denn anders als sonst fühlte ich ihn nicht kommen; es gab keine Welle, die anschwoll. Es gab überhaupt keinen Hinweis. Aus heiterem Himmel schaute er auf einen kurzen Besuch herein. Dank an den Burschen da oben im Himmel dafür, denn sein Zauber fing sofort an zu wirken. Als die beiden iddie-spastischen Trottel ihn sahen, ließen sie sofort von mir ab, wichen zurück, hielten ein paar Meter Abstand und beobachteten Mr Dog, den Tourette-Superheld, der sein Bestes gab.

Ich bellte.

Biss um mich.

Knurrte.

Jaulte.

Wauwaute.

Schnappte.

Schnauzte.

Bleckte.

Sabberte.

Nagte.

Scharrte.

Zunächst funktionierte es, aber dann hob Fritz die Fäuste. Gaz auch. Showtime. Ich legte die Hände über den Kopf, ein Helm zum Schutz. Ich wartete darauf, dass es auf mich einprasselte wie Schneebälle im Winter. Ich presste wieder die Augen zu. Ich wartete und wartete. Ich sang lautlos einen selbst gemachten Song vor mich hin, darüber, dass man in Büchereien nicht redet.

Ich wartete.

Nichts passierte. Ich hörte, wie Leute sich unterhielten.

Aber nicht wie Kumpel nach der Schule oder vor und nach einem Fußballspiel.

»Ihr zwei, ihr macht hier sofort den Abgang, oder ich befördere eure Ärsche eigenhändig weg, daran erinnert ihr euch noch übermorgen.«

»Autos sind hier nicht erlaubt, Mister.«

»Gary Darcy, ich kenne deinen Dad, und wenn ich du wäre, Bursche, dann würde ich jetzt die Kurve kratzen und wäre nur halb so frech.«

»Aber *meinen* Dad kennen Sie nicht«, hörte ich Fritz.

»Nein, Paul Fitzgerald, aber ich kenne deine Mutter, und sie wird nicht allzu glücklich sein, wenn sie nächstes Mal bei mir im Wagen sitzt und ich ihr erzähle, was ihr hier abzieht.«

»Wir haben hier nichts abgezogen.«

»Bewegt euch, bevor ich die Polizei anfunke.«

»Aber wir unterhalten uns doch bloß.«

»Ach, so nennt ihr das also. Das können wir ja die Polizei entscheiden lassen.«

»Nein, schon gut, Mister.«

»Wir gehen ja.«

»Dann verpisst euch, und wenn ich nur einen von euch hier noch mal herumblödeln sehe, dann rufe ich sofort die Polizei. Das hier ist ein öffentlicher Park und kein HONK-Treff.«

An diesem Punkt hatte ich den Mut, zwischen meinen Fingern hindurchzulinsen. Ich öffnete sie langsam, so wie der Fächer dieser spanischen Lady sich bei dem verrückten Stampf-Tanz in Torremolinos geöffnet hat.

Holy moly und die ganze Rattenbande!

Da stand genau dieses Auto, das Dads Parkplatz gestohlen hatte. Die rotbraune Monstrosität. Und Mums Taxifahrer und Tee-Kumpel saß hinter dem Lenkrad, das Fenster runtergekurbelt, und sah mich an. Fritz und Gaz waren schon ein ganzes Stück weg, auf dem Weg nach Hause. Sie drehten sich nicht um oder winkten oder sonst was.

»Alles in Ordnung, Dylan?«, fragte mich der Taximann.

»Was machen Sie denn hier?«

»Sind diese Jungs Freunde von dir?«

Ich musste lange und scharf über diese Frage nachdenken; es brauchte länger als ein Fingerschnippen, eine Antwort zu finden.

»Ähm … ich weiß nicht. Bin mir nicht so sicher.«

Vielleicht hätten wir Freunde sein können, wenn sie nicht so viel Jägermeister getrunken und Billohasch geraucht hätten. Wer weiß. Aber eins war klar: Wenn wir diese Spiele jemals wieder spielen sollten, dann mussten klare Regeln dafür her. Allerdings wollten sie Amir wohl nicht dabeihaben, denn er war Paki, und sie hassten Pakis, und das bedeutete, dass Gaz und Fritz auch in einer Fantastilliarde Jahren keine Kumpel von mir sein konnten. Jeder, der kein Freund von Amir war, war auch kein Freund von mir, und jeder, der Pakis hasste, war auch KEIN Freund von mir. Also konnte ich diese beiden Dröhnköppe definitiv von der Liste möglicher neuer Kumpel für Amir streichen, wenn ich dann den großen Bus nach Norden genommen hatte.

»Eigentlich nicht. Das sind keine Freunde von mir. Ich mag sie überhaupt nicht. Das sind einfach zwei Arschlöcher.« Und ich lachte, weil ich das Wort *Arsch* ganz offen vor einem Erwachsenen ausgesprochen hatte.

»Gut. Diese Jungs bedeuten nichts als Ärger, Dylan. Du solltest dich von ihnen fernhalten.«

»Mach ich.«

»Guter Junge.«

»Wissen Sie, Autos sind hier verboten.«

»Tatsächlich?«

»Ja, Sie könnten das Gras ramponieren und dann müssten alle Spiele abgesagt werden.«

»Das merke ich mir, junger Mann ... Steig ein und ich bring dich nach Hause.« Der Taxifahrer griff über den Sitz und öffnete die Fahrgasttür. »Komm, ich fahr dich nach Hause.«

Aber ich bewegte mich keinen Zentimeter, nur für den Fall, dass dies das schmutzigste Geschäft des Jahrhunderts war. Für den Fall, dass er mich einfach verwirren wollte. Für den Fall, dass er eine echte Nervensäge war oder versuchte, mir den Kopf zu verdrehen, oder mich psychisch fertigmachen wollte. Für den Fall, dass er der Chef eines Pädorings war, der mich mit einer List dazu bringen wollte, in sein Auto einzusteigen, um mir dann die Augen zu verbinden und mich zum geheimen Unterschlupf des Rings zu bringen und alles auf Video aufzunehmen. Dann würde er das Video ins Internet stellen, und es würde eine Sensation bei YouTube werden, und alle Lehrer und Schüler von Drumhill würden wissen, dass ich pädophilen Sex mit einem riesigen Pädoring hatte, und alle würden sich komplett über mich totlachen. Nach diesen Ereignissen, das kann ich euch sagen, würde Michelle Malloy mich nicht mal mehr mit einem Stabhochspringerstab berühren.

»Ich kenne Sie eigentlich gar nicht richtig«, sagte ich.

»Wir haben uns zwei Mal bei dir zu Hause getroffen.«

»Ich weiß, aber hier sind wir im Park.«

»Ich habe Tee in deiner Küche getrunken, weißt du noch?«

»Ja, weiß ich.«

»Wir haben *Wer wird Millionär?* zusammen gesehen, weißt du noch?«

»Ja, weiß ich.«

»Ich habe auf dem Platz deines Dads geparkt, weißt du noch?«

»Ja, weiß ich.«

»Ich habe gesagt, ich würde dir mein Buch über Friedrich Nietzsche borgen, weißt du noch?«

»Ja, weiß ich.«

»Ich bin ein Freund deiner Mum, weißt du noch?«

»Mum und Dad haben mir gesagt, ich soll nie im Leben mit Fremden in ein Auto steigen, egal, wie nett sie sind.«

Der Taxifahrer lächelte. »Das ist ein guter Rat, Dylan. Vielleicht solltest du dabei bleiben.«

»Ich glaube, das will ich.«

»Kein Problem für mich, wenn du zu Fuß gehen willst.«

»Ich glaube, das will ich.«

»Aber was ist, wenn du wieder diesen beiden Clowns über den Weg läufst?«

Aaaarrrrgggg! Der Taxifahrer hatte mich voll an den Eiern. Darauf hatte ich keine Antwort. Aber hundertsiebenundzwanzig Prozent wollte ich auf dem Weg nach Hause keinen Clowns mehr in die Arme laufen.

»… Ähm …«

»Schau, deine Mum hat mich angerufen und gefragt, ob ich nicht nach dir Ausschau halten und versuchen könnte, dich zu finden.«

»Hat sie?«

»Sie war krank vor Sorge um dich, Dylan.«

»War sie?«

»Krank vor Sorge«, wiederholte der Taxifahrer.

Das machte mich traurig und glücklich; traurig, weil ich

den Gedanken, dass Mum wegen mir total elend war, überhaupt nicht mochte, und glücklich, weil sie mich total liebte, komme, was da wolle. Und wisst ihr was? Ich liebte sie auch total. Ich glaube, mir wäre auch ganz elend gewesen, wenn Mum hier im Park mit Jägermeistertrinkern und Billohasch-Rauchern herumgelungert hätte. Ich verstand jetzt, was bei ihr los war. Alles, was ich jetzt wollte, war eine von Mums Spezialumarmungen. Ich schwor mir, sie so fest zu drücken, dass die Durchblutung in ihrer Bauchgegend nicht mehr fließen würde.

»Aber ich war doch nicht lange unterwegs.«

»Ich glaube, sie weiß einfach gern, wo du bist.«

»Und Mum hat Sie gebeten, nach mir zu suchen?«

»Sie hat mich angerufen.«

»Warum ist sie nicht selbst los und hat mich gesucht?«

»Vielleicht dachte sie, ich sei schneller mit dem Auto.«

»Wahrscheinlich …«

»Und ich war schon draußen und unterwegs, das war einfacher.«

»Wahrscheinlich.«

»Also, was sagst du, Kumpel?«

»Nichts.«

»Nein, was sagst du zu einer Mitfahrgelegenheit nach Hause?«

Der Taxifahrer hatte eine überzeugende Performance hingelegt, und ich beschloss, mit ihm zu gehen. Falls sich das Ganze aber doch als gigantischer Trick herausstellte und ich nun in einem dubiosen Pädounterschlupf verschwand, dann konnte ich nur mein verdammtes Glück verfluchen und hatte niemanden als mich selbst, den ich für die Scheißentscheidungen in meinem Leben verantwortlich machen konnte. Miss Flynn hat gesagt, dass ich besser darin werden muss, die richtigen Entscheidungen im Leben zu treffen. *Dann mal los*, dachte ich und ging zum rotbraunen Wagen des Taxifahrers.

Einmal drin, hielt ich Ausschau nach Zeichen für kriminelle Handlungen und paranormales Verhalten; ich musste mich sehr zurückhalten, um nicht das Handschuhfach zu öffnen und nachzusehen, ob er einen Hammer drin liegen hatte. Ein Seil hätte er auch gebraucht – gerade lang genug, um es um den Hals zu schlingen –, ein paar schwarze Mülltüten und vielleicht, eigentlich am wichtigsten, Chloroform. Die Halloween-Disco nächste Woche war plötzlich sehr verlockend.

»Du hättest nicht einfach so davonlaufen sollen, Dylan«, sagte der Taxifahrer.

»Also …«

»Deine Mum ist mit ihrer Weisheit am Ende.«

»Woher wissen Sie das?«

»Wie ich sagte, sie hat mich angerufen, um …«

»Nein, woher wissen Sie, dass sie mit ihrer Weisheit am Ende ist?«

»Ich konnte es in ihrer Stimme hören.«

»Aber woher wissen Sie, wie ihre Stimme klingt, wenn sie mit ihrer Weisheit am Ende ist?«

»Na ja, ich habe einfach versucht, ihre Gefühle einzuschätzen.«

»Ich bin der Einzige, der weiß, wie sie sich anhört, wenn sie mit ihrer Weisheit am Ende ist, und Dad auch.«

»O. K., Kleiner, ich weiß, dass sie sich wirklich geärgert hat, weil du einfach so weggerannt bist.«

»Dann hätte sie meinen Brief nicht lesen sollen.«

»Welchen Brief?«

»Den Brief an meinen Vater.«

»Oh.«

»Mum hat ihn gelesen.«

»Hat sie?«

»Und das hat mich so genervt, dass ich weggelaufen bin.«

»Verstehe.«

»Sie hätte sich nicht in meine Privatsachen einmischen sollen.«

»Da hast du recht.«

»Wie bitte?«

»Du hast recht, sie hätte sich nicht in deine Privatsachen einmischen oder den Brief lesen sollen.«

»Habe ich?«

»Natürlich. Was zwei Menschen sich in Briefen schreiben, sollte sakrosankt sein.«

»Erzählen Sie das mal Mum!«

»Ich werde mit ihr darüber reden.« Dann schaltete der Taxifahrer die Stereoanlage ein und schon kam Musik.

Ich schaute ihn an.

»Magst du keine Musik?«

»Natürlich, ich bin doch nicht krank, wie Sie wissen.«

Er lachte, aber auf eine andere Art als die beiden Arschlöcher vorhin. »Das weiß ich. Ich meinte, ob du diese Musik magst.«

Ich brachte mein Ohr näher an die Lautsprecher und hörte dreiunddreißig Sekunden lang aufmerksam zu. Der Sänger hatte eine träumerisch-luftig-weiche Stimme, ein bisschen wie die Schoko bei einem Wispa-Riegel.

»Ähm …«

»Wenn du's nicht magst, leg ich was anderes auf.«

»Nein, ist schon O. K. Ich glaube, ich mag's.«

»Dem Himmel sei Dank. Ich dachte schon, ich hätte einen Take-That-Fan im Wagen.«

»Wer ist das?«

»Ach, olle Kamellen.«

»Glaube nicht, dass ich die kenne.«

Der Taxifahrer lachte wieder; sein Lächeln war so breit wie der Clyde.

Ich lächelte und mein Lächeln war breiter.

»Nein, olle Kamellen heißt, dass die aus einer anderen Zeit sind.«

»Stehen Sie auf die Achtziger?«

»Und etwas früher.«

»Wer ist das denn dann?«

»Schon mal was von Pink Floyd gehört?«

»Nie von gehört.«

»Barbar!«, sagte der Taxifahrer. Ich wusste zwar nicht, was er damit meinte, aber ich kicherte, um nicht wie ein Idiot dazustehen.

Dann fingen sie an, einen Song zu singen, darüber, wie es ist, betäubt zu sein und sich dabei wohlzufühlen, der in mir den Wunsch weckte, überall anders als gerade hier zu sein. Ich schwor mir, online nach dieser Pink-Floyd-Band zu suchen, wenn Mum mir mal wieder nicht das Internet verboten hatte.

»Ich dachte, die Beatles wären die beste Band aller Zeiten gewesen«, sagte ich. Dad war so etwa der größte Beatles-Fan überhaupt, und wir haben immer Beatles gehört, wenn er zu Hause war. Und so abgefahrenen Rap.

»Blödsinn«, sagte der Taxifahrer. »Die waren einfach nur die Take That ihrer Zeit.« Er gluckste.

Ich pseudokicherte, wie ich es immer mache, wenn Leute schlechte Witze erzählen und ich sie nicht verletzen will. Ich starrte aus dem Fenster und sah, wie Reihen und Reihen identischer Häuser an uns vorbeizogen. Jedes hätte der Zwilling des anderen sein können. Ich war froh, als wir um die Ecke in unsere Straße einbogen – das hieß schließlich, dass der Taxifahrer mich nicht in eine dreckige Bude brachte und seiner fröhlichen Pädophilenband auf dem Servierteller präsentierte.

Kaum hielt der Wagen, flatterten auch schon die Vorhänge. Dahinter stand Nosy Nora. Manchmal nannten wir uns gegenseitig Nosy Nora, wenn wir aus dem Fenster spannten und versuchten, dabei nicht gesehen zu werden. Heute war Mum Nosy Nora. Obwohl ich keinen blassen Schimmer hatte, wer diese Nosy Nora denn eigentlich war. Sie muss wohl den ganzen Tag am Fenster gelauert haben; vielleicht hatte sie auch kein Telly. Er war wieder genau auf Dads Parkplatz gefahren und zog die Handbremse an, was ein Geräusch gab wie ein schriller Furz.

»Sie sind schon wieder auf Dads Platz.« War das wirklich zu glauben?

»Ist nur für eine Minute, Kleiner, O. K.?«

»Denke schon.« Ich nickte.

»Cheers, Wee Man«, sagte er und knuffte mich leicht in den Oberschenkel. »Aber sag deiner Mum einfach, ich hätte dich beim Herumlaufen im Park gefunden, okeydokey?«

»Haben Sie ja auch.«

»Nein, ich meine, wir sagen nichts über deine Begegnung mit diesen beiden Hirnis.«

»Ähm … na, O. K.«

»Deine Mum muss sich ja nicht noch mehr Sorgen machen.«

Ich schaute nach draußen, wo Mum mit verschränkten Armen im Eingang stand. Der geballte Zorn.

»Das ist eine gute Idee.«

»Bereit, die Suppe auszulöffeln?«, sagte der Taxifahrer.

»Ich hab nichts besonders falsch gemacht, Mister«, sagte ich.

»Nenn mich Tony.«

»Ich hab nichts falsch gemacht, Mister Tony«, sagte ich.

»Ich bin sicher, alles kommt in Ordnung, Dylan.«

»Ja.«

»Bereit?«, sagte er und schaltete Pink Floyd aus.

»Moment!«, sagte ich.

»Womit kann ich dienen?«

»Kann ich Sie etwas fragen?«

»Klar kannst du, Kleiner. Leg los.«

»Könnten Sie mich vielleicht nicht Kleiner oder Wee Man nennen?«

»Na klar, kein Problem. Ist Dylan O. K.?«

»Dylan ist in Ordnung.«

»O. K., Dylan, dann man los«, sagte Tony und machte sich daran, seine Tür zu öffnen.

»Moment!«, sagte ich.

»Ja.«

»Noch eine letzte Frage?«

»Na klar.«

»Was heißt *sakrosankt*?«

Mum gab mir noch im Eingang eine ihrer Spezialumarmungen, was puterrotpeinlich war. Der Gedanke an all die Nosy Noras in unserer Straße, die uns dabei beobachteten, brachte mich total in Verlegenheit. Die Umarmung war eng und fest und tat mir gut. Ich liebte Mum so sehr und wusste, dass sie ebenso fühlte, denn meine Rippen fingen durch den Druck dieser außergewöhnlichen Riesenumarmung an zu knacken. Jetzt taten mir nicht nur Schwanz, Sack und Arschritze weh wie das Höllenfeuer, sondern auch noch die Rippen. Aber ich achtete gar nicht drauf; ich war einfach nur superfroh, wieder zu Hause zu sein.

»Tut mir leid mit dem Brief«, sagte Mum.

»Schon O. K., Mum. Mir tut's leid, dass ich weggerannt bin.«

»Ich hätte ihn nicht lesen sollen, Junge.«

»Ich weiß, Briefe sind ja schließlich sakrosankt, aber na ja, egal«, sagte ich.

Tony stand hinter mir und wir schauten uns ganz kurz an. So was nennt man wohl Insiderwitz.

»Du hast verdammt recht, Dylan«, sagte Mum, »verdammt recht.«

»Ich will mich nicht mehr streiten«, sagte ich, denn ich stritt mich in letzter Zeit viel zu häufig.

»Ich auch nicht. Sind wir wieder Freunde?«

»O. K.«

»Gut.«

»Vor März sollten wir uns jedenfalls nicht mehr streiten«, sagte ich und wusste, dass ich ihr damit das Herz aus der Fassung reißen würde.

»Wie bitte?«, sagte Mum, machte einen Schritt zurück und warf Tony einen kurzen Blick zu.

»Nichts, ich meine nur, dass wir wieder Freunde sein sollten.«

»Einverstanden«, sagte sie und sah aus, als wären ihr zehn Kipplaster von den Schultern genommen worden.

»Ich geh hoch und leg mich in die Badewanne«, sagte ich.

»Gute Idee«, sagte Mum. »Tony, bleibst du noch auf einen Tee?«

»Warum nicht«, sagte Tony. »Wiedersehen, Dylan«, sagte er, als ich schon auf dem Weg nach oben war.

»Hast du nicht Tony noch was zu sagen, junger Mann?«, sagte Mum.

»Schon O. K., Moira.«

»Danke, dass Sie mich gerettet haben.«

»Was meinst du damit, *gerettet*?«, sagte Mum und wandte sich an Tony. »Was ist passiert?«

»Er meint *gefunden*«, sagte Tony.

»Ja, ich meine *gefunden*. Finden, retten, ist doch alles das Gleiche. Jedenfalls vielen Dank fürs Finden, Tony«, sagte ich.

Er zwinkerte.

Ich zwinkerte zurück, aber mehr reflexartig. Noch so ein Insiderding. Geheime Verschlusssache.

Darsteller 22

was geht dylan?
nicht viel
was machsde?
badewanne
mit wem? lol
deiner ma. lol
hab vorhin reservoir dogs *gesehn*
und?
voll cool
hast also lust?
und ob
toll, ich als mr blue
ich also mr orange
hast dun anzug?
mein dad hat. und du?
dad hat 1 für friedhof den schnorr ich
schlips?
friedhofsschlipse ich u dad. kann dir 1 borgen
das wird fabby dylan
klaro
willst du MM dort poppen?
weiß nicht ... eher nicht amir ... eher nicht
pauline mcstay kannst du versuchen??
nicht mal wenn ich du wär. lol
nachricht von den docs?
nein, warum?

manchmal ham sie einfach wilde mittel für so sachen
kein mittel gegen tourette amir
schuldi d8e nur
mach jetzt schluss, warn verrückter wahnsinnstag bin völlig geschlaucht
fastehe käptn
was machst du?
auch wanne
mit wem, dein pa? lol
deine ma. lol
bis morgen
O. K. bester kumpel
tschau
tschau

Als wir mit dem Simsen durch waren, sprang ich aus der Wanne, trocknete mich ab und dachte darüber nach, wie durchgedreht Handtücher sind, denn wenn sie einen trocknen, werden sie selbst nass.

Das Leben!

Aber der Grund, warum ich aus der Wanne hüpfte, war, dass der dicke Amir mir einen Riesenfloh ins Hirn gepflanzt hatte: Mittel. Ich ging online und googelte *Mittel gegen Tourette*, und es gab etwa vierzig Milliarden Seiten über Tourette. Ich schaute mir neun davon an, aber es war bei allen dasselbe Ding, und das hieß: KEIN MITTEL. NICHTS. NADA. NIENTE. NULL KOMMA NIX. Ein Typ in Amerika (immer das verdammte Amerika) tickte so stark, dass er sich das Rückgrat verletzte und gelähmt war. Jetzt musste er Hamburger durch den Strohhalm saugen und konnte nur im Netz surfen mithilfe eines Glockenspiel-Sticks, der an seinem Kopf befestigt war. Ein paar seiner Mundmalereien waren auch online, aber dafür hätte er bei uns im Kunstunterricht nur eine Vier bekommen. Dann gab es da noch diese Frau, die weder essen noch geradeaus laufen konnte, weil ihr Tourette so schlimm war. Sie fiel ständig hin und hatte überall Beulen und blaue Flecken. Sie hatte sich schon die Arme, die Hüfte, das Schlüsselbein und die Kniescheiben gebrochen.

Halleluja!

Was mich zu Tode erschreckte, jawollja, war, dass es hieß, in meinem Alter sei bei ihnen Tourette »kontrollierbar und auf niedriger Stufe« gewesen. Also war es vielleicht doch gut, dass es bis zum März nur noch fünf Monate waren, denn ich war so sicher wie die Bank von England, dass ich keine Bilder mit dem Kopf malen oder wackel-dackel auf den Füßen stehen wollte.

Ich las, dass ein paar oberschlaue Docs Löcher ins Gehirn der Leute bohren und klitzekleine Drähte reinstecken wollten, die die Tics und das Zucken stoppen sollten. Keine verdammte Chance, dass ich irgendeinen Doc Löcher in meine Birne bohren ließ. Glaubten diese Docs, dass sie auf einer Baustelle arbeiteten, oder was?

Zu viele Seiten.

Kein Mittel. Kein Mittel.

Als ich an diesem Abend im Bett die Augen schloss, stand vor meinem linken Auge KEIN und vor dem rechten MITTEL.

Das Leben!

Beerdigung 23

Um zur Halloween-Disco gehen zu können, brauchten wir einen Plan. Und, Alter, den hatten wir! Unser Plan war wasserdicht, obwohl Amir gar keinen Plan brauchte, denn er durfte zur Halloween-Disco. Er war nur dabei, damit wir damit durchkamen. Mum hatte mir erklärt, dass sie »zu ihren Überzeugungen und Verantwortlichkeiten als Mutter« stehen und sich an ihren Entschluss halten würde, mir den Besuch der Halloween-Disco zu verbieten. Ich hätte natürlich mein Spielzeug aus dem Kinderwagen werfen oder mit ihrem Lippenstift *Zicke* auf den Badezimmerspiegel schreiben können oder etwas ähnlich Kindisches, aber ich versuchte, Mums Erwartungen gerecht zu werden, die neulich mal gesagt hatte, ich sei ja nun »ein viel, viel reiferer Junge«. Und es sei Zeit, erwachsen zu werden und die »kindischen Albernheiten zu lassen«. Ich stimmte ihr zu. Schließlich war ich inzwischen fast siebzehn. Und wenn man es mal mit Mums Augen sah (was das überhaupt coolste Ding aller Zeiten wäre), dann war schon klar, dass ich mich in den letzten Monaten wie ein mieser, egoistischer Idiot verhalten hatte, obwohl es ein paar gute Gründe dafür gab.

Der wasserdichte Plan sah vor, sich Dads Friedhofsanzug – so nannte er ihn – zu borgen und so zu tun, als sei Amirs Onkel gestorben. Ich würde Mum erzählen, der Druck, Inhaber eines erstklassigen indischen Restaurants zu sein, hätte ihn besiegt und zu einem Mammutherzinfarkt durch Stress und eine Kreditklemme geführt. Amir war voll in den Plan eingeweiht, der komplett meiner Fantasie entsprungen war. Und selbst wenn man ihn aufs Revier gezerrt hätte, Amir wäre im Kreuzverhör der Bullen nicht zerbrochen. Ich vertraute ihm und er war mein bester Kumpel; er würde nicht zum Verräter werden. Der einzige Stolperstein war in meinen Augen, dass Amir Pakistani war und kein Inder und es in Glasgow kein einziges Pakistani-Restaurant gab. Aber dieses Risiko war ich bereit einzugehen, denn ich wusste, es würde Ende gut alles gut ausgehen, weil Mum sich nicht das kleinste bisschen für Amir interessiert und auch nicht den leisesten Schimmer von Amirs Familie hat. Sie würde die Wahrheit nie herausfinden. Ich würde ihr erzählen, dass ich zur Beerdigung von Amirs Onkel gehen wollte, als Unterstützung für den traurigen Amir.

»Wann ist er denn gestorben?«, fragte Mum.

»Vorgestern«, log ich.

Mum schaltete in ihren Laut-nachdenk-Modus. »Ist schon schrecklich, was die Banker den Leuten so antun.« Das war eine Art Feststellung.

Wenn meine Innereien reden könnten, hätten sie wohl *Puuuuh*! gesagt.

»Ich weiß, es ist völlig Müll. Amir ist voll Rob Reiner deswegen.«

»Rob was?«

»Er ist im Eimer. Das ist Rhyming Slang. Das heißt …«

»Ich weiß, was es heißt, Dylan, aber red ordentlich.«

»Verstanden!«

»Und wann ist die Beerdigung?«

»Freitag.«

»Halloween?«

»Verrückt, nicht wahr? Ich dachte, Halloween sei alles geschlossen.«

»Sei nicht albern, Dylan.«

»TOTE PAKI-FOTZE! Oh, Mist, tut mir leid.« Das war mir einfach so rausgeflutscht. Ich hatte mich so gut geschlagen bis hier. Und ich meinte es gar nicht wirklich. Ich hasse es, Sachen zu sagen, die ich nicht meine. Der Doc hat mir gesagt, das sei ein »unvermeidliches unterbewusstes kognitives Verhaltensmuster«. Tatsächlich hat er es Mum gesagt, und die hat es mir gesagt, und ich habe es aufgeschrieben, weil ich nicht wusste, was das heißt. Ich weiß es immer noch nicht, aber ich glaube, das war der Strohhalm, der dem Esel den Rücken gebrochen hat.

»Bist du sicher, dass du hingehen willst?«

»Amir braucht seinen besten Kumpel zur Unterstützung.«

»Was ist mit seinen Brüdern?«

»Er hat keine Brüder.«

»Oh, ich dachte, in deren Kultur sind die Familien immer so riesig … Na ja, was soll's.«

»Hat er einfach nicht.«

»Man lernt halt immer wieder was dazu.«

»Kann ich Dads Anzug borgen?«

»Welchen Anzug?«

»Seinen Friedhofsanzug.«

»Von welchem Anzug redest du?«

»Dem schwarzen.«

»Welchem schwarzen?«

»Der an der Seite vom Kleiderschrank hängt.« Der Grund, warum er nicht im Kleiderschrank hing, wo er hätte sein sollen, war eine weitere dieser bizarren Sachen im Leben, die ich nicht verstand. Es war wie mit diesen Handtüchern im Badezimmer, mit denen ich mich nicht abtrocknen durfte. Mum hatte sie nur zum Anschauen dort hingelegt, also waren das unsere Nur-zum-Anschauen-Handtücher. Aber was machte das für einen Sinn? Ein Schrank ist dafür da, dass man Sachen *hinein*hängt, nicht außen *dran*. Ein Handtuch ist dazu da, um sich damit *abzutrocknen*, und nicht, um es *anzuschauen*. Wie sollten vom Draufstarren meine Hände trocken werden? Es wurde Zeit, hier mal ein paar Dinge zu verändern. Ich würde mich mit Dad zusammentun, wenn er von seiner TOD zurückkam, das heißt Tour Of Duty. (Armeetypen sprechen die ganze Zeit von so was. Und ihre Söhne.) Dad war ziemlich gut darin, Sachen so hinzukriegen, wie er sie haben wollte. Wenn Dad zurück war, würde es *hasta la vista* für die Nur-zum-Anschauen-Handtücher heißen.

»Ach, der.«

»Ja, der.«

»Der Friedhofsanzug deines Dads?«

»Ja.«

»Wer hat denn gesagt, dass das ein Friedhofsanzug ist?«

»Dad.«

»Na klar. Passt er dir denn?«

»Weiß ich nicht.«

»Hast du ihn zumindest mal anprobiert?«

»Nein.«

»Super Plan.«

»Aber Dad und ich haben etwa die gleiche Figur.« Die meisten unserer Verwandten sagen, dass Dad und ich uns sehr ähnlich sehen.

»Glaubst du?«

»Onkel Terry sagt, der Apfel fällt nicht weit vom Stamm.«

»Möge Gott uns beistehen«, sagte Mum, aber es klang gar nicht witzig.

»Ich kann auch meinen eigenen Friedhofsschlips anziehen.«

»Welchen Friedhofsschlips?«

»Den von Opi Joes Beerdigung.«

»Ah, den hatte ich schon wieder vergessen.«

»Der ist komplett wie neu, da ich ihn nur ein Mal getragen habe.«

»Und welche Schuhe?«

»Darüber hab ich noch nicht nachgedacht.«

»Bei Matalan ist gerade Sale.«

»NEIN!« Meine Tage der Scheißbillig-Schuhe waren wirklich aus und vorbei. »Ich putz einfach ein Paar ältere.«

»Meinetwegen.«

»Also, kann ich Dads Anzug mal anprobieren?«

»Denke schon.«

»Groovy.«

»Weißt du was?«

»Was?«

»Ich bin stolz auf dich, Dylan«, sagte sie. »Seit diesem Missverständnis mit dem Brief bist du wirklich brav gewesen.«

Ich senkte den Blick zu Boden, denn ich wollte Mum keine Lügen erzählen, während sie glaubte, ich sei ein braver Junge; ich wollte, dass sie wegen etwas Bedeutendem stolz auf mich war, etwa, dass ich das Fußballspiel beim Schopf gepackt und meine Mannschaft aus dem Sumpf gezogen hätte, in den sie selbst hineingestolpert war, oder weil ich bei der Schulaufführung von *Grease* die Rolle des Danny Zuko spielte, anstatt einen dieser Typen, die nicht sangen oder tanzten und im Hintergrund die Sachen herumschoben, während die Topschauspieler sich in die Kostüme warfen und ihre Positionen für die nächste Szene einnahmen. Nicht mehr als verdammte Sklaven. Aber nein, Mum war stolz auf mich wegen der Lügen, die ich auftischte.

»LÜGENFOTZENSOHN … Entschuldige, Mum … SACKLÜGNER!«

»Möchtest du Tomatensuppe?«

»Nein, danke«, sagte ich.

Mum sah mich mit ihrem typischen Blick an.

»Ehrlich, es geht mir bombig.«

»Wirklich?«

»Wirklich.«

»Gut«, sagte sie und schlabberte mir smack-a-rooni einen auf die Backe. Ich konnte sie nicht sehen, denn dazu hätte ich einen Spiegel gebraucht, aber ich wusste, ihre Lippen waren immer noch da, wie ein rosiges Lippentattoo.

»Danke, Mum, dass ich zu der Beerdigung gehen darf.«

»Es ist toll, dass du deinem Freund jetzt beistehst.«

»Jep.«

»Trotzdem ist es schade, denn ich wollte dir noch sagen, dass du jetzt doch zur Halloween-Disco gehen darfst.«

»Wirklich?«

»Ja, wirklich.«

»Warum?«

»Wie ich schon gesagt habe, du bist mein braver Junge gewesen, und ich weiß, dass die letzten paar Monate hart für dich waren … für alle.«

»Das waren sie.«

»Und das Letzte, was du gebraucht hast, war, dass auch noch ich bei jeder Gelegenheit auf dir rumgehackt habe.«

»Kann gut sein.«

»Vielleicht war ich zu hart zu dir.«

»Also kann ich dann doch zur Halloween-Disco?«

»Na ja, das geht ja nicht mehr, oder?« Der Scheißplan fing an aufzuweichen.

»Nein, denke nicht.« Was für ein verdammter Tollpatsch.

»Vielleicht kann ich Tony bitten, dich bei der Beerdigung abzuholen, wenn sie vorbei ist.« Inzwischen war der Plan wie die Niagarafälle am regenreichsten Tag des Monsuns. Das Beste wäre wohl gewesen, Noah und all seine Tiere zu holen, um auszuführen, was von dem Plan noch übrig war.

»Nein, schon in Ordnung, das muss er nicht.«

»Es würde ihm aber nichts ausmachen.«

»Ich bin kein großer Fan dieses rotbraunen Autos.«

»Ach, komm schon, Dylan.«

»Wenn er fährt, wird mir schlecht, und ich will nicht, dass mir in seinem Taxi schlecht wird, denn dann muss er ein paar Stunden von der Straße und verliert jede Menge Knete, und dann bekommen seine Frau und die Kinder nichts mehr Gutes zu essen. Und überhaupt, er spielt so 'ne Scheißmusik.«

»Aber du magst Tony doch inzwischen.«

»Nein, das ist es nicht. TAXISCHWANZFICKER.«

»Dylan!«

»Tut mir leid. Es ist nur so, dass wir hinterher bei Amirs Mum und Dad zu Hause sind, und ich weiß nicht, wann wir fertig sind mit dem Essen und Reden über die Toten.«

»Ich kann mir vorstellen, dass bei denen alles etwas anders ist.«

»Amir sagt, es wird auch Unmengen von abgefahrenem Essen geben.«

»Klingt zauberhaft.«

»Außerdem bringt mich vielleicht Amirs Dad nach Hause.«

»Amirs Dad?«

»Ja.«

»Aber das ist eine Beerdigung, Dylan.«

»Und?«

»Wird er dann nicht ein bisschen betrunken sein?«

»Er trinkt keinen Alkohol, also baut er auch keinen Unfall mit dem Auto und killt auch niemanden.«

»Er trinkt nicht?«, sagte Mum, und in meinem Kopf leuchtete eines dieser !-Dinger auf.

»Ich glaube, das ist gegen seinen Glauben.«

»Und das bedeutet?«

»Weiß nicht so richtig... Alles Saufen ist schlecht... Und es ist O. K. zu heiraten, wenn man erst zehn oder dreizehn ist... Und er fastet jede Menge, weil er nicht will, dass sein Land so voller fetter Menschen ist wie Amerika... Und er denkt, dass man jeden Freitag beten muss, immer auf den Knien... Und es gibt kein Weihnachten. Wie daneben ist das denn?... Und ich weiß nicht, was noch alles...«

»Und woran glaubt Amir?«

»Ich bin mir nicht fünfundvierzig Prozent sicher, ob er an das Gleiche glaubt, aber ich bin mir hundertfünfzig Prozent sicher, dass er Rassisten hasst.«

»Tatsächlich?«

»Ja, und ich auch.«

»Gut so.«

»Und ich glaube, sein Vater auch. Vielleicht rührt er deshalb den Teufel Alkohol nicht an, denn alle Rassisten trinken wie tollwütige Hunde.«

»Also, ich kenne mich mit solchen Sachen nicht aus, Dylan.«

Dann ging Mum zum Fenster und machte auf Nosy Nora. Sie schwieg, und es schien, als sei sie am Ende ihrer Kräfte mit irgendwas oder irgendwem, allerdings nicht mit mir, denn ich war ja wieder ihr braver Junge. Ich blies die Wangen auf und schalt mich selbst einen verdammten Iddie. Wasserdichter Plan = Scheißplan. Ich konnte nicht verstehen, warum Mum rausstarrte; ich wusste wirklich ganz genau, dass niemand sich auf der Straße herumtrieb, weil jetzt im Fernsehen das Ergebnis von *X Factor* gezeigt wurde. Mum sah zu, wie draußen wirklich nichts passierte. Nada. Zero. Merkwürdig. Seltsam. Wolkenkuckucksland. Welchen Sinn macht es, nichts anzustarren?

»Dylan, mein Sohn, können wir über etwas reden?«, sagte sie.

Ich war kurz davor zu sagen: »Dann schieß los, großes Mädchen«, und dachte, das würde eine dieser kolossalen Mum-und-ich-Plaudereien werden. Aber mein messerscharfer Instinkt war sofort eingeschritten, denn Mum sagt nur dann »Dylan« und »Sohn« im selben Satz zu mir, wenn etwas Kolossales anliegt. Aber ich kam sowieso nicht dazu, »Dann schieß los, großes Mädchen« zu sagen, denn in meiner Tasche fing *No Sleep Till Brooklyn* an zu boppen und zu trällern. Ich wurde immer ganz aufgeregt, wenn Amir anrief, denn dann gab es etwas Superwichtiges zu diskutieren. Vielleicht wollte er informiert werden, wie es mit unserem wasserdichten Plan weiterging. Wir hatten beschlossen, nur direkt darüber zu reden und nie etwas aufzuschreiben, nur für den Fall, dass unsere Anrufe oder Kurznachrichten zurückverfolgt wurden oder wir vergessen hatten, irgendwas Inkriminierendes (was uns wie Kriminelle aussehen ließ) zu löschen. In der heutigen Zeit können Telefone von Nobodys wie uns pillepalle-leicht angezapft werden. Keine Informationen per SMS zu schicken ist das, was ich anständige Detektivarbeit nenne. Ich rannte mit dem Telefon nach oben.

Eine Ecke Quasseln weiter war alles in Butter. Ich saß auf meinem Bett, klatschte Grün von einer Hand in die andere und starrte in den orange-blau-grauen Himmel draußen.

Hätte ich malen können, dann wäre das ein brillantes Bild geworden, aber ich war scheiße im Malen. Ich hatte Millionen von Malen-nach-Zahlen-Büchern zu Weihnachten bekommen, aber die verwirrten mich bis zum Wahnsinn. Außerdem schienen die fertigen Bilder alle Pferde zu zeigen. Was für einen Sinn machten ganze Herden von verdammten Malen-nach-Zahlen-Pferden?

Ich saß auf meinem Bett und dachte an all die Pferde aus Linien und dass ich nie in meinem Leben ein Pferd gestreichelt hatte (ich hätte sowieso zu viel Angst gehabt); wie ich einen ganzen Haufen Sachen nie in meinem Leben gemacht hatte; all die Sachen, die zu tun ich auch nie mehr eine Gelegenheit haben würde. Mir wurde klar, dass meine *Coole-Sachen-die-ich-machen-muss-bevor-ich-abkratze-*Liste am Absaufen war wie eine eiserne Ente; und wenn ich die einfacheren Sachen nicht schaffte, wie Dad ohne Leichensack nach Hause zu bringen, Michelle Malloy dazu zu kriegen, ein paar Dinge mit mir anzustellen (nicht nur, mich zu boxen), oder für den unerschrockenen Amir einen neuen besten Kumpel zu finden, wie sollte ich dann in dieser Welt voller rassistischer Schweine jemals eine Ziege melken oder ein cooles Bild des Himmels malen? Ich klappte meine kalten Ohren nach innen und zwinkerte so heftig, bis sie wieder rauspoppten, immer und immer wieder. Ich wollte nicht wieder nach unten zu Mum gehen, auch wenn wir beide jetzt wieder beste Freunde waren.

Ich wusste, worum es ging. Sie brauchte keinen kolossalen Plausch mit mir. Ich hatte ihn mit meinen eigenen Augen gesehen. Deshalb wusste ich, worum es in unserem kolossalen Plausch gehen würde. Die gottverdammten Briefe. Der Fluch unseres Hauses.

Ich hatte ihn oben auf dem Kühlschrank erspäht.

Liebe Mrs Mint. Blah blah blah. *Bitte kommen Sie am 5. November um zehn Uhr in unser Krankenhaus. Bringen Sie Ihren Sohn mit, Dylan Mint.* Bla bla bla. Unterschrift: *der Doc.*

Mein Doc.

Disco 24

Normalerweise ist jede Schülerveranstaltung in Drumhill Scheiße mit großem S. Und die Schuldiscos sind von allen die schlimmsten, denn da sind nur Leute, die nicht tanzen können. Die wirklich körperlich nicht tanzen können, was heißt, dass alle nur in den Ecken der Halle herumstehen und auf die leere Tanzfläche oder ihre Füße starren. Die Tanzfläche ist unsere Turnhalle, wo wir normalerweise Rolle vorwärts machen und nicht an die Kletterwände dürfen. Mr Comeford ist jedes Mal der DJ. Wäre seine Musik Essen, dann würde sie wie Scheiße schmecken. Er sagt Sachen wie »Los geht's, Drumhill, macht alle mit, schwingt das Tanzbein über dieses Parkett«. Es wird reichlich geschwungen, aber wirklich nicht mit Absicht. Unsere Schuldiscos sind wie jeder normale Schultag, außer dass wir andere Sachen tragen, es draußen dunkel ist, und wenn wir versuchen, mal richtig gut mit unseren Kumpels zu quatschen, läuft irgendwelche Deppen-doof-doof-Musik. Lustig ist es, unsere Lehrer in ihren Ausgehklamotten zu sehen. Miss Flynn trug wie beim vorletzten Mal eine durchsichtige Bluse, unter der man ihren BH sehen konnte. Er hatte Spitzen und war schwarz. Miss Adams trug riesige, silbern glänzende Stilettos. Doughnut nannte sie Fick-mich-Schuhe. Einige Lehrer zogen die echten Spastis auf die Tanzfläche und rockten ab. Aber das ging nur mit Armen und Hüfte und war kein richtiges Tanzen. Für die Lehrer war das echt nervig.

Klein-Skittle erzählte uns, dass er es letztes Jahr in die

Disco der normalen Schule geschafft hatte, und da waren jede Menge Leute, die versuchten, miteinander anzubandeln, und alle tanzten zu heftig heißer Musik. Er sagte, da wären Millionen umwerfender Mädchen gewesen, alle reichlich angeschickert, die Schlange standen für einen Mann der Tat. Auf den Klos wurde das schwarze Zeugs geraucht, und den Lehrern ging das alles am Arsch vorbei. Also *das* klang mehr danach, wie es sein sollte, abgesehen von dem Shit-Zeugs auf den Klos. Dagegen wirkte unsere Schuldisco wie ein Tagesausflug zum Beichtstuhl.

Die Hose von Dads Anzug passte perfekt, aber im Jackett ging ich an den Schultern unter. Dads Muskeln sind heftig viel größer als meine; seine Arme sind wie Baumstämme und die Schultern wie von einem echt finsteren Türsteher. Dad ging drei Mal die Woche ins Fitnessstudio, um sich in Form zu halten. Danach musste er in einen Pub gehen, um den Flüssigkeitsverlust auszugleichen, oder all seine Anstrengungen wären sonst »völlig scheißegal und für die Katz«. Genau so ist es in der Army – für Schwächlinge ist da kein Platz; Schwächlinge bleiben auf der Strecke. Oder am Straßenrand, wie man da sagte, wo Dad gerade war. Bei der Gehirnakrobatik tritt zumindest keine Dehydrierung auf. Ins Fitnessstudio nahm Dad mich nicht mit, weil ich, wie er sagte, zu jung sei.

Sechs Versuche, um den Schlips zu binden. Als ich fertig damit und zufrieden war, sahen Schlips und Sonnenbrille und Anzug und ich echt Daddy Cool aus. Michelle Malloy würde zwei Mal hingucken, wenn sie ihre süßen Äuglein auf mich richtete. Nein, würde sie nicht – sie würde kichern und mir irgendwas Schreckliches an den Kopf werfen, und ich würde einen Kloß im Hals haben und heulen und auf irgendwas in Reichweite einschlagen wollen, eine Wand oder eine der Turnmatten, die überall aufgestellt waren. Im Hintergrund lief diese Lieblingsband des Taxifahrers, der ganze Song ging um Schule und wie die Lehrer doch die Kids verdammt noch mal in Ruhe lassen und ihnen nicht ständig eins auf den Deckel geben sollen. Es ist ein Hammer-Spitzen-Song. Ich spielte ihn praktisch endlos, bis er Teil meines Gehirns geworden war.

»Ist es nicht langsam zu spät für eine Beerdigung, Dylan?«, sagte Mum. Sie hatte allen Grund zu fragen – schließlich war es sechs Uhr, nicht unbedingt Friedhofszeit. Darüber hatte ich nicht nachgedacht, als ich meinen wasserdichten Plan ausheckte. Zeit für ein paar messerscharfe Überlegungen.

»Amir hat mir gesagt, ich soll genau dann kommen. Für die Leute aus seinem Land ist das wohl die normale Zeit für Beerdigungen.«

Mum sagte gar nichts mehr; sie lag auf dem Sofa und schaute *Reality-Telly*, eine Sendung, in der alles versucht wurde, um aus hässlichen Menschen gut aussehende zu machen, indem man ihnen die Haare absäbelte, riesige Mengen Make-up auf sie klatschte und sie in helle Klamotten steckte. Es funktionierte bei keinem.

»O. K., ruf mich an, wenn du abgeholt werden willst, und ich sag Tony Bescheid.«

»Mach ich.«

Ich war überrascht, dass Mum nicht nach Amirs Nummer fragte. Ich denke, sie wollte nicht bei Amir zu Hause anrufen und versuchen, mit seinen Eltern zu sprechen, was für mich nur gut war.

»O. K., dann tschüss«, sagte ich.

»Ach, Dylan, tu mir noch einen winzigen Gefallen, bevor du gehst.«

»Null Problemo.«

»Schau doch mal nach, ob noch eine Gurke im Kühlschrank ist.«

In die Nähe des Kühlschranks zu kommen, machte mir ein ganz schwummriges Gefühl im Kopf, denn obendrauf lag dieser verdammte Brief des Docs. Ich hoffte wirklich, es ging nicht um noch ein Scan-Experiment, und nahm mir vor, nach einem besseren Platz für wichtige Briefe zu suchen, die ins Haus flatterten.

* * *

Ich hatte mit Amir ausgemacht, uns um halb sieben in der Nähe der Schule zu treffen. Auf dem Weg dorthin hatte ich das Gefühl, dass alle mich anstarrten. Jeder machte irgendwas, das mir nicht passte.

Glotzen.

Kichern.

Mit dem Finger zeigen.

Tuscheln.

Ich wollte ihnen wirklich nichts Widerliches hinterherbrüllen. Grün hatte ich in der anderen Hose gelassen. Katastrophenalarm. Gehirnakrobatik musste her. Ich versuchte, mir schottische Fußballclubs auszudenken, die mit dem gleichen Buchstaben anfingen und endeten. Echte Gehirnakrobatik! Ich setzte die Sonnenbrille auf, um die Gesichter der Leute auszublenden und den Ausdruck, den sie hatten, während sie über mich lachten. Normalerweise lief ich um diese Zeit nicht durch die Gegend, und so war es vielleicht mächtig heftig für die Leute, diesem total verrückten Dylan Mint auf der Straße zu begegnen, so elegant angezogen und cool. Wenn sie wüssten, was ich durchmachte, würden sie sich im März vor Schuldgefühlen krümmen. Ha!

»HÄSSLICHE LACHFOTZE.« Eine Frau kicherte in ihr Handy und kümmerte sich einen Dreck um Dylan Mint und seine Probleme.

Celti**c**. Eins-null Mint.

»FETTE HUREN.« Zwei Frauen schleppten ihre Einkaufstüten und lachten und kreischten dabei wie Wildkatzen. Ich sah zu, wie eine Packung Kekse aus einer der Tüten hüpfte.

Kilmarnoc**k**. Zwei-null Mint.

»SCHNAUZE, HOMOS.« Zwei Typen im Geschäftsanzug gingen hinter mir und unterhielten sich massiv laut. Ich glaube, ihr Job war, Leute in Häusern rumzuführen und sie dazu zu bringen, sie zu kaufen. Wie langweilig ist das denn?

Dundee Unite**d**. Die ersten drei waren pillepalle-einfach, denn die spielten alle in der Premier League. Drei-null Mint.

»MACH EIN FOTO, ROTHAARIGE ARSCHFOTZE.« Eine Frau mit roten Haaren ging an mir vorbei und glotzte und glotzte und glotzte. Ich glaube, sie fand den Zwirn gut.

East Fif**e**. Das war eine harte Nuss. Musste viel nachdenken, und darüber verpasste ich viele Leute, die an mir vorübergingen. Erste Sahne. Vier-null.

»KINDERFICKER.« Ein Priester stieg in sein Auto und lächelte mich an.

Beim Fünften musste ich wirklich scharf nachdenken. Ich schaute zu Boden und versenkte mich in Gehirnakrobatik. **E**ast Sterlingshir**e**. Wow! Eine Legende. Fünf-null Mint. Dieser Junge war einfach unschlagbar. Sein Gehirn war einfach zu hoch entwickelt für einen Platz in der normalen Schule ein Stück die Straße rauf.

Aber puuuuh, ich war froh, Amir zu sehen, der schon auf mich wartete.

»Wir sehen gar nicht so aus, als hätten wir uns für Halloween angezogen«, sagte Amir.

»Genau das ist der Plan«, sagte ich.

»Ist aber keine richtig raffinierte Verkleidung, oder? Wir hätten als Transformer gehen sollen oder als ein Haufen Hämorrhoiden oder sonst was. In diesen Klamotten fühle ich mich, als wäre ich auf dem Weg zum Gericht.«

»Spiel nicht die Maulende Myrte, Amir. Wir sehen *Cool For Cats* aus.«

»*Wo ist Walter* wäre doch auch ein gutes Kostüm gewesen.«

»Der kommt aber nicht aus Pakistan«, sagte ich.

»Mr Orange auch nicht«, sagte Amir und grinste, weil er wusste, dieses Mal hatte er es mir gezeigt. Er machte sein Jetzt-hab-ich's-dir-reingewürgt-Gesicht. »Außerdem habe ich beschlossen, nicht als Mr Orange zu gehen.«

»Warum?«

»Weil der ein Polizeispitzel ist. Und ich will keine Petze sein.«

»Aber wer bist du denn dann?«

»Mr Blonde«, sagte Amir und zuckte mit den Schultern, als sei es verdammt cool, Mr Blonde zu sein.

»Aber Mr Blonde ist ein Verrückter.«

»Ist mir egal, was er ist – er ist viel cooler als Mr Orange.«

»Aber er ist verrückter als jeder an unserer Schule und stirbt am Ende und schneidet einem Typen das Ohr ab und steckt ihn in Brand. Ich meine …«

»Und?«, sagte Amir, scharrte mit den Schuhsohlen über den Boden und sah total uncool aus.

»Alles in Ordnung, Amir?«, fragte ich.

»Ich glaube einfach, wir sehen scheiße aus.«

»Wir sehen bombig aus.«

»Aber alle werden wie berühmte Leute angezogen sein oder Superhelden oder Sportstars. Niemand wird wissen, wer wir sind.«

»Natürlich wissen sie das.«

»Ich wäre in letzter Minute fast noch als Sachin Tendulkar gegangen oder als Imran Khan«, sagte Amir.

»Wer?«

»Was soll das heißen, ›Wer‹? Das sind we-weltbekannte Kricketspieler.«

»Aber niemand hätte einen Glimmer-Schimmer, wer sie sind.«

»In Pakistan schon.«

»Aber wir sind hier nicht in Pakistan, Amir, deshalb bezweifele ich, dass die Mongos in Drumhill wissen, wer die sind.«

»Egal. Komm schon, lass uns gehen.«

»Nach dir, ARSCHLOCH … Mist, das meinte ich nicht so, Amir.«

»Ist O. K. Ka-ka-kann ich manchmal sein.«

»Bist du nicht.«

»Versuchst du's heute Abend wieder, Michelle Malloy flachzulegen?«

»Sie wird nicht da sein.«

»Glaubst du?«

»Sie ist zu gut für die Halloween-Disco in Drumhill.«

»Tatsächlich?«

»Sie hat gesagt, die ist nur für kapitale Loser.«

»Also, ich würde sagen, jeder, der auf dem Sofa sitzt und *Come Dine With Me* glotzt und nicht zur Halloween-Disco geht, ist der kapitale Loser, wenn du mich fragst.«

»Woher weißt du, dass sie sich *Come Dine With Me* ansieht?«

»Ich habe für so was ziemliche Antennen, Dylan. Glaub mir, Amigo, sie klebt vor *Come Dine With Me.*«

»Wenn du das sagst, Kumpel.«

»Also, wer ist jetzt der kapitale Loser?«

»Na ja ...«

»Und wer wird heute Abend nicht zum Stich kommen?«, sagte Amir und haute mir kräftig auf den Rücken. »Mein bester Freund, Dylan Mint, derjenige, welcher.« Das tat weh.

»Aber jetzt los.«

Auf dem Schulhof war jede Menge Action. Zwei Krankenschwestern plauschten mit einer Vogelscheuche und einem Zombie. Ein Cowboy und Bob der Baumeister amüsierten sich mit einem Hip-Hopper – könnte auch ein Rapper gewesen sein; den Unterschied habe ich nie richtig kapiert – und einem riesigen iPhone. Ein Feuerwehrmann jagte ein Alien mit seinem Schlauch, den er wie einen kolossalen Pimmel vor sich hertrug. Und eine Nonne versuchte, ihrer Freundin eine viel zu große Windel anzulegen. Es war verdammt brillant und bizarr. Ein bisschen wie die Bar-Szene aus *Star Wars*, nur in Glasgow.

Selbst auf dem Schulhof konnten wir noch hören, dass jetzt ein Amy-Winehouse-Song lief. Es war der über die Menschen, die ihr gesagt hatten, sie solle aufhören mit den ganzen Drogen und dem Teufel Alkohol und schnell in eine Klinik gehen und die ganze Sauerei aufräumen, in die sie sich selbst gebracht hatte. Wenn Mum den im Radio hört, singt sie mit. Ich glaube, Amy hätte auf diese ganzen Leute hören sollen. Wetten, am Ende ging alles so schnell, dass das arme Mädchen keine Zeit für einen letzten Wunsch mehr hatte. Schande! Es ist aber kein Tanzstück. Vielleicht versuchte Mr Comeford nur, hip und irgendwie in zu sein.

Am Eingang tänzelte Miss Flynn vor sich hin. Sie war offensichtlich im Dienst, und zwar sowohl für den Eingang als auch als Pass-bloß-auf-dass-die-Verrückten-keinen-Blödsinn-auf-dem-Schulhof-machen. Ihre Füße klebten fest am Boden, aber sie wackelte ein wenig mit den Hüften. Sie hatte ihre Bluse an. Die, durch die man den BH sehen konnte. Ich wette, die hatte sie bei M&S oder H&M oder T. K. Maxx gekauft. Manchmal blinzele ich in die Damenabteilung, wenn ich mit Mum einkaufen bin. Diese Läden verkaufen solche Seiden- und Spitzensachen, in denen sich eine Frau sexy und bedeutsam fühlt. Als wir näher kamen, konnten wir ihr Parfüm riechen.

»Hi, Jungs. Lasst mich raten«, sagte Miss Flynn und musterte uns beide von oben bis unten.

»Ich wette, das raten Sie nie, Miss«, sagte ich.

»Wird keiner«, sagte Amir zu mir, aber er lächelte nicht.

Miss Flynn tat so, als würde sie scharf nachdenken und sich wirklich dafür interessieren, als was wir uns verkleidet hatten.

»Ich glaube, ich hab's, Jungs«, sagte sie.

»Und?«, sagte ich.

»Die Blues Brothers.«

»Wer?«, sagte ich.

»Wer?«, sagte Amir.

»Egal«, sagte sie und fiel wieder in ihren Scharf-nachdenk-Modus. »Seid ihr Türsteher oder Bodyguards?«

»Neeee«, sagte ich.

»Ach«, sagte Miss Flynn und klang ein winziges bisschen enttäuscht.

»Tut mir leid, Miss«, sagte ich.

»Diese Verkleidung ist zum Kotzen«, murmelte Amir mir durch seine Heute-Abend-bin-ich-ein-elender-Bastard-Zähne zu.

»Ein Versuch noch, Miss, dann erzählen wir's Ihnen.«

»O. K., letzter Versuch.« Miss Flynn tat so, als würde sie einen unsichtbaren Hut aufsetzen, und sagte: »Für so was Schweres muss ich meinen Denkerhut aufsetzen«, als würde sie mit zwei vierjährigen Oberspasten von Drumhill reden. Sie kniff die Augen zu schmalen Schlitzen zusammen, um uns zu zeigen, dass sie wie eine Besessene dachte. »Ich glaube, jetzt hab ich's«, sagte sie.

»Wer?«, sagte ich.

»Wer?«, sagte Amir.

»Seid … ihr«, fing sie an, aber zwischen dem *seid* und dem *ihr* war eine verdammt lange Pause. Dann wiederholte sie ihre Worte. »Seid … ihr … Figuren … aus … einem … berühmten … Film?«

»Ja, si-si-si-sind wir, Miss«, sagte Amir total begeistert.

Ich stand hinter ihm und schaute Miss Flynn fest in die Augen. Wowzers! Ich fing an, lautlos zu bellen. Aber das war nicht Mr Dog, der da bellte; das war ich, und ich versuchte, Miss Flynn einen Hinweis zu geben, wer wir waren. Ich hoffte sehr, dass sie den Film gesehen hatte. Dann tat ich so, als würde ich Wasser trinken, und tat weiter so, als würde ich bellen. Es war so ziemlich das schlechteste Affentheater aller Zeiten, das ich da aufführte. Miss Flynn sah verwirrt aus.

»Wer, Miss? Wer?«, sagte Amir, als wäre er kurz davor, sich vor lauter Begeisterung auf Miss Flynns durchsichtige Bluse zu stürzen.

Ich zog mit der einen Hand fest an meinem Ohr und tat mit der anderen so, als würde ich das Scheißteil abschneiden. Amir blinzelte mir zu, aber er dachte, ich würde mal wieder mein Ohr-Ding machen, und sagte glücklicherweise nichts.

»Also, Jungs, ich hab's von Anfang an gewusst. Wollte euch nur ein bisschen aufziehen«, sagte Miss Flynn.

»Wer denn, Miss?«, fragte Amir.

»Ich bin mir nicht ganz sicher, wer von euch welche Farbe ist, aber ihr seid definitiv aus dem Film *Reservoir Dogs*.«

»Brillant, Miss«, sagte Amir. »Ich hätte nicht gedacht, dass irgendjemand eine Five-to-two hätte, wer wir sind.«

»Eine was?«

»Ahnung … *clue* … Das ist Cockney Rhyming Slang, Miss.«

»Na gut, Amir, ich bin sicher, alle werden wissen, wer ihr seid, ganz sicher.«

Als wir an Miss Flynn vorübergingen, kitzelte die Mischung ihres Parfüms und Make-ups meine Nase. Wir warfen uns einen dieser Ich-weiß-dass-du-weißt-dass-ich-weiß-Blicke zu. Einer meiner Favoriten. Ich war ihr sehr dankbar. Als wir ein Stück an ihr vorbei waren, warfen Amir und ich uns noch einen dieser Ich-weiß-dass-du-weißt-dass-ich-weiß-Blicke zu. Dann setzten wir die Sonnenbrillen auf und waren bereit für etwas massive Disco-Action.

»Man kann fast nichts sehen mit dieser Sonnenbrille auf«, sagte Amir.

»Dann nimm sie doch ab.«

»Aber dann sehe ich nicht mehr so cool aus.«

Wir beide nahmen die Sonnenbrillen ab.

»Ich hol mir was zu trinken. Willst du eine Cola?«

»Bring mir eine Fanta Lemon mit. Ich bleib einfach hier stehen und warte, dass die ganzen hei-hei-heißen Feger zu mir kommen«, sagte Amir.

»Ich drück dir die Daumen«, sagte ich und trottete in Richtung Bar.

Na ja, es war keine echte Bar, mehr ein paar zusammengeschobene Tische, über die grobes weißes Papier gespannt worden war; das gleiche weiße Papier, das wir beim Weihnachtsessen in der Kantine auf die Tische legten. Eine rechteckige Kasse aus Metall und ein paar Plastikbecher standen auf der *Bar*. Mr Grant war der Barmann.

»Was darf es sein, Sir?«, fragte Mr Grant.

»Ich hätte gern einen Wodka-Tonic und eine Piña Colada, Mr Barmann«, sagte ich.

»Gerade eben habe ich den letzten Wodka und die letzte Colada ausgegeben, Sir.«

»Wie steht's mit G und T?«

»Kein G mehr da, tut mir leid.«

»Dann bitte ein Glas Snakebite.«

»Alle Schlangen sind davongekrochen.«

»Eine Schande. Dann ein Bud?«

»Alle.«

»Becks?«

»Finito.«

»Wicked Energy Drink?«

»Aus.«

»Wasser?«

»Also, *davon* haben wir etwa unendlich viel.«

Was wir hier machten, nennt sich Rollenspiel; das machen wir ständig in Mr Grants Theaterklasse, und ich bin ziemlich gut darin – hat er mir gesagt. Ich hatte mir überlegt, dass ich nach der Schule vielleicht der erste Schauspieler mit meinem Syndrom werden könnte, der es auf die Leinwand oder in *Eastenders* schafft. Aber ich versuchte, nicht daran zu denken, denn dann wurde ich todtraurig, und heute war die große Halloween-Disco-Party, und das Letzte, was ich wollte, war, dass mir vor Trauer und Trübsal schlecht wurde. Ich lachte superlaut, damit Mr Grant verstand, dass unser Rollenspiel durch war. Wenn ich nicht gelacht hätte, wäre das noch die ganze Nacht so weitergegangen, und ich hatte noch zu viele Dinge zu erledigen, um den ganzen Abend hier zu stehen und mit Mr Grant Rollenspiel zu machen. Außerdem musste er ja Barkeeper sein. In echt.

»Was kann ich für dich tun, Dylan?«

»Ich hätte gern eine Coke und eine Fanta Lemon, Sir.«

Es gab keinen Kühlschrank und die ganzen Softdrinks waren hinter ihm aufgestapelt. Alle warm und sprudelnd. Meiner Meinung nach hätten ein paar der echten Mongos in Drumhill ihre Medikamente nicht mit solchen Getränken mischen sollen. Könnte ein desaströses Gebräu abgeben.

»Eine Coke und eine Fanta, schon unterwegs.«

Mr Grant stellte die Drinks auf die Tische und goss sie in zwei Plastikbecher. Ich war nicht besonders wild darauf.

»Danke, Sir.«

»Wer bist du eigentlich? Einer der Blues Brothers?«

»Nein, ich bin eine der Figuren aus *Reservoir Dogs*.«

»Ahhhh, verstehe. Sehr gut, Dylan, sehr gut.« Ich war sicher, dass Mr Grant den Film nie gesehen hatte.

Inzwischen lief dieser Beyoncé-Song, wo sie von ihrem Fingerring erzählt mit einem Stein, so groß wie eine Weintraube. Alle Mädchen fanden den so toll, dass sie beim Tanzen auf ihren Ringfinger zeigten, als sollten die Männer gleich loslaufen und ihr hart erarbeitetes Geld für einen verdammten albernen funkelnden Ring ausgeben. Dämlicher Song. Dämlicher Tanz. Dämliche Botschaft. Und wie zu erwarten, standen alle Typen und gehfähig Verwundeten an den Wänden der Turnhalle herum und hatten nichts zu tun.

»Das ist die pure Scheiße. Wo sind denn all die Schönheiten?«, sagte Amir.

»Es ist noch früh. Nur keine Aufregung, Amir.«

»Nun guckt euch diese beiden Pissnelken an.« Die Stimme war so laut, dass sie Beyoncé übertönte. Es war Doughnut mit zweien aus der Dritten. Er war als Punkrocker verkleidet. Die beiden aus der Dritten gingen als Pirat und als Papst. Ein Punk, ein Pirat und ein Papst. Was für ein Schauer!

»Guckt euch doch *selbst* an«, sagte ich.

»Genau«, sagte Amir.

»Als was lauft ihr denn hier rum?«, fragte Doughnut.

»*Reservoir-Dogs*-Typen«, sagte ich.

»Tatsächlich?« Das schien Doughnut zu beeindrucken. »Tatsächlich? Ihr seid aus *Reservoir Dogs*?«

»Ja, tatsächlich.« Seit dem Fußballdesaster hatte Amir keine Angst mehr vor Doughnut.

»Verdammt cooler Film, Dudes«, sagte Doughnut. Schotten sollten Wörter wie *dudes* oder *awesome* oder *bitch* nicht sagen – es klingt einfach verkehrt. Mit amerikanischem Akzent zu singen ist O. K., aber Doughnut klang voll Proll. Geheimsache: Ich mache das manchmal auch, aber nur, wenn ich allein bin. »Also, was geht ab, Jungs?«

Ich und Amir schauten uns an, als würde Doughnut mit jemand anderem sprechen. Versuchte Doughnut sich als unser Halloween-Kumpel? Er nannte uns Jungs, als wären wir zwei der Jungs und gehörten zu seiner Jungs-Gang.

»Ähm … Nicht viel, wir beobachten nur die Tanzfläche«, sagte ich.

»Noch keine Schlampen zu sehen?«, sagte Doughnut.

Er drehte sich zu Pirat und Papst um und sagte: »Ihr Idioten geht zur Bar und fragt diese Fummeltrine Grant nach einer Coke auf Eis für mich.«

Die zwei Drittklässler spurten. Idioten. Ich würde mich von niemandem zum Sklaven machen lassen. Dad hatte mir geraten, jedem, der in einer Freundschaft zu weit geht, volle Kraft eins auf die Zwölf zu geben. Ich glaube, Doughnut ging bei Pirat und Papst zu weit.

»Was schlürfst du da, Amir?«, fragte Doughnut. Es war eine tolle Neuigkeit, dass Doughnut einen Satz an den unerschrockenen Amir zustande brachte, ohne die Wörter *Paki* oder *Pak-Mann* zu benutzen. Ich freute mich innerlich für Amir.

»Wie bitte?«, sagte Amir. Er sprach auch für mich.

»Was trinkst du?«

»Ähm … Fanta.«

»Welche Sorte?«

»Ähm … Lemon.«

»Schwulenpisse«, sagte Doughnut.

»Nein, bin ich nicht«, sagte Amir.

»Ich meinte nicht, dass du schwul bist, Amir. Ich meinte, dass dein Drink ein bisschen aufgepeppt werden muss.« Dann wandte er sich an mich. »Und was schluckst du, D-Boy?«

D-Boy? Das sollte wohl *Dylan-Boy* heißen und das D war eine Abkürzung. Das war korrekter Kumpel-Talk. Ich war nicht ganz sicher, ob D-Boy jetzt mein neuer Spitzname war, aber ich wollte Doughnut auch nicht sagen, er solle sich verpissen, denn er strengte sich gerade wirklich an, sich O. K. wie ein Kumpel zu benehmen, auch wenn es so klang, als würde er jeden Satz aus einem amerikanischen Drehbuch ablesen.

»Einfach Cola«, sagte ich.

»Das kann doch nicht euer blutiger Ernst sein. Wollt ihr denn gar nichts von meinem Saft reinhaben?«

Ich und Amir kicherten bei dem Gedanken, dass Doughnut in unsere Drinks wichsen würde. Eine ekel-ekel-ekelhafte Vorstellung. In der Zwischenzeit hatte Doughnut in die Innentaschen seiner Punk-Lederjacke gegriffen und zwei Flaschen herausgezogen. Eine halbe Flasche Wodka und eine merkwürdig geformte Flasche mit etwas anderem.

»Was ist da drin?«, fragte ich und deutete auf die merkwürdige Flasche.

»Calvados«, sagte Doughnut.

»Was verdammte Hölle ist das? Kli-kli-klingt wie Toilettenreiniger«, sagte Amir.

»WC frisch«, sagte ich.

»Ist verflucht läääääcker. Kommt aus Griechenland oder Italien oder irgend so einem blanken Spaghettifresserland«, sagte Doughnut.

Ich fragte mich, ob er blank wie blitzblank meinte.

»Woher hast du das?«, fragte Amir.

»Hab das Zeug aus der Garage meines Dad mitgehen lassen. Er hat null Peilung – hat keine Ahnung.«

»Und was machst du damit?«, fragte ich.

»Willst du mich verarschen, D-Boy?«

»Ich meine, tust du das in deinen Drink oder kippst du es pur runter?« Hör dir das an, *pur*.

»Wie immer du's haben willst, D-Boy, wie immer du's haben willst. Möchtet ihr beiden was?«

Ich warf Amir einen Blick zu – unsere Blicke trafen

sich –, dann der Flasche, dann wieder Amir. Mir war klar, dass nicht er derjenige sein wollte, der kniff. Ich aber auch nicht. Keiner von uns beiden wollte als Schwächling dastehen. Aber Mum würde mich aufhängen, wenn sie mich beim Trinken erwischte, und genauso die Docs – es war supergefährlich zu saufen mit diesen Medikamenten, die ich nahm. Ich wusste ganz genau, dass Amirs Vater ihn ausweiden würde wie einen Schrottplatzköter, wenn er ihn hackebreit erwischte. Ich glaube, Leute wie Amir und seine Familie trinken sowieso nicht. Ich legte die Stirn in Falten und sah Amir an. Er verstand das Signal, wie nur beste Kumpel sich verstehen. Manchmal läuft bei uns dieses ESP *Twilight-Zone*-Zeugs ab. Der Wahnsinn!

»Ähm … Ich glaube eher nicht, Doughnut. Ich soll zu meinen Medikamenten überhaupt keinen Alkohol trinken«, sagte ich. Das war mein Ausweg, der größten Demütigung für einen Teenager zu entgehen, nämlich nicht cool zu sein. Ich war ein lebender Zauberwürfel.

»Und was ist mit dir, Amir? So Leute wie ihr müsst doch auf einen Schluck Clavados stehen, als Ausländer und so.«

»Für mich ist das nichts, Mann. Meine Eingeweide würden in Fetzen gehen und ich müsste den Rest der Halloween-Disco auf der To-To-Toilette verbringen.« Er verschwieg, dass sein Dad die Scheiße aus ihm herausprügeln würde, wenn er ihn dabei erwischte. Er hätte vielleicht sogar einen riesigen Haufen Scheiße aus Doughnut geprügelt, aber dann wäre er in die Zeitung gekommen, weil er einen Spasti geschlagen hatte, und das hätte bedeutet, dass sie wegen der Reaktionen aus dem Land fliehen müssten.

In dem Augenblick kamen der Pirat und der Papst von der Bar zurück und gaben Doughnut seine Coke on the rocks. Doughnut stürzte etwa drei Viertel der Coke runter und goss dann Wodka *und* Calvados in den Rest. So viel zu den Sicherheitskontrollen. »So, jetzt mal schauen, was dieses Scheißhaus von Disco zu bieten hat«, sagte er.

»Bis später«, sagte ich.

»Adios«, sagte Amir.

»Wie bitte?«, sagte Doughnut.

»Nichts, hab nur Chee-Chee-Cheerio gesagt«, sagte Amir.

»Also, wenn ihr eure Meinung ändert und euch was in den Magen kippen wollt, ich laufe hier herum – wenn ich nicht gerade bis zum Anschlag in einem Chick stecke, zumindest.«

»Na, dann alles Gute«, sagte ich.

»Na dann, bis nachher«, sagte Amir.

»So, Jungs, dann suchen wir uns mal ein paar Drumhill-Pussys. Ich muss dringend einlochen«, sagte er zum kleinen Piraten und zum Papst, die hinter ihm her über die jetzt gut gefüllte Tanzfläche stolperten. Alle tanzten zu Lady Gaga, die über Boulevardfotografen räsonierte. Was zum Teufel dachte Comeford sich bloß?

»D-Boy?«

»Was? Lass das, Blödmann.«

»Wollt dich nur ärgern … Dylan?«

»Ja?«

»Glaubst du, dass Doughnut es mit den Tussen wirklich *macht*?«

»Nie im Leben.«

»Genau, das glaube ich auch.«

»Zu hässlich.«

»Zu fett.«

Wir tranken noch zwei Coke und Fanta Lemon, gingen beide zwei Mal pinkeln, aßen ein paar Erdnüsse, redeten mit einer Reihe von Geschäftstypen, Tramps, Räubern, Fußballspielern, Michael Jacksons, Hexen und Erdkundelehrern über unsere Kostüme und sonst nichts Besonderes. Wir starrten auf die Tanzfläche, lachten über die freakigen Tanzbewegungen, versuchten wieder, durch Miss Flynns Bluse zu starren, und machten Mr Comefords Musikauswahl mies. Dann wurde es so langweilig wie die Nachrichten auf Channel 4.

»Willst du tanzen?«, fragte Amir.

»Mit wem? Ich seh niemanden zum Tanzen.«

»Dann tanzen wir eben zusammen.«

»Wir zusammen tanzen?«

»Genau.«

»Amir, die Leute werden denken, dass wir ein Doppelstecker-Pärchen sind, wenn wir miteinander tanzen.«

»Warum?«

»Das ist einfach so.«

»Aber das ist doch dumm«, sagte Amir.

»Warum tanzt du nicht mit einem Mädchen?«

»Keine da, mit der ich wirklich will ... «

»Hast du Angst?«

»Nein.«

»Dann los.«

»Ist nur so ...«

»Nur was?«

»Nur, dass ich ke-ke-kein sehr guter Tänzer bin.«

»Guck dich um, Amir. Wer ist das schon?«

»Ja, aber der einzige Tanz, den ich kann, ist der Bhangra, und der geht hier ja nun gar nicht.«

»Und was ist mit dem Tanz aus *Slumdog Millionaire*?«

»Red keinen Scheiß, Dylan.«

»Wie wär's mit ihr?«, sagte ich und zeigte auf ein Mädchen aus der Klasse unter uns. Ein hübsches Mädchen, genau Amirs Kragenweite.

»Wer?«

»Die wie eine große Katze verkleidet ist.«

»Priya?«

»Ja, so heißt sie. Sieht doch nicht schlecht aus. Ich glaube, bei der könntest du landen.«

»Weil sie eine Paki ist?« Amir klang nicht sehr glücklich.

»Nein, so meinte ich das nicht. Ich hab bloß gedacht ...« ICH HAB'S NICHT SO GEMEINT.

»Dabei ist sie gar keine Paki.«

»Nicht?«

»Nein, sie kommt aus Indien.«

»Ah, stimmt. Na ja, aber das ist doch O. K., oder?«

»Nein, ist es nicht, Dylan.«

»Warum?«

»Sie ist eine Hindi aus Indien und ich bin ein Muslim aus Pakistan. Was sollen meine Leu-Leu-Leute denken? Die drehen völlig durch!«

»Verdammte Hacke, Amir. Ich sag doch nur, du sollst mit ihr tanzen. Ich habe nicht gesagt, du sollst sie zu dir nach Hause einladen und sie Mum und Dad vorstellen und Kinder mit ihr machen.«

»Also, das passiert sowieso nicht. Darauf kannst du Gift nehmen.«

»So ein bisschen tanzen schadet doch nichts.«

»Dieser Song ist sowieso scheiße zum Tanzen.«

»Dann warte auf einen besseren und los.«

»Ich tanze unter einer Bedingung mit ihr«, sagte Amir.

»Welche?«

»Du musst ihre Freundin auffordern«, sagte Amir.

»Wen?«

»Das Mädchen, das als Schmetterling verkleidet ist.«

»Was? Die?«

»Ja, die.«

»No way, Amir«, sagte ich. Er zeigte auf ein kleines, pummeliges Mädchen mit Chemo-Haaren und wirklich unübersehbarem Hinken. Ich glaube, sie hat von Geburt an eine kaputte Hüfte. »Wie heißt sie noch?«

»Nicht Sophie oder so ähnlich?«

Wie auf ein Stichwort hin legte Comeford *Bonkers* von Dizzee Rascal auf, *der* Top-top-top-Song, wenn es denn je einen gegeben hat, und das millionenmal beste Stück des Abends und voll *ironisch*. Ich hätte ihm all seine DJ-Kabel durchknipsen können, dafür, dass er mir das angetan hatte. Wenn nicht *Amir wieder zu einem Happy Chappy machen statt zu einer jämmerlichen F****!* auf meiner Liste von *Coole Sachen, die ich machen muss, bevor ich abkratze* gestanden hätte, dann wäre der Gedanke, tatsächlich mit diesem Mädchen zu tanzen, erst gar nicht aufgetaucht.

»Also, kann's losgehen?«, sagte Amir.

»Muss ich?«

»War doch deine Idee. Komm schon.«

Wir setzten die Sonnenbrillen auf und uns in Richtung unserer Frauen in Bewegung. Bei den Schuldiscos lief es so, dass man hinter die Glückliche trat, ihr auf die Schulter tippte und gleich anfing herumzuhopsen. Und wenn sie cool war, dann nahm sie den Tanz an. Babyleicht. Das war jedenfalls der große Plan. Aber Amir hielt sich nicht an die Regeln – ich hätte es wissen sollen. Stattdessen beugte er sich vor und sagte irgendwas in seiner eigenen Sprache zu Priya, die lächelte (es hätte auch fast ein Lachen sein können, aber das war durch ihren Katzenschnurrbart kaum zu erkennen) und ihm in der gleichen Sprache antwortete.

Und hast du nicht gesehen, rockten beide wie nichts Gutes und irre-wirre los.

Ich tippte durch die Flügel hindurch auf Sophies Schulter.

Einmal getippt.

Nichts.

Zweimal getippt.

Nichts.

Vielleicht war dieser Teil ihres Körpers gefühllos.

Dreimal getippt. (Mehr ein fester Schlag.)

Etwas.

»Verdammt noch mal, was ist?«, sagte Sophie.

»Ähm … Entschuldige … aber … ähm … willst du tanzen?«, sagte ich.

»Nein, ich will verdammt noch mal nicht tanzen. Das ist eh 'n Scheißsong. Und wenn ich zu diesem Scheißsong tanzen wollte, dann nicht mit dir«, sagte sie und stürmte von der Tanzfläche. Na ja, humpelte eher.

Wow!

Komplett durchgeknallt.

Ich stand da wie der letzte Trottel und wusste nicht, ob ich still stehen oder meine Füße zu *Bonkers* in Bewegung setzen sollte. Mir war völlig egal, was Sophie (oder wie sie hieß) sagte, das war ein irre guter Song. Was würde Dizzee Rascal tun? Ich und Sophie waren nicht kompatibel. Dieses Wort hatte mir Mrs Seed beigebracht. Sie würde stolz auf mich sein, so wie ich all ihre Wörter verwendete. Ich hätte ihr Vokabelkönig der Woche sein können.

Amir und Priya tanzten ziemlich verrückt. Ich glaube, es war dieser Bhangra-Tanz, den Amir nicht tanzen wollte. Sie waren gut darin, und eine Menge Leute standen um sie herum und schauten zu, obwohl es so aussah, als würden sie bloß die Fliegen über ihren Köpfen totschlagen. *Nur weiter so, du unerschrockener Amir*, dachte ich bei mir.

Sie tanzten auch noch beim nächsten Song, *Radio Ga Ga* von Queen. Ich schlurfte zur Toilette. Ich musste nicht zum dritten Mal pinkeln – oder vielleicht ein bisschen, wenn ich heftig drückte –, ich ging nur zur Toilette, um Zeit totzuschlagen, bis *Radio Ga Ga* durch war und ich meinen Amir zurückbekam. Als *Last Night* von den Strokes unter der Toilettentür durchwaberte, ging ich wieder raus. Und würdet ihr Adam and Eve it? Sie waren immer noch dabei, dieses Mal mit einem durchgeknallten Freestyle-Tanz. Amir hatte recht, er war ein beschissener Tänzer.

»Du tanzt nicht, Dylan?«, fragte Miss Flynn.

Ich stellte mich zu ihr an die Tür, um zu sehen, was abging. Großes L für Langweilig. Wahrscheinlich wäre ich besser zu Hause geblieben, um mit Mum im Fernsehen zuzusehen, wie Leute versuchten abzunehmen. Falls sie jemals hinter diese erfundene Beerdigung kam, dann würde ich achtkantig auf irgendeinen riesigen Misthaufen fliegen. Das ist eine *Metapher* … glaube ich. Nur wegen dieser beschissenen Halloween-Disco hatte ich gelogen. Keiner wusste, als was ich verkleidet war, die Mädchen waren Müll wie immer, die Coke war brühwarm und die Musik quälend. Es war die bei Weitem schlimmste Disco meines Lebens. Ich konnte auch nicht glauben, dass dies die letzte Disco meines Lebens sein sollte. Ich hätte *Geh in eine heftige Disco, wo sich niemand mit dir anlegen will, und tanz mit einer heißen Tussie ab* auf meine Liste setzen sollen. Viel zu spät dafür.

»Niemand zum Tanzen da, Miss.«

»Ach, das glaube ich nicht. Hast du denn jemanden gefragt?«

»Ja.«

»Und?«

»A-B.«

»Wie bitte?«

»Abgeblitzt.«

»Ich bin sicher, du hast nicht alle gefragt.« Darauf warf ich ihr einen jener Blicke zu, die sonst Mum mir zuwirft, oder Dad Mum. Ein Blick, der sagt, dass man glaubt, der andere sei entweder Bugs Bunny Dummbeutel der Woche höchstpersönlich, oder man würde ihm jetzt gern eins auf die Nuss geben.

»Ich werde nicht jedes Mädchen da drinnen zum Tanzen auffordern, Miss. Halten Sie mich für bekloppt oder so was?« Ich war enttäuscht und schüttelte viermal den Kopf über Miss Flynn. Sie war nicht gerade das, was man *taktvoll* nennt.

»Das meinte ich nicht, Dylan. Ich ...«

»Wie bitte? Glauben Sie etwa, ich gehe da rum und hole mir von jedem Mädchen ein A-B ab? Das sind sowieso alles hässliche Gänse. VERDAMMTE SCHEISSDISCO. PISSNELKEN.«

»Tut mir leid, Dylan, ich wollte dich nicht ärgern.« Und sie legte ihre Hand auf meine Schulter und ich fühlte mich schlecht. Insgeheim wollte ich, dass sie mich fest in den Arm nahm, sodass sich ihre Möpse wieder in mich bohrten. Ich dachte darüber nach zu weinen, entschied mich aber dagegen. »Warum drehst du nicht eine Runde über den Schulhof und schnappst ein bisschen frische Luft? Und gehst dann wieder rein. Wo ist Amir?«

»Er tanzt jetzt schon zwanzig Songs hintereinander mit einem Mädchen.«

»Ach, das ist doch aufregend, oder?«

»Aber nicht für mich.«

»Freust du dich denn nicht für Amir?«

»Ich … ähm …«

»Er ist doch dein bester Freund, nicht wahr? Du solltest glücklich sein, dass er sich amüsiert.«

»Ich *freu* mich für ihn, Miss.«

»Wer ist denn das Mädchen?«

»Die mit dem merkwürdigen indischen Namen.«

»Oh, Priya?«

»Ja, die.«

»Na, ist das nicht einfach wunderbar«, sagte Miss Flynn, aber nicht zu mir; sie sagte es in den Himmel hinein, als seien Amir und Priya schon immer füreinander bestimmt gewesen und als sei das so etwa das Romantischste, was je bei irgendeiner Schulveranstaltung von Drumhill in der gesamten Geschichte sämtlicher Drumhill-Schulveranstaltungen passiert sei.

»Wunderbar«, sagte ich. »Ich mach dann mal 'nen Spaziergang, Miss.«

»O. K. – See you later, alligator.«

»Bis später.« Ich wusste, dass ich jetzt *In a while, crocodile* hätte sagen sollen, aber ich hatte von diesen Babyspielchen die Nase voll. Ich war kein Baby mehr. Ich war Dylan Mint. Ein Teenager. Ein junger Mann, der von Kopf bis Fuß wie eine Figur aus *Reservoir Dogs* daherkam, was ein abgefahrener Film für Erwachsene und Studenten ist. Außerdem hatte ich eine tödliche Krankheit, und damit klarzukommen ist nun wirklich keine Babysache, und ich glaube, dass ich damit wirklich verdammt supererstaunlich gut klarkam, und wünschte mir, die Leute würden nicht immer einen Eiertanz aufführen, wenn sie mit mir redeten. Ich *war* total happy für den unerschrockenen Amir. Nur rein mit dir, Sohnemann. Und noch einen für uns alle. Pass auf, dass du das Gummi drauf hast. Besorg's ihr hart, du Verrückter, du. So was in der Art hätte ich zu ihm sagen sollen, aber solche Gedanken sollen wir Drumhill-Schüler ja nicht haben, oder?

Es war kein Augenblick für Gehirnakrobatik und ich war auch nicht gestresst oder ängstlich. Ich sog die kalte Luft einfach in meine Lunge und blies ein paar Atemringe wieder raus. Pink Floyd sangen davon, die Luft einzuatmen, und während ich über den Schulhof ging, lief das Stück in meinem Kopf. Es roch nach Halloween. Dunkel, kalt, rauchig und fruchtig. Rings um den Schulhof war es rabenschwarz, wie in *Scary Movie 1, 2, 3, 4* und 5. Trist. Schattig. Halloweenmäßig. Kalt. Der perfekte Zeitpunkt für irgendwelche Spanner, dich in die Büsche zu zerren und deinen Schniedel zu befummeln. Gar nicht nötig, die Augen zu verbinden. Lautlos sagte ich zu mir selbst: *Dylan, du hast jetzt genug frische Luft für den Rest deines Lebens gehabt und dein Leben dauert nur noch fünf Monate. Zeit, wieder reinzugehen und diese Halloween-Disco an den Eiern zu packen.*

Ich hatte vor, meinen besten Kumpel zu finden – falls er und dieses Mädchen nicht noch zusammenklebten wie ein Klettverschluss –, wollte schauen, ob es noch ein paar süße Vögelchen gab, Comeford eine Liste mit Hammerbeats in die Hand drücken, ein paar fette Moves aufs Parkett hauen, nach Hause gehen, traurig sein, mich ins Bett legen und es mir unter der Decke warm und gemütlich machen. Das schwirrte mir so durch den Kopf. Und in diesem Augenblick hörte ich das Stöhnen – na ja, es war schon mehr als ein Stöhnen –, direkt unter dem Fenster von Mr McGrains Büro. Das bremste mich völlig aus. Ich erstarrte zur Salzsäule, fest auf der Stelle, als hätte ich Wurzeln geschlagen wie das Unkraut in unserem Garten. Dann ein Grunzen, ein Platsch und ein Geräusch, das ich nicht erklären konnte, aber hätte ich es in Mrs Seeds Klasse aufschreiben sollen, dann hätte das etwa so ausgesehen: aaarrrccchhhkkktttssscchhhtttcchhhcchhh. Eine billionstel Nanosekunde glaubte ich, die Pädophilen würden einen Angriff auf mich oder, noch schlimmer, die ganze Schul-Halloween-Disco starten. Ich griff nach meinem Handy für den Fall, dass ich die Bullen anrufen und um die schnelle Entsendung einer MEK-Einheit bitten musste. Ich tippte 999 und legte den Daumen über die kleine grüne Wähltaste, bereit anzurufen, falls die Pädos irgendwas Gefährlich-Prekärliches versuchen würden. Dann ein Würgen – wie ein trockener Brechanfall –, ein Platsch, und dann sagte jemand »Fuck«. Aber kein normales »Fuck«, sondern mehr wie *»Fuuuuuuuuuuck«*. Es schien gar nicht mehr aufzuhören. Ich drückte die große Menü-Taste meines Handys und machte so eine provisorische Taschenlampe daraus, hielt sie vor mich und ging langsam auf das *»Fuuuuuuuuuuck«* zu.

Was ich sah, schickte mich bis achtzehn auf die Bretter. Als der Doc mir von der *Degeneration* meiner Krankheit erzählte, wurde ich nur bis zehn angezählt, also könnt ihr euch vorstellen, wie sehr mich das hier umhaute. Und alles über zehn bedeutet Aufregung und psychologischen Stress für mich. Huhuuuuuh. Zittern. Schreien. Bellen. Grunzen. Und das ganze Zeugs.

»KREISCH. KREISCH.« Kopf und Körper zitterten wie bei einem japanischen Erdbeben. »KREISCH.«

Ich richtete mein Handy-Taschenlampen-Dingsbums nach vorn. Dad wäre verdammt stolz auf meine SAS-Qualitäten gewesen. Vielleicht konnte ich zur SAS gehen, wenn diese Mission hier vorbei war? Der Schulhof von Drumhill war zum Dschungel geworden, ein Kriegsgebiet; ich war tief in Feindesland. Es gab kein Zurück. Mithilfe der Handylampe erkannte ich zunächst ein Paar Turnschuhe, die Sohlen nach oben in meine Richtung. Irgendjemand lag auf den Knien, was auf diesem Schotter höllisch wehtun musste. Die Achtzehn kam, als ich die Turnschuhe erkannte. Rote Adidas-High-Tops. Einer größer. Der andere kleiner. Nebeneinander.

NOOOO WAAAAYYYY, JOOOOSSSSÉÉÉÉ!

Die Converse-Tasche.

NOOOO WAAAAYYYY, JOOOOSSSSÉÉÉÉ UND SEINE GANZE FAMILIE!

Die Tasche lag auf der Erde, zur Hälfte in einer Kotzlache. Igittigittigitt. Hier kam alles zusammen, Holy moly, Jeeze Louise und Gordon Bennett. Es war niemand anderes als Michelle Malloy auf Händen und Knien, die entsetzliche Geräusche von sich gab und sich die Seele aus dem Leib kotzte. Dad sagte immer, wenn jemand so krank war, er würde den Porzellanbus fahren. Insofern war Michelle die Chefin einer ganzen Porzellanbusflotte. Das arme Mädchen musste einen vergifteten Liebesapfel gegessen haben.

»ELENDE NUTTE. SCHLAMPE … Oh … Entschuldige, Michelle.« Ich konnte nichts dafür. Es rutschte mir einfach so raus. Wäre Amir da gewesen, hätte er sich über meine Begrüßung kaputtgelacht. Solchen Mist liebte er einfach.

»Was zum Teufel, Mint«, sagte sie. Charmealarm.

»Nichts. Ich wollte nur etwas frische Luft schnappen und hab die Geräusche gehört, sonst nichts. Ich wollte nur nachsehen, für den Fall, dass … du weißt schon.«

»Na dann, jetzt hast du's gehört, also verpiss …« Aber weiter kam sie nicht, denn all die gewürfelten Möhren, matschigen Zwiebeln, Würstchen und burgunderrotes Zeugs platzten aus ihr heraus und an die Wand. Ein Teil davon spritzte auf die Tasche. Ich stieß sie beiseite. »Fass mein verdammtes Zeugs nicht an, Mint.« Sie war jetzt auf allen vieren, Hundestyle. Genau so, wie ich es vor Augen hatte, wenn ich abends die Augen zumachte.

»Schon gut, ich wollte einfach …«

»Lass es einfach.«

»Hast du was Fies-Mieses gegessen?«, fragte ich.

Sie antwortete nicht, sondern würgte und stöhnte noch mehr.

»Kann ich irgendwas tun, Michelle? SCHLAMPENFRESSE … Entschuldige.«

»Kannst du nicht sehen, dass ich hier verdammt noch mal verrecke, Mint? Was verdammt noch mal kannst du da tun?« Ah, Kontakt hergestellt.

»Vielleicht kann ich Miss Flynn holen«, sagte ich.

»Mach das und du bist tot, Mint.«

»Warum? Sie wird dir helfen können.«

»Scheiß auf ihre Hilfe.« Dann übergab sie sich wieder. Michelle Malloy war wirklich der herb-derbste Mensch, den ich kannte, mit einem megafonmäßig schmutzigen Mundwerk. Sie war zum Schießen. Ein Knaller. Sogar in ihrem dunkelsten Moment, auf allen vieren und vollgekotzt und stinkend, war sie noch meine Traumfrau. Dieses Mädchen brauchte dringend die Hilfe von D-Boy Dylan Mint.

»Wie wär's mit etwas Wasser?«, sagte ich.

»Hast du welches?«

»Nicht dabei, aber ich kann reingehen und welches holen«, bot ich an.

»O. K., aber wenn du irgendwas zu diesem Spermaeimer Flynn sagst, Mint, dann bist du töter als tot. Kapiert?«

»Ich sag kein Wort, Michelle. Ich schwör's.«

»Bring zwei Flaschen mit.«

Ich rannte so schnell, wie noch nie jemand in Drumhill gelaufen ist. So würde ich den 60-Meter-Sprint für die Oberstufe locker gewinnen, aber der war erst im Juni, also noch so eine verdammte Sache, die den Bach runterging. Unauffällig schnappte ich mir noch ihre Handtasche, um sie sauber zu machen – nicht weil ich darin herumwühlen wollte. Das hätte ich zwar sooooooooooooooooooooooooooooooooooooooooooo gerne, aber wenn man eins über Dylan Mint sagen kann, dann, dass er kein Snoop Doggy Dogg ist.

»Zwei Flaschen Wasser, bitte«, sagte ich zu Mr Grant an der Bar.

»An dieser Bar verkaufen wir nur Wodka, junger Mann«, sagte er, aber dieses Mal hatte ich keine Zeit für ein dämliches Rollenspiel.

Ich wollte keinen Aufstand anzetteln und »Beeil dich, Grant, du alter Homo. Das hier ist eine Frage von Leben und Tod, Mann« schreien, also machte ich mit. »O. K., zwei Flaschen Ihres feinsten Wodkas, und das ein bisschen fix, Barkeeper.«

Er lächelte und brachte zwei Flaschen.

Ich schnappte sie mir, schob die Knete rüber, bolzte rüber zu den Toiletten, um Michelles Tasche zu schrubben, und lief mit dem Wasser wieder nach draußen. Ich sah, wie Amir zu einem Boy-Band-Song tanzte, der sich wohl um einen der Bandboys drehte, der seine Freundin zur Rückkehr bewegen wollte. Er sang ständig davon, dass er nicht so gemeint habe, was er ihr angetan hatte, und dass es dieses Mal für immer sei, wenn sie zurückkommen würde. Wer's glaubt, wird verdammt noch mal selig, Boy-Band-Boy. Der unerschrockene Amir kam richtig in Fahrt mit der unerschrockenen Priya, die selbst mächtig in Fahrt war.

Sie waren ein echtes Mächtig-in-Fahrt-Paar. Er bemerkte mich und machte unser Zeichen, dass alles super-O. K. war. Zwei Daumen hoch. Ich antwortete mit nur einem Daumen, da ich das Wasser halten musste, aber er hatte verstanden. Amir war glücklich, was mich glücklich machte … und auch ein winziges bisschen traurig. Aber jetzt war keine Zeit, weiter Amir und seine Tussi zu beglotzen, wie sie ihren Spaß hatten – ich musste absolut rapido los.

»Hier! Bin so schnell gerannt, wie ich konnte, Michelle.« Ich gab ihr die Flasche.

»Bedankt«, sagte sie und streckte die Hand aus.

Jetzt sah ich zum ersten Mal ihr Gesicht. Jimmy Cricket, es war, als würde man den traurigsten Clown im Zirkus ansehen: Grüner Eyeliner lief ihr über die Backenknochen, der Lippenstift war so verschmiert, als hätte sie ein Kamel geknutscht, irgendwas Schwarzes überall auf den Wangen. Stinkend und schweißnass. Wowzers! Michelle Malloy vor mir auf den Knien, schweißnass und stinkend. Würg-ürg … Aber sie sah immer noch süß aus. Sie kippte die erste Flasche Wasser in zwei Zügen. Eindrucksvoll. Sie war definitiv ein Kandidat für Amir und mein Schnellste-Trinker-Challenger-Team.

»VERDAMMTE STINKENDE TASCHE.«

»Wo ist meine verdammte Tasche, Mint?«

»Sorry, Michelle. Habe sie mit zur Toilette genommen und sie für dich sauber gemacht, bevor alles festklebt und stinkt.« Ich gab ihr die Tasche. Sie riss sie mir aus der Hand.

»Hast du reingeguckt?«

»Nein.«

»Hast du verflucht noch mal reingeguckt, Mint?«

»Nein, hab ich nicht. FICK DEINE TASCHE SCHLAMPE.«

»Wehe, du hast.«

»Hab ich nicht. Großes Ehrenwort.«

Sie griff nach der zweiten Flasche und trank. Und plötzlich kapierte ich – das Heureka traf mich wie ein Tischtennisball an der Schläfe.

Bumm!

Michelle Malloy war besoffen, blau, knülle, sternhagelvoll, hackebreit, zu, hinüber, dicht.

»Hast du getrunken, Michelle?«, fragte ich sie.

»Wie kommst du bloß darauf, Einstein?«

»Ich dachte nur so.«

»Ist hier ja wie bei Jimmy McFickmichNulty.« Ah, jetzt hatte ich es. Doughnut hatte Michelle mit dem Schnaps abgefüllt, den er bei seinem Dad gezockt hatte.

»Hast du was von Doughnuts Calvados getrunken?«

»Was?«

»Hat Doughnut dir einen Drink gegeben?«

»Warum zum Teufel sollte Doughnut mir einen Drink geben?«

»Er ist vorhin damit hier herumgelaufen.«

»Ich würd mit diesem fetten Mongo nicht mal reden.«

»Hast du ihn dir selbst gekauft?«

»Was ist das hier, Mint, die spanische Inquisition?«

Das gab mir erst mal zu denken. Was die Spanier mit einer besoffenen Michelle Malloy auf dem Schulhof von Drumhill in Glasgow zu tun hatten, wollte mir wirklich nicht in den Kopf. Ich sagte nichts und setzte mich neben sie.

»Wenn du es wirklich wissen willst, ich war im Park«, sagte sie.

»Welcher Park?«

»Was für eine verdammte Rolle spielt das, welcher Park?«

»Frag ja nur.«

»Es gab Bäume da.« Ihr Kopf schwankte, und sie lallte, aber das konnte auch an den Medikamenten liegen, auf denen sie war.

»Man könnte meinen, du hast eine Lobotomie gehabt, Michelle«, sagte ich, um sie aufzuheitern.

»Verschon mich mit deinem seichten Scheiß, Mint. Worum geht's jetzt schon wieder?«

»Du hast gesagt, du würdest nur nach einer Lobotomie zur Halloween-Disco kommen.« Ich lächelte sie mit meinem Hab-dich-voll-erwischt-Schwester-Lächeln an.

»Bin ich etwa da drin?«, sagte sie und deutete auf die Turnhalle.

»Nein.«

»Hast du mich irgendwann heute Abend da drin gesehen?«

»Nein.« Sie war heute Abend nicht drin gewesen, sonst hätten meine Gucker sie schon längst zu fassen bekommen.

»Bin ich als irgendwas verkleidet?« Sie hätte alles Mögliche sein können. Zum Beispiel eine Schöne der Nacht.

»Nein. HURE.«

»Also dann, ich war nicht auf deiner verdammten Loser-Halloween-Party.«

»Aber warum bist du dann hier?«

»Ich suche jemanden.«

»Wen?«

»Kennst du nicht.«

»Woher weißt du das?«

»Weil sie nicht auf diese Schule gehen.« Nun bin ich kein forensischer Experte oder Kommissar oder Hauptkommissar oder bei der Kripo, aber Michelle Malloys Gründe, bei der Halloween-Disco zu sein, um nach jemandem zu suchen, der aller Wahrscheinlichkeit nach nicht bei der Halloween-Disco war, klangen eher nach einer dicken, fetten Lüge.

»Das kommt mir aber ein bisschen Willy Wahnsinn vor.«

»Red normal, Mint. Du bist doch kein verdammtes Baby.«

»Es klingt verrückt, dass dein Freund, der nicht auf diese Schule geht, bei einer Drumhill-Halloween-Disco sein soll.«

»Hab ich gesagt, dass sie bei der Disco sind?«

»Nein.«

»Na also.«

Dann hielten wir eine Weile den Mund. Ich dachte daran, reinzugehen und nach Amir zu suchen. Michelle Malloy legte den Kopf in die Hände. »Ich bin am Arsch. Ich bin wirklich am Arsch.«

»Was meinst du damit? Bist du O. K.?«

»In diesem Zustand kann ich nicht nach Hause kommen. Meine Mum wird VOLL abspasten.«

»Du könntest durchs Fenster reinklettern.«

»Mit diesen verdammten Beinen?« Da hatte sie recht. »Ich sollte heute Nacht bei meiner Freundin übernachten, aber die wollte lieber mit diesen beiden Wichsern abzwitschern, die wir im Park getroffen haben. Ich weiß nicht, wo sie ist, und jetzt bin ich völlig am Arsch.«

»Hast du diesen Drink von den beiden Wichsern bekommen?«

»Korrekt.«

»Glaubst du, bei deiner Freundin ist alles O. K. mit den beiden Wichsern?«

»In gewisser Weise geht sie mit dem einen.«

»Das ist eine harte Nummer«, sagte ich.

Michelle Malloy hatte den Kopf immer noch zwischen den Händen.

»Was haben diese beiden Wichser dir zu trinken gegeben?«

»Buckfast und ein paar Züge Haschisch.« Dann kam mein zweiter Heureka-Augenblick. Dieses Mal ein Golfball an den Kopf.

»Hieß einer dieser Wichser vielleicht Gaz oder Fritz?«

Michelle Malloy hob den Kopf. »Kennst du die, Mint?«

»Nicht richtig, aber ich bin ihnen ein Mal zufällig begegnet und kann bestätigen, dass das zwei Wichser sind.«

»Da hast du nur zu recht.«

»Warum geht deine Freundin mit einem von denen?«

»Weil sie durchgeknallt ist.«

»Aber sie geht nicht hierher, hast du gesagt.«

»Tut sie nicht.«

»Ist sie dann auf der normalen Schule?«

»Korrekt.«

»Ich hoffe, deiner Freundin geht's gut mit den beiden Wichsern.«

»Der geht's O. K. ICH bin am Arsch. Ich habe keinen blassen Schimmer, was ich machen soll.«

»Irgendwas muss es doch geben«, sagte ich.

»Jedenfalls kann ich in diesem verfickten Zustand nicht nach Hause gehen.«

»Aber was willst du sonst machen, Michelle?«

»Weiß der Geier, Mint. Ich mach wohl die Nacht durch.«

»Was, die ganze Nacht draußen bleiben?«

»Was soll ich sonst machen?«

»Aber es ist eiskalt.«

»Es ist ein bisschen frisch.«

»Du wirst erfrieren.«

»Werd ich nicht.«

»Du hast nur ein kurzes Kleid und diese Strumpfhose an. Das bringt dich um.«

»Ich werd in die Schule einbrechen.«

»Wie denn?«

»Ich wollte mich in diese Loser-Disco schleichen und einfach drinbleiben, wenn alle anderen gehen.«

»Das kannst du nicht.«

»Klar kann ich.«

»Du hast nicht mal ein Kostüm.«

»Ich werd sagen, ich bin ein betrunkener Tramp.«

Dann kotzte sie wieder, aber dieses Mal kam nichts heraus außer einem langen Wurm Galle, der an ihrem Mund hing. Ich schnitt mir selber eine Grimasse, denn es war ein widerlicher pfui-bäh Augenblick. Abgesehen vom Kotzen, Rotzen, Schwitzen und Fluchen war es schön, Zeit mit Michelle zu verbringen. Sie war meine Art Frau. Sie hörte auf zu würgen.

»Ich sag dieser Affenfresse Flynn, dass ich mich als verdammter Spastischüler verkleidet habe, dann lässt sie mich rein.«

»In deinem Zustand bestimmt nicht.«

»Danke für die Ermutigung, Mint«, sagte sie.

Und dann hatte ich meinen dritten Heureka-Moment. Einen Bowlingkugel-volle-Kanne-mitten-ins-Gesicht-Heureka-Moment.

»Warum haust du dich nicht bei mir hin?« Ich versuchte zu flüstern, denn sechzehnjährige Typen fragen normalerweise sechzehnjährige Mädchen nicht, ob sie über Nacht bei ihnen pennen wollen. Ich wollte Michelle Malloy vermitteln, dass ich total feinfühlig und verletzlich und freundlich war, dass ich Prinz Charming war, der versuchte, einer schönen Maid in Not zu helfen. Aber es war kein Flüstern; es kam mehr wie »WARUM HAUST DU DICH NICHT BEI MIR HIN« raus, ein aggressiver und perverser Schrei.

Ohhhhhh, heiliger Dünnschiss, Mint!

Mein Sohn, was hast du getan?

Schweigen.

Blöde Frage.

Blöde Idee.

Blödi ich.

Michelle Malloy legte den Kopf zwischen die Beine und sagte eine Ewigkeit nichts. Mein Kopf wackelte von einer Seite zur anderen; Gott sei Dank konnte sie das nicht sehen. Schließlich kam ihr Kopf von weit untenrum wieder hoch.

»Wie bitte?«, sagte sie.

»Was, wie bitte?«

»Was hast du mich gefragt, Mint?«

»Na ja ... Ich ... ähm ... hab gesagt ... SCHEISSKERL DYLAN.«

»Komm schon, versteck dich nicht hinter deiner Krankheit. Was hast du eben gesagt, Mint?«, fragte sie noch einmal.

Ich atmete ganz tief durch und so viel Luft wie möglich in mich hinein.

»Ich sagte, warum haust du dich nicht bei mir hin?«

»In deiner Bude?«

»Ja.« Bude war so ein tolles Wort; ich war auf hundertachtzig, dass ich nicht selbst darauf gekommen war. Anscheinend mochte Michelle Malloy coole Wörter. Ich musste mich jetzt anstrengen, auch welche zu benutzen. »Genau, meine Bude«, sagte ich.

Sie kicherte.

»Kein Scherz, Michelle, im Ernst.«

»Genau, deswegen lach ich ja.«

»Echt, wenn du willst, kannst du heute Nacht in meiner Box schlafen.«

Ihr Lachen wurde härter, was mich zu Tode verwirrte, denn hier war ich und bot ihr an, ein verdammt guter Kumpel zu sein, und es ist nicht nett zu lachen, wenn jemand dir anbietet, dein Kumpel zu sein und dir aus einer vertrackt-verzwackten Situation zu helfen.

»Was redest du da eigentlich für'n Scheiß?«

Wir sahen einander an. Nicht gerade besonders romantisch. Eher wie zwei kampfbereite Tiere.

»Du kannst einem verdammt noch mal auf den Geist gehen, Mint, weißt du das?«, sagte sie.

Das war der Strohhalm, der dem Esel den Rücken brach. Ich ging mit ausgefahrenen Krallen auf sie los. Dylan Mint verwandelte sich von einem weichlichen Jungen in eine unerschrockene Bestie.

»Hör zu, Michelle Malloy, ich hab nur angeboten, dir zu helfen, weil du in einer höllenmäßigen Verfassung bist. Ich meine, guck dich doch an. Du bist so kaputt wie ein Sofa auf dem Sperrmüll und dein Atem stinkt wie der Fusselbart eines Alkis. Wenn du es wagen solltest, in diesem Aufzug nach Hause zu gehen, dann brennen bei deiner alten Dame alle Sicherungen durch, und dann schmeißt sie dich für immer raus, und du musst auf der Straße leben und in Pappkartons schlafen und die Obdachlosenzeitung vorm Tesco verkaufen, um dir deine Drogen und deinen Schnaps leisten zu können. Und alles nur, weil du nicht in meinem Bett übernachten wolltest. Wenn du einem geschenkten Gaul ins Maul schauen willst, dein Pech. Aber sag nicht, ich hätt es nicht versucht.« An diesem Punkt war ich so weit, zurück zur Halloween-Disco zu gehen und ein bisschen anzugeben.

»Glaub bloß nicht, dass du einen Fick bei mir abstauben kannst«, sagte sie.

»Was?«, fragte ich.

»Ich werd nicht mit dir bumsen, Mint«, sagte sie.

Ich glaubte, mein Herz brauchte zwei dieser fetten Bügeleisenteile, um wieder in Gang zu kommen – so heftig pochte es. Wie bei einer irren Herz-Lungen-Wiederbelebung. Ich konnte nicht glauben, dass Michelle Malloy in meiner Gegenwart tatsächlich das Wort *bumsen* benutzt hatte. In einem echten Gespräch. Fan-tanz-tisch, oder was? Die Tatsache, dass sie *nicht bumsen* gesagt hatte, bedeutete, dass sie in Wirklichkeit mit mir bumsen *wollte.* Dad sagt, wenn eine Frau sagt, dass sie etwas will, dann meint sie normalerweise, dass sie das Gegenteil will. Vielleicht war das einer dieser normalen Fälle? Ach, ich hatte keine Ahnung. Frauen sind verdammt verwirrende Leute.

»Ich schlaf in deiner Bude und das war's«, sagte sie.

»Ich weiß, genau das habe ich gesagt.«

»Sonst läuft da nichts, Mint«, sagte sie und fuchtelte mit dem Finger zwischen uns hin und her.

»Ich weiß, dass da nichts läuft.«

»Auch kein Handjob.«

»Ich weiß, Michelle, absolut keine Jobs.« Es ist mir ein Rätsel, warum, wenn die Leute über sexuelle Sachen reden, so oft irgendwie das Wort *Job* vorkommt.

»Und ganz bestimmt kein Fick.« Drei Mal. Ich konnte es nicht erwarten, das Amir zu erzählen. Vielleicht bekam er ja heute Nacht seinen eigenen Job.

»Natürlich.«

»Nicht mal einen Kuss.«

»Es ist nur zum Pennen«, sagte ich.

»O. K., dann penn ich«, sagte sie.

Wow! Achtzigmal Wow!

Michelle Malloy würde heut Nacht in meinem Bett schlafen, mit ihrem Kopf auf meinem Kopfkissen. Verrückt! Vielleicht würden unsere Füße sich sogar etwas streicheln, das würde ein Superüberschallknall-Gefühl sein, ihr großer und ihr kleiner Fuß neben meinen normalen Füßen. Rührend. Oh! Jiminy Cricket!

»Aber wenn du irgendwelche Dummheiten versuchst, Mint, dann schneid ich dir deine verdammten Eier ab. Kapiert?«

»Kapiert«, sagte ich, voll klar würde es no way keine Dummheiten geben, denn ich wollte meine Eier behalten. Ich mochte meine Eier.

»O. K., dann los«, sagte Michelle Malloy und stand auf. »Verdammt, mein Kopf fühlt sich an, als hätte ihn eine Rakete getroffen.«

»Ich muss nur noch Amir sagen, dass ich nach der Disco nicht mehr hier bin. Wir treffen uns am Haupttor, O. K.?«

»O. K.«

Ich raste zurück zur Halloween-Disco und hielt nach Amir Ausschau. Er tanzte noch immer mit diesem Mädchen, Priya. Ich ging quer über die Tanzfläche direkt zu ihm, zog ihn auf die Seite und wechselte ein paar Beste-Freunde-für-immer-Worte mit ihm.

»Amir, ich muss weg.«

»Was ist passiert?«, sagte er.

»Michelle Malloy pennt bei mir, weil sie blau ist, und sie wartet auf mich am Tor, und wir gehen in mein Zimmer, aber defo werden wir nicht bumsen.«

Amirs Augen leuchteten auf und die Zähne glitzerten weißer als Persil extraweiß. »Du ver-ver-verarschst mich.«

»Mach ich nicht, es ist total wahr.«

»Wirst du sie rammeln?«

»Nein, sie schneidet mir die Eier ab, wenn ich das mache. Sie pennt nur da, Kumpel. Ich erklär's dir später.«

»O. K., Käptn.«

»Ihr zwei scheint wie eine Packung Keks und Schokolade zu sein«, sagte ich.

»Dylan, Priya ist einfach das Größte. Ich glaube, wir haben's spitzenmäßig getroffen.«

»Glaubst du, du brauchst ein paar Gummis?«

»Nein, sie ist ein o-o-ordentliches Mädchen.«

»Was stimmt bei ihr nicht?« Ich fragte nur, weil bei jedem Drumhill-Schüler irgendwas nicht in Ordnung ist – warum sind sie sonst auf dieser Schule?

»Bin mir nicht sicher, aber sie ist ein Knaller.«

»O. K., Kumpel, ich muss flitzen. Michelle Malloy wartet auf mich«, sagte ich.

Ich riss Mund und Augen weit auf, als wollte ich *Verdammte, verfluchte Helena von Troja* sagen. Amir machte das Gleiche. Es war für uns beide ein glücklicher Abend. Keine Gefahr mehr, dass wir nur *Reservoir Dicks* waren. Ich flog aus der Halloween-Disco, an Miss Flynn und der Tür vorbei, und nahm Kurs auf Michelle Malloy, die in meinem Bett schlafen würde.

MEINEM BETT!

Tränen 25

Tony der Taxifahrer brachte uns in seinem weinroten Auto zum Krankenhaus. Mum war immer noch ein bisschen *Mad*-agaskar wegen dieser ganzen Michelle-Malloy-Übernachtungsarie, aber zumindest redeten wir wieder miteinander.

Hong Kong Pfui!

Ich hatte gelesen, dass irgendwelche Männer Mädchen diese irrsinnige Psychodroge in den Schnaps oder ins Essen mischen, und wenn die dann umkippen, versuchen diese behämmerten Männer, ihr Ding in die umgekippte Tussi zu stecken.

Als wir in dieser Nacht der Halloween-Disco zu mir nach Hause gingen, überlegte ich, ob ich eine Droge in die Tomatensuppe lobben sollte, die ich Michelle Malloy geben wollte, wenn wir bei mir angekommen waren; dann hätte ich vielleicht den ersten Punkt, *Echten Geschlechtsverkehr mit einem Mädchen haben*, auf meiner Liste *Coole Sachen, die ich machen muss, bevor ich abkratze*, abhaken können. Aber ich hatte KEINE Drogen dabei und war auch KEIN behämmerter Psycho, UND es hätte wohl auch nicht gezählt, denn nur einer von uns (ich) hätte rumgestöhnt und schmutzige Sachen gesagt.

Wenn ich gewusst hätte, dass Michelle Malloy das Zimmer vollgekotzt, in mein Bett gepisst und – weil sie glaubte draufzugehen – gekreischt hätte, was ihre Lungen hergaben dann hätte ich sie gar nicht erst gefragt, ob sie bei mir übernachten wollte. Wobei, das stimmt nicht – ich hätte es trotzdem getan.

Obwohl ich keinen Fick abstaubte oder irgendeine Art von Job oder auch nur einen Kuss, bekam ich doch eine gute fette altmodische Umarmung. Als ihr alles zu viel wurde und sie wie am Spieß über einem Feuer schrie, da musste ich Michelle Malloy umarmen, ihr tröstend den Kopf streicheln und die Tränen abwischen. Dieser Teil gefiel mir. Sie rotzte auf meine Schulter, aber das war mir egal – schließlich war es Michelle Malloys Rotz. Und ziemlich wässrig. Als sie zurück nach Hause ging, um dort in Frieden zu kotzen, in die Badewanne zu gehen und eine Tomatensuppe zu essen (das war meine Idee), fand ich eine winzige Nachricht, die sie auf meinem Computer hinterlassen hatte.

Danke, Mint, du bist ein bekloppter ☆.
Sorry dass ich so eine F?%ing B@?ch zu dir war.*
Ruf mich mal an.
M ♥

Mum ging nicht nur die Wände hoch, sondern auch noch durch die Decke, als sie alles herausfand. Nachdem Michelle Malloys alte Dame am Morgen gekommen war, um sie nach Hause zu holen, brüllten, grunzten und bellten Mum und ich uns ein wenig an. »DYLAN, DU BIST EIN BLAH-DI BLAH BLAH«, und ich antwortete mit »ICH HASSE DIESES VERDAMMTE HAUS UND DICH UND DAS GANZE BLAH-DI BLAH BLAH.« Sie sagte, was sie so »erbost« und »verletzt« hätte, wäre nicht das Mädchen gewesen, das mein Zimmer die ganze Nacht vollkotzte, sondern die »schreckliche und verabscheuungswürdige« Lüge über die Beerdigung von Amirs Onkel und dass ich tatsächlich *gelogen* hatte, was den »Tod eines armen Menschen« betraf. Tony der Taxifahrer bohrte ein weiteres Loch in unseren wasserdichten Plan, als er ihr erzählte, dass Muslime ihre Toten innerhalb von vierundzwanzig Stunden beerdigen. Es schien so, als wäre Tony der Taxifahrer längst nicht so eine Dumpfbacke wie alle anderen Taxifahrer. Eine ganze Ewigkeit kam ich nicht aus meinem Zimmer, was ziemlich hart war, denn das stank immer noch nach Michelle Malloys Kotze, und die Flecken an der Wand gingen nicht ab. Ich beschäftigte mich mit schwerer Gehirnakrobatik und spielte mit Grün herum, bis er quasi durchscheinend war. Tony der Taxifahrer erzählte mir, dass Mum nach unserem Stunk zwei komplette Tage lang Teebeutel und Gurken auf ihren Augen hatte. Wir beide kicherten ein bisschen darüber, und Tony sagte: »Also, wenn jemand auf einen Schwatz reinkommt, biete ihm bloß kein Gurkensandwich an«, was Tony der Taxifahrer selbst saukomisch fand. Ich tat nur so, als ob ich lachte, denn ich wollte nicht, dass er superenttäuscht war, wo er doch so einen Müll-Witz gemacht hatte. Warum, herrjemine, sollte man jemandem ein Gurkensandwich anbieten, wo der Küchenschrank voller Instandnudeln und Tomatensuppe war? ERWACHSENE!

Aber es war nicht nur schlecht, so viel Zeit in meinem Kotzzimmer zu verbringen. Ich schrieb einen Brief an Dad und verschloss ihn mit Pritt-Stift, extrastarkem Klebeband und zwei Heftklammern. Einfach um sicher zu sein, dass Mum nicht reinlinste. Sie hatte schon mal und das zählte hier schon.

77 Blair Rd
ML5 IQE
2. November

Hi, Großer,
was läuft bei euch? Das ist amerikanische Filmsprache. Also, du hast es vielleicht schon vermutet: Ich habe eine Billion Ami-Filme gesehen. Meine Favoriten sind: *Reservoir Dogs, Clerks, Weird Science, The Breakfast Club* und *Buffalo 66*. Kennst du einen davon? Ich bin unsicher, ob du und die Boys da in eurer Basis Filme sehen könnt. Vielleicht nicht, falls die Terroristen die Wellen abfangen und dann euren Aufenthaltsort erfahren. Wenn ich darüber nachdenke, ist es keine gute Idee, dass ihr euer Leben wegen eines Films wie *Reservoir Dogs* oder *Clerks* riskiert. Willst du, dass ich dir eine detaillierte Synopsis der Filme schreibe??? Genau das machen wir bei Mrs Seed im Unterricht, außer dass die Filme, die sie aussucht, sooooooooooooooooooooooooo ein Ratsch-Matsch-Quatsch sind. *Titanic* und *Der Englische Patient*. OMG Igitt!!!!!!
Hier ist vermutlich alles super-O. K. Bei Mum nichts Neues. Wir haben uns in letzter Zeit ziemlich gestritten (ohne handgreiflich zu werden). Ich glaube, es liegt vielleicht daran, dass ich so eine Phase durchmache – du weißt schon, wenn die Jungs an nichts anderes als nackte Frauen denken können und Sachen machen, die Mums nicht mögen? Also, ich glaube, ich habe gerade so eine Phase. Es wäre gut, wenn du hier wärst und wir über all das sprechen könnten und du mir Ratschläge von Mann zu Mann geben könntest. Ich könnte wohl auch Tony fragen. Tony ist Mums neuer Kumpel. Er ist Taxifahrer, aber er hat Hirn im Kopf. Ich weiß es nicht genau, aber ich glaube, er liest Bücher, wenn er bei

einer Tour mal stundenlang warten muss; das ist auch eine gute Art Gehirnakrobatik. Er kommt manchmal auf einen Plausch und eine Tasse Tee vorbei, aber es wäre zu schräg, ihn um ein Mann-zu-Mann-Gespräch zu bitten, denn Tony der Taxifahrer ist nicht mein Hauptansprechpartner. Damit meine ich, dass er nicht mein Dad ist. Ich dachte mal, dass er ein echter Bulle ist, aber er ist kein schlechter großer Kerl. Er ist ein Mega-Fan von Pink Floyd und den Kinks. Kennst du die?

Ich finde, es ist nicht immer meine Schuld, wenn wir uns gestritten haben, denn ich glaube, Mum macht gerade eine mentale Veränderung durch. Sie ist in einem Stadium, wo Frauen ihre Gedanken von einem auf den anderen Tag ändern und sich nicht mehr wie eine Frau fühlen. Völlig Willy Wahnsinn. Wer wäre schon gern eine Frau, he? Genau darüber haben wir im Biologieunterricht gesprochen, »nur für Erwachsene«, aber um ehrlich zu sein, so ganz habe ich das nicht begriffen. Es ist auf Seite siebenundsiebzig im Lehrbuch, aber ich habe noch nicht alles gelesen. Ich steh mehr auf Englisch, Theater und Sport.

Einer meiner Schulkumpel hat neulich hier übernachtet, und Mum ist völlig crazy durchgedreht, weil der Kumpel ein Mädchen war. Es ist aber nichts passiert. Sie hat in meinem Bett geschlafen und ich hab mich auf den Boden gepackt. Sie hat jede Menge geschnarcht und mich den größten Teil der Nacht wach gehalten. Das ist genau der richtige Stoff, um sie in Zukunft damit total auf die Palme zu jagen. Mein bester Kumpel, Amir, von dem ich dir erzählt habe, hat jetzt eine neue Braut. Sie ist wie er, wenn du verstehst, was ich meine. Sie heißt Priya. Sie ist eine Klasse unter uns, und ich nenn ihn jetzt immer einen »Pädo-Kinderschänder«, das hasst er. Aber auch wenn sie jetzt seine Braut ist, bleibt

der beste Kumpel doch immer der wirklich beste Kumpel, denn ich werd nie zu ihm sagen, »Ich will dich nicht mehr küssen, Amir«, oder »Amir, ich will nicht mehr Hand in Hand mit dir gehen«. Er hat sie bei der Halloween-Disco der Schule getroffen (das ist eine andere Geschichte). Ich hab Amir noch nicht gefragt, ob *ich* immer *sein* bester Kumpel sein werde (werde ich). Mädchen kommen und gehen, aber beste Kumpel sind das lebenslang, wie Brüder von ein und derselben Mutter, oder?
Ich hab in den Nachrichten gesehen, dass ein Teil der Truppen nach Hause geschickt worden ist, weil wir den Krieg so gut wie gewonnen haben und die Menschen ihre Hilfe nicht länger brauchen, und wenn sie noch dableiben würden, wären sie nur eine Plage in den Augen der Leute, die dann anfangen würden, sie zu hassen und sich über sie zu ärgern. Bist du in der Gegend? Hast du schon einen Rückkehrtermin? Ich habe Mum zigmal gefragt, wann du zurückkommst, aber sie sagt nur, dass du »wieder da bist, wenn du da bist«. Ich hab sogar Tony den Taxifahrer gefragt, aber der sagt, dass er »dafür nicht der Richtige ist«. Tony der Taxifahrer hat immer wieder auf deinem Platz geparkt, aber nachdem ich ihm auf die gute alte Art die Leviten gepaukt habe, wagt er das nicht mehr. Ich habe dir schon in meinem letzten Brief von ihm erzählt, aber da gab es ein Problem mit dem Versand, das mir jetzt zu blöd zum Darüberreden ist. Ich kau dir ein Ohr ab, wenn du nach Hause kommst. Ich kau natürlich nicht in echt an deinem Ohr – ist nur so eine Redensart.
Inzwischen ist November und bis März nicht mehr lange hin, es wäre also das GvE (das heißt, apropos, das *Gelbe vom Ei*), wenn du rechtzeitig hier sein könntest. Megacool wäre, wenn du vor Weihnachten hier sein könntest. Wenn nicht, kannst du mir ja vielleicht noch einen Brief schreiben

und ihn einem der geheimen Ninja-Spione mitgeben, der ihn für dich rausschmuggelt. Ich würde es niemandem erzählen. Wenn nicht, macht's auch nichts. Den Brief, den du mir geschrieben hast, kann ich im Schlaf aufsagen, so oft habe ich ihn gelesen. Wahnsinn, was?

Korrekt.

Ich muss jetzt eine ordentliche Runde Schlaf tanken, denn morgen ist ein GROSSER Tag ... Morgen wird alles ans Licht kommen. Erst mal sage ich nur, dass ich morgen einen wichtigen Gehirn-Doc treffen werde.

Ich werde sehen, dass ich asap wieder schreibe. Halt die Ohren steif, Dude!!!!

Dylan Mint xxx

Auf dem Weg zum Krankenhaus waren meine Hände schwitzig und nass wie Lumpi und meine Beine zitterten wie ein Welpe in der Mikrowelle. Mein Kopf spielte Good-News-Bad-News-Good-News-Bad-News-Tennis, was mich echt verrückt machte. Um das Tennis zu stoppen, dachte ich an Michelle Malloy und addete sie in meinem Handy; als Klingelton gab ich ihr *Rehab*, sodass ich sofort wusste, wenn sie anrief. Das war mein ganz privater kleiner Witz.

»Ruft mich kurz an, wenn ihr fertig seid, ich hol euch dann ab«, sagte Tony der Taxifahrer zu uns, als er uns in der Nähe des Eingangs zum Krankenhaus absetzte.

»Das musst du aber nicht«, sagte Mum. Wie bitte? Eine Tour umsonst. Das nahmen wir natürlich mit. Ich hasse öffentliche Verkehrsmittel. Die Leute lachen und starren. Ganz offen. Es interessiert sie einen Dreck, wie ich mich fühle.

»Ich möchte aber«, sagte Tony der Taxifahrer.

Nett von dir, Tony Taxifahrer, sagte ich zu mir.

»O. K.«, sagte Mum, »ich bimmel dich an.«

Das war jetzt WIRKLICH Verrückt mit großem V! Mum hatte »anbimmeln« gesagt und klang das nicht ein bisschen nach »anpimmeln«? Sie hätte einen Haufen andere Wörter benutzen können, wie *anrufen* oder *anklingeln* oder *telen*. So was nennt man *Synonyme*. Aber als sie *»anbimmeln«* sagte, schien Mum albern wie ein kleines Mädchen zu sein. Zweitens berührte sie Tony den Taxifahrer am Arm, als sie »Ich bimmel dich an« sagte. Er machte, was alle Taxifahrer machen, ließ den Arm aus dem heruntergelassenen Fenster hängen, als wolle er sagen »In Ordnung, wohin soll's denn gehen?«, und Mum legte drei Fingerspitzen auf seinen NACKTEN Arm. Verrückt.

»In Ordnung, dann mal los, Dylan«, sagte Mum zu mir.

»Lass dich nicht unterkriegen, Kleiner«, sagte der Taxifahrer zu mir.

Ich winkte ihm, während er davonfuhr.

Immer, wenn ich in ein Krankenhaus komme, muss ich durch den Mund atmen. Der Geruch erinnert mich an diese speziellen Zimmer in Drumhill, wo den Schülern der Mund oder der Hintern abgeputzt wird. Ich selber bin noch nie da gewesen, Amir auch nicht.

»Möchtest du einen Drink?«, fragte Mum, als wir an dem Laden vorbeikamen, wo man Blumen für die Gestorbenen kaufen kann. Ich will keine Blumen auf meinem Totenbett. Ich will sexy Krankenschwestern, die mit meinem Schwanz rummachen.

»Ich werd nichts trinken können«, sagte ich.

»Warum nicht?«

»Weil das ein Krankenhaus ist. Ich kann in Krankenhäusern nichts trinken.«

»Wie wär's dann mit einem Snack?« Ich liebe Snacks; wären wir zu Hause gewesen, hätte ich sicher einen Snack gegessen. Eins von Mums Knäckebroten oder ein paar Nüsse.

»Nein.«

»Keinen Hunger?«

»Ich kann in Krankenhäusern auch nichts essen.«

»Das ist mir alles ziemlich neu, Dylan«, sagte Mum. Ich schaute sie mit einem Himmel-niemand-versteht-mich-Blick an. Eltern verstehen heutzutage Teenager einfach nicht.

»Von dem Essen hier würde ich kotzen.«

»Na, dann lass uns mal hoffen, dass sie dich nicht hierbehalten, sonst würdest du verhungern.« Worauf ich Panik bekam und alles in mir anfing, sich zu drehen.

»Sie behalten mich doch nicht hier, oder?«, fragte ich. »Mum, machen sie doch nicht, oder?«

»Keine Panik, Dylan, natürlich behalten sie dich nicht hier. Das ist nur eine Kontrolluntersuchung.«

Mum wuschelte mit der Hand durch mein Haar und über meinen Kopf. Sie macht das, wenn sie weiß, dass ich Panik bekomme, oder wenn die Kacke am Dampfen ist. Die Leute, die Blumen kauften oder Zeitschriften für die Gehirnamputierten, versuchten, uns nicht anzustarren, aber sie starrten uns an. Ich gab inzwischen diese Mischung aus Stöhnen und Knurren von mir, die sich immer ein bisschen so anhört wie ein Auto, das an einem Wintermorgen zu starten versucht. So wie Dads Auto manchmal. Mum hielt mich fest umarmt. Dann weiß ich immer, dass wir wieder Mum-und-Sohn-Kumpel sind.

»Alles wird O. K., Schatz, alles wird O. K.«

»Super-O. K.?«

»Super-O. K.«

»Versprochen?«

»Versprochen.«

»Ich liebe dich, Mum«, sagte ich, weil Teenager das nicht allzu häufig zu ihren Mums sagen, wobei Mums doch das Einzige sind, was Teenager haben, wenn die Angst kommt.

»Ich liebe dich auch, Dylan«, sagte Mum und strubbelte mir über den Kopf, als hätte ich eine Pferdemähne.

Der Doc, der ins Zimmer kam, war nicht der Doc vom letzten Mal. Das war ein anderer Doc als der, der vorher Kauderwelsch geredet hatte – der Doc, der die Bombe hochgehen ließ, worauf Mums Augen so aussahen, als wäre sie in einem Pool voller Salz geschwommen. Dieser neue Doc war jünger, hatte flippige, gegelte Stachelhaare und trug keinen Schlips. Ein Doc ohne Schlips! Das war cool wie Erdbeereis. Der andere Doc hatte mich weder gesehen noch gehört, aber dieser Doc gab mir das Gefühl, gesehen *und* gehört zu werden, und er lächelte mich an, aber nicht in irgendeiner perversen Art. Dieser Doc war ein *Dude*. Dieser Doc wollte von *mir* und nicht von Mum Antworten auf seine Fragen. Und wenn man sichs recht überlegt, machte das auch supervernünftigen Sinn, denn all das passierte ja mir, und es war *mein* Kopf, und ich war der Einzige, der verdammte Hölle noch mal wusste, was da drin vorging, und sonst niemand, nicht mal Mum. Gott segne sie und ihre Baumwollstrumpfhose. Sie wusste massenhaft Sachen über mich, aber nicht die ganz

tief

tief

tiefen

Sachen.

Die kannte nicht mal der unerschrockene Amir.

»Du musst Dylan sein«, sagte der Doc. Er hielt mir die Hand hin.

Ich schüttelte sie, sagte aber nicht »Hi« oder »Hallo« oder »Ja, ich bin Dylan«. Dann schüttelte der Doc Mum die Hand.

»Morgen«, sagte er zu Mum.

»Morgen«, antwortete sie.

»Wie geht's dir, Dylan?«, sagte der Doc.

Ich sah Mum an.

»Antworte dem Doktor, Dylan«, sagte Mum.

»Ähm ... mir geht's gut.« Ich war nur so, weil ich immer noch dachte, ich sollte möglichst unsichtbar und nicht zu hören sein.

»Mein Name ist Doktor Cunningham. Colm Cunningham.«

»Mein Name ist Dylan. Dylan Mint.«

Der Doc lachte, aber ich hatte keinen Witz gemacht. Er hatte mir seinen Namen gesagt, ich ihm meinen Namen – so macht man das doch.

»Ist er immer so?«, fragte er Mum.

»Immer«, sagte Mum.

»Du kannst Doktor Cunningham zu mir sagen, Doktor Colm oder einfach nur Colm, wenn dir das lieber ist.«

»Ich glaube, ich sage Doc Colm, wenn das O. K. ist.«

»Geht klar, Dylan.«

Ich nickte mit dem Kopf.

»O. K., mal schauen. Ich habe mir mal die Patientenakte angesehen.«

»Muss ich hier im Krankenhaus bleiben, Doc Colm?«

Er lachte wieder und schaute Mum an, die den Kopf schüttelte.

»Nein, Dylan, du musst nicht im Krankenhaus bleiben. Wie kommst du bloß auf die Idee?«

»Nur so.«

»Nein, das ist nur ein erstes Treffen, um darüber zu sprechen, wie wir vorgehen werden«, sagte der Doc.

»Hör einfach zu, Dylan«, sagte Mum.

»Also, Dylan, ich stell dir einfach ein paar Fragen. Ist das O. K.?«

»Klar. Schießen Sie los, Doc Colm.«

»Er ist schon eine Type, oder?«, sagte Doc Colm zu Mum. Sie kicherte.

»Das können Sie laut sagen«, sagte Mum und kicherte noch mal. Ich glaube, wenn ich nicht im Zimmer gewesen wäre, hätten Doc Colm und Mum angefangen, miteinander zu flirten. Gott sei Dank war ich da, nur für den Fall, dass es außer Kontrolle geraten wäre und Doc Colm seinen Job verloren hätte. Was wäre dann aus mir geworden?

»O. K., Dylan, wir wollen jetzt über dein Tourette reden. Ist das O. K.?«, sagte Doc Colm.

»Super-O. K.«, sagte ich.

»Würdest du sagen, dass dein Tourette besser wird, schlechter wird oder unverändert ist?«, fragte Doc Colm.

»Unverändert.«

»Von deinen sprachlichen und gestischen Tics abgesehen, welche anderen Symptome hast du noch?«

Ich schaute Mum an, die Entwarnung gab.

»Ich fluche manchmal und sage merkwürdige Sachen.«

»Meinst du mit ›merkwürdige Sachen‹ unangebrachte Sachen?«

»Ja.«

Doc Colm schrieb auf, was ich sagte. »Beleidigende Sachen?«

»Manchmal.«

»Hast du häufig Angst?«

»Ja, aber das kommt ganz auf die Situation an.«

»Schwitzt du übermäßig?«

»Was heißt *übermäßig*?«

»Schwitzt du viel?«

»Ja.«

»An welchen Stellen deines Körpers?« Das war eine merkwürdige Frage. Vielleicht sollte ich Miss Flynn davon erzählen.

»Meinem Rücken.«

»Noch irgendwo anders?«

Ich wollte Doc Colm nicht erzählen, dass ich manchmal an meinem Schwanz und am Sack schwitzte; das wäre doch zu peinlich gewesen, also behielt ich das für mich.

»Auf dem Kopf und unter den Armen.« Danach tickte ich ungefähr fünf Sekunden lang wie ein Verrückter.

Doc Colm wartete, bis es vorbei war, und Mum legte mir die Hand auf den Oberschenkel.

»Entspann dich, Dylan, alles ist O. K.«

Ich versuchte so doll, nicht auf Doc Colm zu fluchen, dass ich mit dieser *übermäßigen* Schwitzgeschichte anfing. Ich fühlte, wie es mir den Rücken runter in die Boxershorts lief.

»O. K. Du machst das sehr gut, Dylan.« Dann wandte sich Doc Colm an Mum, was wohl mein Stichwort war, nur noch gesehen und nicht mehr gehört zu werden. »Gibt es bei Dylan Anzeichen für obsessives oder zwanghaftes Verhalten?«

»Zwangsstörungen?«, sagte Mum.

»Genau«, sagte Doc Colm.

»Ja, gibt es.«

Ich sah zu, wie beide über mich redeten wie zwei Tennisspieler, die sich gegenseitig einen unsichtbaren Ball zuspielten.

»Können Sie mir das etwas genauer erklären, Mrs Mint?«

»Mal sehen. Er faltet die Ohren nach innen, in seinen Kopf, besonders wenn sie kalt sind.«

Doc Colm blinzelte, was hieß, dass er nicht wusste, wovon Mum redete. Sie bekam das so auf Frauen-ESP-Art mit.

»Er klappt sie nach innen in seinen Kopf. Ich glaube, dann fühlt er sich wohler oder so was.«

Beide schauten auf den Idioten. Doc Colm kritzelte immer weiter.

»Fühlst du dich wohler, wenn du die Ohren einklappst, Dylan?«, fragte der Doc.

»Ein bisschen.«

»Nur ein bisschen?«

»Ziemlich viel.«

»Guter Mann.« Kritzel, kritzel. »Sonst noch was?«, sagte Doc Colm zu Mum.

»Na ja, er kann nicht einschlafen, wenn seine Socken nicht am Fußende des Betts liegen.«

Verwirrter Blick des Doc. »Was meinen Sie damit?«

»Er zieht sich aus und legt alles in den Korb für Schmutzwäsche – das heißt alles außer seinen Socken, die müssen ans Fußende des Betts.«

»Verstehe«, sagte der Doc. Er warf mir einen *Aaaaaach-du-geplagte-kleine-Seele*-Blick zu. Meine Tic-Kontrolle war shot to shit. *Shot-to-shit:* Amerikanisch UND Alliteration. »Ist das jeden Abend so oder nur manchmal?«

»Nein, jeden Abend«, sagte Mum.

Ich ließ den Kopf hängen, weil es mir tödlich peinlich war, diese ganzen dämlichen Sachen zu machen. Ich will sie nicht machen. Ich will wirklich nicht. Miss Flynn hat mir geraten, die Tatsache zu akzeptieren, dass ich Sachen mache, die andere Menschen einfach nicht machen. Also akzeptiere ich das. Was sie aber nicht weiß, ist, dass andere Menschen Sachen machen, die Spastis nicht machen. Wir prügeln uns nicht auf der Straße oder kotzen überallhin (Michelle Malloy zählt nicht, denn das war eine einmalige Sache), wir klauen nicht in Läden oder belästigen Leute, wir mogeln nicht bei der Sozialhilfe, wir schwängern keine minderjährigen Mädchen, wir saufen nicht, so viel wie wir können, und wir laufen nicht in billigen Sportklamotten auf der Straße herum (Sportklamotten sollte man nur beim Sport tragen). Das ist doch nicht so kompliziert wie Raketentechnik! Lehrer wissen nicht alles darüber, wie das Leben auf den Straßen abgeht.

»Bist du manchmal deprimiert, Dylan?«, fragte mich Doc Colm.

Wieder schaute ich auf Mum und wartete auf grünes Licht. »Manchmal.«

»Bist du manchmal niedergeschlagen? Sitzt du manchmal in deinem Zimmer und willst niemanden sehen?«

»Beides.« Kritzel, kritzel.

»Hast du Freunde?«

»Ja. Ich habe Amir, das ist mein bester Kumpel, und ich habe eine neue Freundin, Michelle Malloy.«

»Ist sie deine Freundin?« Doc Colm fragte mit einem winzigen Lächeln, als würde er jetzt in einen Mega-Talk unter Jungs einsteigen wollen, und ich würde ihm alles über unser großartiges Gebumse erzählen. Knapp daneben, Doc Colm.

»Nein. Mum mag sie nicht.«

»Dylan!«, sagte Mum. »Das stimmt nicht«, sagte sie zum Doc.

»Nimmst du weiterhin all deine Medikamente?«

»Ja.« Ich musste all diese verrückten Tabletten nehmen,

jeden Tag ungefähr eine Million. Das ging mir mächtig auf den Draht. Mum und die Krankenschwester in der Schule sorgten dafür, dass ich sie auch nahm.

»Also, ich glaube, wir werden dich von den meisten entwöhnen, Dylan.«

»Wie bitte?«, sagte ich.

»Wir werden die Menge reduzieren«, sagte Doc Colm.

»Warum?«, fragte Mum.

»Hauptsächlich, weil sie nicht präventiv auf Dylans Form von Tourette wirken, sondern lediglich die Symptome unterdrücken. Es gibt eine Lehrmeinung, und der hänge ich an, die besagt, dass die Verordnung solcher Mengen nur sehr wenig für die Förderung einer kognitiven Entwicklung tut und damit auch nichts für die Prävention.«

Mir schwirrte der Kopf von den vielen verrückten Erwachsenenwörtern, die Doc Colm benutzte.

»Wollen Sie damit sagen, dass Sie Dylans Tourette vorbeugen können, indem Sie die Medikamente absetzen?«, sagte Mum.

Sorry, was? Ich war verwirrt.

»Nicht ganz. Wir wollen nur einen anderen Weg einschlagen, einen anderen Angang finden.«

»Der sein Tourette stoppt?«, fragte Mum.

»Na ja, zumindest abmildert, aber Sie dürfen nicht vergessen, dass nach dem Stand der Wissenschaft Tourette als unheilbar gilt, was aber nicht heißt, dass wir nicht andere Mittel und Wege versuchen können, die Symptome radikal zu mindern.«

Das war der Wahnsinn. Der letzte Doc hatte gesagt, dass ich nur noch bis März hätte. Das Gespräch dieses Doc mit Mum brachte mein Hirn völlig aus dem Konzept. Inzwischen redete Doc Colm von Prävention und der Reduzierung des Fluchens, der Tics, Mr Dog, von Grunzen, Stöhnen und Zittern.

»Und das kann man erreichen?«, fragte Mum.

»Lassen Sie uns nicht vorgreifen. Wir würden Dylan gerne auf eine andere Schiene setzen.«

»Und die wäre?«, fragte Mum.

»Wir möchten seinem Gehirn ermöglichen, neue Gewohnheiten zu entwickeln.«

Mum schaute uns an, von einem zum anderen.

»Wir glauben, dass Dylans Gehirn sich in seinen Funktionen an die Tics, das Schreien, Fluchen et cetera gewöhnt hat und diese Muster und deren Anwendung unwillkürlich wiederholt. Wir wollen es Dylans Gehirn ermöglichen, sich selbst zu rebooten und neue Muster und Anwendungen zu erlernen.«

»Und wie wollen Sie das anstellen?«, sagte Mum.

Ich war superaufgeregt, dass mein Gehirn neu gebootet werden sollte wie ein Computer.

»Wir haben eine neue Technik entwickelt, mit der wir bei einigen wenigen Patienten Pionierarbeit leisten. Wir glauben, dass Dylan dafür der perfekte Kandidat ist – das heißt, wenn Sie damit einverstanden sind.«

Mum sah verwirrt aus.

»Ich kann Ihnen sagen, Mrs Mint, dass die ersten Ergebnisse mit anderen Patienten nichts weniger als erstaunlich sind.«

Beide schauten mich an. Brauchten sie meine Zustimmung, wofür auch immer?

»Was meinst du, Dylan?«, sagte Mum.

»Ähm … ich bin nicht sicher, ob ich das verstehe«, sagte ich.

»Lass es mich erklären«, sagte Doc Colm.

Mein Herz klopfte heftig. Hatte Doc Colm wirklich keine Ahnung, was im März mit mir passierte? Hatte er diese Seite beim Lesen meiner Patientenakte überschlagen?

»Wir machen einen Abdruck von deinem Gaumen und den Zähnen«, sagte Doc Colm.

»Warum?«, sagte ich und wusste, dass Mum die gleiche Frage stellen wollte. »Meine Zähne sind super-O. K. Ich brauch nicht zum Zahnarzt.«

»Keine Frage, Dylan. Wir sind der Meinung, dass man eine Menge von den Zähnen und dem Mund über die Kontrolle deiner Tics und deiner Körperbewegungen lernen kann.«

»Und was genau passiert dann?«, fragte Mum.

»Wir werden für Dylan eine maßgeschneiderte Klammer herstellen, die er permanent tragen muss, außer nachts.«

»Und das wird ihm helfen?«, sagte Mum.

»Davon sind wir überzeugt, ja«, sagte Doc Colm. »Um offen zu sein, Mrs Mint: Sie wird keine Wunder bewirken, was Dylans Tourette-Syndrom betrifft, aber wir glauben, dass es die Symptome drastisch reduzieren wird, besonders die Tics.«

»Also, das hört sich doch gut an, Dylan. Was meinst du?«, sagte Mum zu mir.

Mein Kopf war kurz davor, vor lauter Verwirrung zu explodieren. Der Schweiß war so schlimm wie nie. Mein Hintern war pitschnass. Ich musste es einfach rauslassen.

»BASTARD ARSCH LÜGNER.«

»Dylan!«

»Aber der andere Doc hat gesagt, dass ich im März sterbe.« Da war es. Raus. Ich hatte es gesagt. Ausgespuckt. Kein Weg zurück. Jetzt war ich dran. Das war meine Stunde.

»Wie bitte?«, sagte Mum. Aber ihr Gesichtsausdruck war

eher *Was zum Teufel redest du da, Dylan, du verdammter Irrer?*

Doc Colm lächelte und kicherte, als würde er denken: *Wow! Dieser Iddie ist noch verrückter, als ich dachte. Dieser Clown braucht mehr als eine verdammte Klammer, um ihn zu retten.*

»Wovon redest du da, Dylan?«, sagte Mum.

»Der andere Doc hat gesagt, dass ich im März wegen Tourette abkratze.«

»Wann soll das gewesen sein, Dylan?«

»Als wir das letzte Mal beim Scan waren«, sagte ich.

»Das war nicht *dein* Scan … Ich war doch dabei, Dylan«, sagte Mum. »Ich war dabei, Doktor, ich versichere Ihnen, das hat er nicht gesagt.«

»Hat er. Er hat gesagt, es sei alternativlos, und dann hast du geweint. Ich wusste nicht, was er meinte, und dann habe ich es in der Schule im Wörterbuch nachgeschlagen, und alles ergab einen Sinn.«

»Nein, das war alles ganz anders, Dylan«, sagte Mum.

»Er hat auch gesagt, du musst mich darauf vorbereiten, was passieren wird. Aber bevor er ›was passieren wird‹ gesagt hat, hat er geschluckt.«

»Du hast das alles missverstanden, Dylan«, sagte Mum.

»Aber du hast geweint«, sagte ich.

Mum sagte nichts mehr. Ich schaute Doc Colm an.

»Der andere Doc hat gesagt, dass das Leben, so wie ich es kenne, zu einem abrupten Ende kommen wird. Ich kann mich erinnern, Doc Colm, ich erinnere mich.«

Doc Colm lehnte sich zurück. »Dylan, dazu kann ich nichts sagen – darüber müsst ihr sprechen, deine Mum und du –, aber ich kann dir versichern, dass Tourette eine nicht degenerative Krankheit ist, was heißt, dass sie sich nicht im

Lauf der Jahre progressiv verschlimmert, was heißt, dass du nicht daran *stirbst.*«

»Aber warum hat Mum dann geheult?«

»Ich glaube, du hast etwas missverstanden, was mein Kollege gesagt hat, und hast es in den falschen Hals bekommen.«

»Aber warum hast du geheult, Mum?«, fragte ich.

»Du hast das völlig missverstanden, Dylan«, sagte Mum. Sie schaute Doc Colm Hilfe suchend an, aber ich glaube, der große Mann wunderte sich auch, warum Mum damals geweint hatte. »Ich kann mich auch gar nicht mehr erinnern, ob ich geweint habe.«

»Das hast du, und du hast auf dem Weg nach Hause geweint, und du hast geweint, als wir zu Hause waren, und in den Tagen danach warst du wie ein Bär mit verdammten Kopfschmerzen, und ich dachte, ich hätte etwas mega-falsch gemacht, und hatte Angst, weil ich ja im März abkratzen sollte, und dir schien das egal zu sein«, sagte ich. »Wie kannst du das vergessen haben?« Mein Kopf zuckte von einer Seite zur anderen und vor und zurück. Meine Augen zwinkerten, und ich machte das, was die Docs Grimassenschneiden nennen. Aber kein Zeichen von Mr Dog. Wir starrten Mum an.

»Ich hab geweint, weil … Ich hab geweint … Ich habe …«

»Mrs Mint, wenn Sie das persönlich …«, sagte Doc Colm, bevor wir zum echt harten Stoff kamen. Super, Doc Colm.

»Nein, früher oder später muss es ja doch raus«, sagte Mum.

»Wäre es Ihnen lieber, wenn ich Sie beide alleine lasse?«

Ich konnte sehen, wie sie schwer ein- und ausatmete. Die Luft war so dick, dass man ein Set guter scharfer Gartenscheren gebraucht hätte, um sie zu schneiden. Ich konzentrierte mich so sehr, dass all meine Tics und Geräusche mit einem Whoosh verschwunden waren. Wir warteten und warteten. Mum atmete ein Mal gigantisch tief ein, so tief, wie man einatmet, wenn man versucht, eine ganze Länge durchs Schwimmbecken zu tauchen. (Ich hab das nie geschafft. Amir behauptet, er hätte, aber ich war nicht als Zeuge dabei, also zählt es technisch gesehen nicht.) Mum holte noch einmal tief Luft und dann kam der große Knaller.

»Das, was im März passiert …«

»Ja …?«

»Was im März passiert, ist, dass ich ein Baby bekomme, Dylan.«

»Ein Baby?«

»Genauer gesagt, zwei.«

»Zwei?«

»Zwillinge.«

ICH GLAUB, MICH TRITT EIN PFERD, wie Doughnut manchmal sagt.

»Ich bin schwanger, mein Junge. Du bekommst zwei kleine Brüder oder Schwestern oder von jedem eins«, sagte Mum.

Ich schaute Doc Colm an, der auf die Wand hinter Mums linker Schulter starrte. Mum schaute den Fußboden an, denn sie wusste, dass ich wusste, dass sie wusste, dass ich wusste, dass Doc Colm nichts wusste.

ICH GLAUB, MICH TRITT EIN PFERD, EIN KANINCHEN UND EIN KÄNGURU. Und dann fragte ich Mum: »Ich kratze also nicht im März ab?« Nur um hundertfünfundzwanzig Prozent sicher zu sein.

»Nein, tust du nicht. Der Arzt hat all diese Sachen über die Babys gesagt, nicht über dein Tourette, Schatz«, sagte

Mum. »Deshalb war ich an diesem Tag im Krankenhaus. Wir haben über meinen Scan gesprochen, nicht über deinen.«

»Und deshalb hast du geweint?«

»Ja.«

»Also wird dann mein Leben, wie ich es kenne, im März *nicht* zu einem abrupten Ende kommen?«

»Nein, absolut nicht.«

»Also hast du geweint, weil du ein Baby bekommst?«

»Zwei.«

»Zwei Babys … Doppel-Wow.«

»Ja.«

Ich schaute Doc Colm an. »Frauen sind merkwürdig«, sagte ich. Er lachte. »Aber warum hab ich dann geglaubt, dass ich sterben muss?«

»Ich glaube, du hast das, was der Arzt gesagt hat, einfach falsch interpretiert«, sagte Doc Colm.

»Also war das ein Kinderarzt?«

»So eine Art«, sagte Mum.

»Aber warum hast du mich an dem Tag denn mitgenommen, wo es doch nur um Frauensachen ging?«

»Ich brauchte dich als Unterstützung und um mich daran zu erinnern, dass es etwas Tolles ist, ein Baby zu bekommen.«

»Hast du mir deshalb *1299 Fußballfakten, die du nie mehr vergisst* geschenkt?«

»Das habe ich dir geschenkt, weil du es dir gewünscht hast.«

»Danke, Mum.«

* * *

Als Doc Colm mir dieses Igitt-Plastikzeugs in den Mund schob, brauchte er nicht »weit öffnen« zu sagen, denn mein Schlund stand so weit offen wie der eines Nilpferds beim Gähnen. Ich glaube, man sagt auch entgeistert dazu. Ich hätte außerdem vor Freude platzen können, dass ich nicht abkratzen musste.

Was für ein Tag!

Wahrheit 26

Biologie ist nicht wirklich eine meiner Stärken; diese ganzen Sachen gehen über meinen Horizont. Abschnitt 6.6 in unserem Biologiebuch machte mich verlegen. Als der Lehrer über Schniedel, Frauenteile, Eier und schwimmende Spermien sprach, wurden mein Gesicht und Hals rosarot. Offenbar konnte man sogar die Spermien zählen, die da herumschwammen. Was für ein Job! Die Klasse war superschweigsam, als unser Lehrer über dieses ganze Zeugs sprach. Amir war es peinlich, obwohl man das seinem Gesicht nicht ansehen konnte; er hatte nur diesen verrückten Beste-Kumpel-Blick, und ich wusste, was er dachte.

Vielleicht war ich in Bio ja grottenschlecht, aber ich wusste, was es braucht, um ein Baby zu machen. Einen Mann und eine Frau. Ich wusste, dass Mums einen Dad brauchen, um ein Baby zu machen. Und ich wusste, dass *mein* Dad nicht im Lande war, um meiner Mum zwei Babys zu machen. Mir ging durch die Gehirnwindungen, dass er vielleicht für einen Geheimbesuch nach Hause gekommen war, schnell die Babys gemacht hatte und dann wieder zurück ins Kriegsgebiet geflitzt war. Aber je länger ich über diese Idee nachdachte, umso irrer kam sie mir vor. Nie im Leben würde die Army aus diesem Grund einen ihrer Männer nach Hause hetzen lassen, besonders nicht jemand so Wichtigen wie Dad. Ich ließ meinen Kopf etwas Detektivarbeit machen – ein bisschen wie Gehirnakrobatik, aber diese hier ließ mich eher heißlaufen – und kam zu dem

Schluss, dass Mums neue Babys nicht Dads neue Babys waren und Dad wahrscheinlich keinen blassen Schimmer hatte, dass Mum zwei Babys bekommen würde. Das war ein echter Wowee-Zowee-Augenblick. Sobald mir die Schuppen von den Augen gefallen waren, rubbelte ich Grün so doll wie nie, ich stöhnte, bellte, fluchte, tickte und zitterte. Ich weinte mir die Augen ins Kissen aus, das ein winziges bisschen feucht und klebrig wurde. Ich flennte, weil ich neue winzige Brüder oder Schwestern oder beides bekommen würde, die nicht zu Dad gehörten. Dad tat mir von Herzen leid, denn ich wusste, dass er

rasen

rasen

rasen

würde, weil er nicht der Dad war, und seine Stimme würde richtig

laut

laut

lauter

werden, und es konnte gut sein, dass er auf irgendwas

losging

losging

losging

oder irgendjemanden

und es so schrecklich sein würde, denn er könnte diese ganzen lustigen Dad-Sachen nicht machen wie Windeln wechseln, babysitten, füttern oder Gutenachtgeschichten vorlesen. Ich weinte auch, denn wenn die Babys nicht von Dad waren, hieß das, dass sie auch nur zur Hälfte zu mir gehören würden. Ich würde dann einer wie diese durchgedrehten Leute sein, die man in der *Jerry Springer Show* sehen kann, die sich da prügeln. Ich wusste nicht, was ich machen sollte: Dad schreiben und ihm diese Granatennachricht erzählen oder warten, bis Mum es ihm ins Gesicht sagte. Es war wie bei dem Kandidaten, der aus den durcheinandergeworfenen Buchstaben von *Countdown* ein neues Wort machen sollte. Problemo grande.

Dylan Mints größtes Problem.

ABER immerhin musste ich nicht abkratzen und darüber weinte ich Freudentränen. Doc Colm sagte mir, ich hätte »ein langes, großartiges und erfolgreiches Leben« vor mir. Und obwohl ich darüber riesig erleichtert war, bedeutete das auch, dass meine *Coole-Sachen-die-ich-machen-muss-bevor-ich-abkratze*-Liste so sinnvoll war wie ein Aschenbecher auf einem Motorrad. Es war eine Affenschande, dass ich es nicht geschafft hatte, richtigen Sex mit Michelle Malloy zu haben, aber immerhin hatte sie in meinem Bett geschlafen (und gekotzt), und das war schon fast die halbe Miete. Aber ich hatte tatsächlich Himmel und Hölle, Zähne und Nägel, Dungeons und Dragons in Bewegung gesetzt, damit Amir nicht mehr wegen seiner Hautfarbe beschimpft wurde. Ich hatte es geschafft, dass die Leute in der Schule ihn nicht ständig runterputzten, weil er wie ein großer Topf Curry roch. Ich hatte ihm geholfen, einen neuen besten Kumpel zu finden. Ja, das hatte ich.

Wen?

MICH.

MICH mit dem neuen, langen, großartigen, erfolgreichen Leben.

Das Mädchen, mit dem er den ganzen Abend lang bei der Halloween-Disco getanzt hatte, konnte nicht sein neuer bester Kumpel sein, denn Mädchen können nicht die besten Kumpel von Jungs sein.

Punktum.

Der Brecher war jetzt Nummer drei: *Dad aus dem Krieg zurückholen, bevor … du-weißt-schon-was … passiert.* Aber der *Du-weißt-schon-was*-Teil hatte sich geändert, von *bevor ich abkratze* zu *bevor Mum es knallen lässt.* Davon hätte sogar Einstein Kopfschmerzen bekommen.

Um das Zittern und alles zu stoppen, steckte ich mir den Zungenspatel in den Mund, den Doc Colm mir gegeben hatte. Er sah aus wie eine große Feile, mit der die Ladys sich die Nägel machen. Es war ganz einfach. Wenn der Stress und die Tics kamen, musste ich nur draufbeißen. Und wenn ich draufbiss, dann hörte mein Kopf auf, von einer Seite zur anderen zu wackeln, ich hörte auf zu grunzen und fühlte mich grundsätzlich weniger schwitzig und gestresst. Es funktionierte. Es war ein Wunder mit großem W. Das Wunder aller Wunder. Doc Colm hatte gesagt, ich sollte den Zungenspatel tragen, bis er mir eine richtige Klammer gemacht hatte. Den Zungenspatel konnte ich nur zu Hause benutzen, denn wenn ich mit einer riesigen Frauennagelfeile herumgelaufen wäre, hätte ich wie ein Fall für die Zwangsjacke ausgesehen; aber die Klammer konnte ich ständig tragen, und das Wahnsinnsding dabei war, niemand würde einen blassen Schimmer haben, dass ich ein Grunzer, Ticker, Schwitzer und Beller war. Doc Colm war fünfundachtzig Prozent sicher, dass es ein rauschender Erfolg werden würde. Man hätte ihn für den Nobelpreis nominieren sollen, einen Oscar, die *Blue-Peter*-Plakette und einen Great Scot Award, alles in einem. Er war einfach wie Jesus, wenn man dieses ganze Zeugs glauben will. Ich dachte darüber nach, ob Doc Colm vielleicht auch etwas für den unerschrockenen Amir und seine Verrücktheiten tun konnte, und wollte über Amir und seine Probleme beim nächsten Treffen mit ihm reden. Ich fragte mich auch, ob er Michelle Malloys Hinkebein heilen konnte und ein Mittel gegen ihr schmutziges Mundwerk kannte. Ich konnte es kaum erwarten, meine Klammer zu bekommen; es würde ein völlig neues Leben werden.

Es war nicht so, dass ich und Mum überhaupt nicht redeten; es schien einfach so, als sei das ganze Haus ein einziges riesiges Ei, und wir hatten Angst, dass es zerbrechen würde, wenn wir sprachen oder brüllten oder die Treppe rauf- und runterrannten wie eine Herde Ziegen und wir dann in dem ganzen Glibber, der da herauskam, ertrinken würden. Wir lächelten viel und machten Sachen, bei denen wir schwiegen und uns wohlfühlten, und manchmal fragte mich Mum, wie ich mit meinem neuen Zungenspatel zurechtkommen würde.

»Wie kommst du mit deinem neuen Zungenspatel zurecht?«

»Gut.«

»Es scheint zu funktionieren.«

»Ja.«

»Ist doch gut, oder?«

»Schon schon.«

»Das macht einen großen Unterschied, findest du nicht?«

»Schon.«

»Also, ich denke, ja.«

»Gut.«

»Doktor Cunningham wird sich freuen, wenn er dich wiedersieht.«

»Schon.«

Ich wollte so viel mehr zu Mum sagen und ihr all die Fragen stellen, die durch meine Hirnwindungen rasselten, aber ich hatte ein bisschen Angst, Sachen zu erfahren, die ich gar nicht hören wollte. Als ich mit meinem Zungenspatel im Bett lag, dachte ich mir zehn Fragen aus, die ich Mum stellen wollte:

1. Wer ist der Vater der neuen Babys?
2. Warum ist es nicht derselbe wie mein Dad?
3. Wann hast du die Babys gemacht?
4. Hast du die Babys hier im Haus gemacht oder bist du woanders hingefahren?
5. Bist du traurig, weil du zwei neue Babys kriegst?
6. Bist du nicht viel zu alt, um zwei neue Babys zu kriegen?
7. Wie sollen die neuen Babys heißen?
8. Glaubst du, Dad wird ein paar Runden mit Willy Wahnsinn drehen, wenn er herausfindet, dass nicht er der Vater der neuen Babys ist?
9. Glaubst du, dass Dad aus der Haut fahren und wieder um sich schlagen wird?
10. Wirst du die neuen Babys mehr lieben, als du mich liebst?

Nummer eins, zwei, acht und neun waren die Fragen, die mir Nacht für Nacht für Nacht für Nacht durch den Kopf rasten. Für Nummer sieben hatte ich zwei Namen parat: Wenn es Jungs wurden, könnten sie Mustafa und Samir heißen, und Mädchen könnte man Maleeha und Dhivya nennen. Das sind die Namen von Amirs Cousins und Cousinen, die noch in Pakistan leben, also wüssten sie nicht, dass wir die Namen geklaut haben; und die Alliteration mit meinem Nachnamen mochte ich sehr. Aber diese Idee war ein echter Rohrkrepierer, denn die Antwort auf Nummer eins hieß ja, dass sie einen anderen Nachnamen haben würden als ich.

Ich musste das unbedingt Amir erzählen, denn das macht man ja, wenn einen etwas ziemlich bedrückt – man plaudert darüber mit seinem besten Kumpel. Was ich dann ungefähr auch machte.

alles klar d-boy?

rap it, wo warst du amir my man?

mit priya abhängen, & du?

hier ist die kacke am dampfen

erzählst dus deinem kumpel?

zu kompliziert

mist das klingt mies

muss ich von mann zu mann erzählen

klaro, bro, klaro

wie läufts mit der braut?

wer priya?

ja

sie s voll drauf

verknallt???

klappe du arsch

selbst arsch

DU arsch

arsch mit ohren

???

vergisses ... lol

muss los d-boy

rap it, c u soon

4 sure

was machst du ü-morgn?

ausgehn mit priya

steck ihr einen von mir

so ist sie nicht

sorry ... lol

bis später

c u soon kumpel

Ich war froh, dass ich es bei Amir nicht ausgeplappert hatte, denn das war eine Familienangelegenheit und keine Kumpelangelegenheit. Eigentlich war es sogar ein bisschen peinlich.

* * *

Nach einem weiteren Tag mit dem Versuch, die Eierschale nicht zu zerbrechen, die das Haus zusammenhielt, und einer weiteren Nacht, in der ich mich im Bett herumwarf und die Laken von mir strampelte, dachte ich: *Stimmt, Dylan, du hast ein paar Fragen, die auf Antworten warten, mein Großer. Hol sie dir.*

Ich hörte Mum die Treppe runterpoltern und jede Menge Lärm machen. Sie war nicht in ihre Muckibude gefahren, obwohl sie sonst drei Mal in der Woche hinging, und das allein, was in meinen Augen teuflisch gefährlich war. Ich bin kein voll ausgebildeter Arzt, und da ich nach Drumhill gehe, glaube ich auch nicht, dass ich jemals in der Lage sein werde, ein voll ausgebildeter Arzt zu sein, aber ich bin mir sicher, Stützstrecken, Scherensprünge, Burpees und Rumpfbeugen in irgendeinem stinkenden Park zu machen, kann für zwei Babys im Bauch einer Frau nicht gut sein. Könnten Babys im Bauch sprechen, dann würden sie vielleicht schreien: »Mum, hör sofort auf, mich in deinem Bauch herumzuschubsen wie ein kleines Smartie, sondern setz dich hin und schalt den Fernseher ein oder sonst was«, wenn ihre Mum irgendwo in der Öffentlichkeit mit anderen dicken Frauen herumrennt. Aber das geht ja nicht. Ich war der Meinung, Mum sollte nicht mit einem Bauch voller Babys in die Muckibude gehen. Dann traf es mich wie ein gezackter Blitz: Vielleicht ging ich überhaupt deshalb nach Drumhill, weil Mum in der Zeit, während ich als winziger Knirps in ihrem Bauch herumschwamm, wie eine Verrückte auf Crack mit ihrer Muckibudencrew herumgerannt war – vielleicht hatte sie einen Scherensprung zu viel gemacht. Vielleicht war ich in ihrem Bauch mit voller Wucht auf dem Kopf gelandet und das war jetzt das Ergebnis. Es könnte passiert sein. Es könnte.

Als ich in die Küche kam, schlug Mum gerade schnaubend und schimpfend die Geschirrschranktüren zu. Als sie mich sah, hörte sie mit dem Türenschlagen auf. Auf dem Tisch lagen zwei benutzte Teebeutel, aber da waren keine Tassen. Sie sah unglücklich aus. Ich liebte meine Mum und wollte, dass sie sich so super-O. K. fühlte wie ich, als wir Doc Colm im Krankenhaus auf Wiedersehen gesagt hatten.

»Geht's dir super-O. K., Mum?«

»Ja, Dylan, mir geht's gut.«

»Hast du geweint?«

»Nein.«

»Ganz bestimmt?«

»Ja, ganz bestimmt.«

»Bist du traurig?«

»Warum fragst du?«

»Weil da die Teebeutel liegen, und die legst du dir nur auf die Augen, wenn du traurig bist oder weinst.« Ich setzte mich und quetschte die Teebeutel, bis der kalte Tee herauskam.

»Die helfen gegen die Schwellungen und Tränensäcke.«

Das fand ich lustig, aber mehr zum Kichern als zum Lachen.

»Was ist so lustig?«, sagte Mum.

»Diese kleinen Säcke zu benutzen, damit sie dir bei den anderen kleinen Säcken helfen«, sagte ich und deutete auf ihre Augen.

»Sehr lustig, Dylan.«

»Bist du wegen der Babys in deinem Bauch traurig?«

Sie kreuzte die Arme über ihrem Bäuchlein. Das folgende Schweigen war schwierig. »Nein … ja … nein … Also, ja und nein, aber meistens nein.« Mum setzte sich mir gegenüber, und es war das erste Mal, dass wir uns zum Plaudern an den Tisch setzten, seit wir vom Besuch bei Doc Colm zurück waren. »Schau mal, Dylan …«

»Kann ich dich was fragen, Mum?«

»Was denn?«

»Versprichst du, dass du nicht durchdrehst?«

»Ich dreh nicht durch.«

»Versprochen?«

»Versprochen.«

»Megaversprochen?«

»Megaversprochen.«

»Ist mein Dad der Dad dieser Babys in deinem Bauch?«

Mum schaute mich an, dann schaute sie zur Seite, als würde sie so heftig nachdenken, dass ihr der Kopf fast explodierte. Dann schaute sie wieder mich an.

»Nein, Dylan, dein Dad ist nicht der Vater der Zwillinge«, sagte Mum und rieb über ihr Bäuchlein wie über den kahlen Kopf eines kleinen Mannes. Ein Teil von mir freute sich, weil ich schon selber darauf gekommen war, und das hieß, dass ich Durchblick hatte. Ich hatte mit meinen Schlussfolgerungen ins Schwarze getroffen.

»Ich wusste es«, sagte ich. Ich war weder böse noch enttäuscht.

»Wusstest was?«

»Dass Dad nicht der Dad ist.«

Mum verdrehte die Augen zur Decke, als wollte sie sagen, *so klar wie Kloßbrühe*, aber ich wusste genau, dass sie das sarkastisch meinte, was einer der großen Unterschiede zwischen Erwachsenen und den Kindern und Teenagern in Drumhill ist.

»Also gut, er nicht«, sagte ich. »Wer dann?« Das war der Knackpunkt.

Außer Dad kannte ich nur vier Erwachsene, die ein Baby machen können:

1. Mr Comeford. Aber er ist verheiratet und seine Frau ein Knaller. (Wir haben sie gesehen, als sie beim Spendenfest in Drumhill für die neue Leber und Lunge des kleinen Mark Gilmour trommelte.)
2. Mr Grant. Der ist tabu, da er ein Doppelstecker ist.
3. Mr McGrain. Definitiv tabu, weil er etwa knapp 500 Jahre alt ist und eine riesige Nase und schlechte Haut hat – Mum hätte ihn nackt nie attraktiv gefunden.
4. Mr Manzoor, Amirs alten Herren. Aber Dad wäre mega mega mega durchgedreht, wenn er *das* herausgefunden hätte.

Tatsächlich gab es noch einen, aber den versuchte ich auszublenden.

»Wer dann?«, fragte ich noch mal.

»Du hast ihn schon kennengelernt«, sagte Mum.

»Wo?«

»Genau hier. Er saß da, wo du jetzt sitzt.«

Ich schüttelte den Kopf. »Wer?«

»Tony«, sagte Mum, und der Name knallte ihr aus dem Mund und mir direkt ins Gehirn. »Es ist Tony, Dylan.«

»Der Taxifahrer?«, sagte ich und versuchte, baff baff baff zu klingen, aber tief drinnen war es mir in gewisser Weise klar gewesen.

»Ja.«

»Wie?«

»Was meinst du mit *wie*?«

»Wie kann Tony der Taxifahrer der Dad sein?«

Mum schaute mich an, als würde sie glauben, ich hätte nicht richtig aufgepasst, als es damals in der Schule um die Bienen und die Blüten ging. Aber das war es nicht. Mein *Wie* war ein *Wie ist es möglich, dass du in ein Taxi steigst, mit dem Fahrer plauderst, ihn zu einer Tasse Tee einlädst, und dann habt ihr ein Baby*? Dieser Teil leuchtete mir einfach nicht ein.

»Wir haben uns schon vor einer ganzen Weile kennengelernt.«

»In einem Taxi?«

»Nein, nicht in einem Taxi, Dylan. Ich habe dir doch erzählt, dass wir alte Schulfreunde sind.«

»Wie Amir und ich?«

»Also, wir waren damals in der Schule wohl etwas enger befreundet als Amir und du jetzt.«

»Wie B-F und G-F?«

»Sprich bitte ordentlich.«

»Boyfriend und Girlfriend?«

»Genau, wir waren ein Liebespaar in der Schule.«

»Aber warum habt ihr euch dann wieder getrennt?«

»Wir waren so jung damals.«

»So? Amir ist mein bester Kumpel, und wir sind jetzt superjung, aber ich wette, wir sind immer noch beste Kumpel, wenn wir so verdammt alt sind wie du und der Taxifahrer.« Mum warf mir einen ihrer Red-keinen-Blödsinn-Blicke zu.

»Weiß der Taxifahrer, dass du Babys da drin hast?«

»Kannst du mir einen Gefallen tun, Dylan?«

»Welchen?«

»Bitte hör auf, ihn den Taxifahrer zu nennen. Er heißt Tony, und ich wäre dir dankbar, wenn du ihn so nennen würdest.«

»Weiß Tony, dass du Babys da drin hast?«, sagte ich und deutete auf Mums Bauch.

»Natürlich weiß er das.«

»Und was passiert dann?«

»Was soll das heißen, was passiert dann? Du weißt doch, was passiert – die Babys kommen im März.«

»Wir haben aber nur zwei Schlafzimmer, wo sollen die Babys denn schlafen?«

Mum wurde still und blies die Backen auf. Ein sicheres Zeichen, dass sie hin und her überlegte. Ich steckte den Zungenspatel in den Mund, denn ich spürte die Alarmsignale.

»Darüber müssen wir noch reden, Dylan, aber nicht jetzt.«

»Wann denn dann?«, sagte ich, aber mit dem Zungenspatel klang es mehr nach *äääh hhnnndddääännndddäääh hhnnn*.

»Nicht jetzt. Ich hab genug um die Ohren, auch ohne dass wir jetzt darüber diskutieren.«

Ich nahm den Zungenspatel wieder raus. »Was ist mit Dad?«

»Dylan, um Himmels willen«, sagte Mum und stand auf, so wie Leute es in einem Ich-halt-es-gleich-nicht-mehr-aus-Zustand machen. Oder wenn sie eine jumbomäßige unsichtbare Eisenbahnschwelle auf der Brust liegen haben.

»Also, was ist mit ihm? Das ist nicht fair gegenüber Dad.«

»Nein, das ist es nicht«, murmelte sie so leise vor sich hin, dass ich es nicht hören sollte, aber ich höre ziemlich gut.

»Ich werd ihm einen Brief schreiben und alles erzählen«, sagte ich, aber ich machte bloß Spaß, denn solche Neuigkeiten hätten sein Urteilsvermögen beeinträchtigt, und ein beeinträchtigtes Urteilsvermögen in einem Kriegsgebiet ist etwa so, als würde man in rohem Fleisch gewälzt und dann in einen Zwinger mit Pitbulls geworfen.

Mum schaute mich an und bekam einen Tobsuchtsanfall. »WAS HABE ICH DIR ZU DIESEM GANZEN MÜLLGESCHREIBE AN DEINEN DAD GESAGT?«

»Aber er wird wissen wollen, warum du es mit Tony dem Taxifahrer gemacht hast, während er im Krieg war.«

»TONY! TONY! EINFACH NUR TONY«, schrie sie. Ich glaube, Mum hatte ein Problem mit dem Beruf, den Tony ergriffen hatte.

»Aber Dad will sicher ein paar Antworten auf wichtige Fragen haben, Mum.«

Mum starrte erst mich an und dann aus dem Fenster.

»Wie, warum du zwei Babys mit jemand anderem machst, wenn du doch ihn liebst.«

Großer, gequälter Seufzer. Einatmen und ausatmen. Tiefes, wütendes Atmen. Ein. Aus. Ich machte mit. Wir klangen, als wären wir verkleidete *Starship Troopers*.

»Ich liebe deinen Dad nicht mehr, Dylan«, sagte Mum mit leiser Stimme. Ganz still und weich. Die Stimme, die mir Angst machte.

»Was?« Shock-a-roony-Knallgranate.

»Ich liebe deinen Dad nicht, Dylan.«

»Warum?«

»Zu viele Gründe.«

»Aber ihr habt im selben Bett geschlafen.«

»Da habe ich ihn auch nicht geliebt.«

»Was, noch nie?«

»Nicht in den letzten paar Jahren.«

»Wirklich?«

»Ja, wirklich.« Wow!

»Liebst du den Taxi... ich meine, Tony?«

»Ja.«

»Wirklich?«

»Ja, Dylan. Ich liebe Tony.«

»Und liebt er dich auch?«

»Ja.«

»Wirklich?«

»Ja, wirklich.«

Also, Mum liebte Tony den Taxifahrer und er liebte sie auch? Herr im Himmel! Dies war einer jener Augenblicke im Leben, bei denen man nie vergisst, wo man gerade war, als etwas richtig Fettes passiert ist, wie als vor einer Ewigkeit der Präsident der USA erschossen wurde. Ich werde nie vergessen, dass ich am Küchentisch saß und mit den Fingern der linken Hand einen gebrauchten Teebeutel rubbelte und mit den Fingern der rechten Grün, als Mum mir erzählte, dass sie Dad nicht mehr liebte und jetzt Tony den Taxifahrer liebte. Mann!

»Mum?«

»Was?«

»Kann ich dich noch etwas fragen?«

»Warum nicht, ist schließlich Jagdsaison«, sagte sie. Ich wusste wirklich nicht, was das bedeutete. Erwachsene = manchmal verrückt. »Was willst du denn fragen?«

»Liebt Tony mich auch?«

»Na ja, du warst nicht besonders nett zu ihm, nicht wahr?«

»War ich. Ich habe mir Pink Floyd angehört.« Es war Merkwürdig mit großem M, mit Mum über Liebe und so was zu reden. Es fühlte sich wie eine Unterhaltung unter Erwachsenen an, nur ohne diese ganzen kolossalen Wörter. »Also dann liebt Tony mich nicht?«

»Er liebt mich, Dylan, und ich liebe dich, und auf diesem Umweg liebt er dich wohl auch, aber ihr müsst wahrscheinlich mehr Zeit miteinander verbringen, damit sich die Liebe zwischen euch entwickeln kann.«

Ich verstand, worauf Mum hinauswollte. Achtung, wichtig! Tony der Taxifahrer würde die Babys lieben, denn es waren seine eigenen Babys, und ich würde die Babys lieben, denn sie waren meine ureigenen Brüder und Schwestern oder beides, auch wenn sie irgendwie nur halb meine Brüder oder Schwestern oder beides waren. Aber das war mir total egal; ich würde die beiden kleinen Äffchen trotzdem lieben. Ich würde der beste große Halbbruder der ganzen Welt sein und ihnen zeigen, wie der Hase läuft, was so gespielt wird und alle Ecken und Winkel des Lebens. Das bedeutete, dass Tony der Taxifahrer dieselben drei Dinge lieben würden: Mum und die Winzäffchen. Demnach musste er mich auch lieben. Wie auch nicht?

»Liebt Dad denn *dich*?«

»Da bin ich mir nicht so sicher.« Das sagte sie mit einem Lächeln im Gesicht.

»Warum, was hast du angestellt?«

Mum kicherte. Es tat gut, sie ein bisschen glücklich und lachen zu sehen. »Was ich angestellt habe?« Das sagte sie zur Decke. »Was habe ich angestellt?« Sie lachte immer noch. Merkwürdiges Verhalten.

»Ja, was hast du angestellt?« Ich wollte es wirklich wissen.

»Ich erzähl dir, was ich angestellt habe, soll ich?«

»O. K.« Ich war echt gespannt zu erfahren, was Mum angestellt hatte. Ich setzte mich kerzengerade hin.

»Ich war diejenige, die sich um dich gekümmert hat, wenn man *ihn* nicht stören durfte oder wenn er zu betrunken war, um überhaupt zu merken, dass es dich gibt. Ich war diejenige, die dich zur Schule gebracht hat, als du klein warst, denn *ihm* war es zu peinlich, am Eingang von Drumhill gesehen zu werden. Ich war diejenige, die keine Fragen gestellt hat, wenn *er* tagelang mit egal welchem Flittchen unterwegs war. Ich war sein menschlicher Sandsack, wenn *er* sich mal wieder mit dir und mir hier eingesperrt fühlte. Ich war diejenige, die lügen musste und sagte, dass *er* irgendwo mit der Army unterwegs war, auch wenn es nicht stimmte. Das habe ich angestellt, Dylan. Genau das. Jetzt zufrieden?«

Ein gigantischer, unglaublicher

KERPOW-

SCHALL-

KNALL-

SCUD-MISSILE-

Augenblick, der alles in den Schatten stellte.

Jesus H. Jones, wie die Amerikaner sagen.

Ich dachte darüber nach, was Mum gesagt hatte, und wollte sie wirklich in den Arm nehmen und ihr sagen, dass ich sie liebte und sie nie, in alle Ewigkeit nicht, als menschlichen Sandsack benutzen würde. Nie nie nie im Leben. No way.

»Liebt Dad mich?«, fragte ich Mum.

»Auf seine eigene Art schon, würde ich meinen.«

»Warum hast du mir nicht erzählt, dass er dich als menschlichen Sandsack benutzt hat?«

»Du warst ein Kind, Dylan. Das war etwas, wovor du beschützt werden musstest. Ich habe versucht, dich von all diesem Mist abzuschirmen.« Mum drehte sich um und tat so, als müsse sie dringend etwas herumräumen. Ich wusste, dass sie nur so tat, als würde sie etwas sauber machen, sagte aber nichts. »Und außerdem hattest du ja deine eigenen Probleme, mit denen du zu kämpfen hattest, dein Tourette zum Beispiel. Du musstest nicht auch noch wissen, welche Probleme Mum und Dad miteinander hatten.«

»Ich hätte Miss Flynn davon erzählen können – in solchen Sachen ist sie ziemlich gut.«

Mum hörte auf, nur so zu tun, und drehte sich herum. »Und genau aus diesem Grund habe ich nichts erzählt.« Sie strubbelte mir durchs Haar und das mag ich wirklich sehr sehr gern. In mir fängt es an zu prickeln, wenn Mum das macht.

»Aber was hast du gemacht, dass er dich wie einen menschlichen Sandsack behandelt hat?«, sagte ich.

Mum fing laut an zu lachen, aber es war kein Ha-ha-ha-oh-das-ist-so-verdammt-lustig-Lachen.

»Du bist wirklich der Sohn deines Vaters.« Das zu sagen war nun wirklich merkwürdig, denn *diese* Information war nicht gerade neu. »Ich habe überhaupt nichts gemacht, Dylan. Es war einfach seine Art von Freizeitsport, nachdem er mit seinen Kumpanen oder einem seiner kleinen Flittchen in irgendeinem Pub war.« Dann änderte sich ihr Gesichtsausdruck und sie zeigte mit dem Finger auf mich. Ihr Finger war total wütend. »Kein Mann hat das Recht, seine Hand gegen eine Frau zu erheben. Kein Mann. Verstehst du das?«

»Ja«, sagte ich. Ich war einer Meinung mit ihr. Aber was war, wenn eine Frau einen Mann mit einem Beil oder Hammer angriff, dann durfte er sich doch verteidigen. Das sagte ich aber nicht zu Mum, nur für den Fall, dass sie dann denken würde, ich wäre ein männliches chauvinistisches Ferkel. »Aber warum hat Dad das getan?«

»Da musst du ihn fragen, Dylan.«

»Hat er dich tatsächlich geschlagen, mit voller Kraft?«

»Geohrfeigt, gestoßen, getreten, rumgeschubst, mit dem Kopf … was auch immer, er hat es getan.«

Mein Kopf ratterte und ein paar KEUCHER brachen aus mir heraus. Ich nahm den Zungenspatel wieder in den Mund und biss so heftig drauf, wie ich konnte, ich biss ihn fast durch. Es war ein Ich-bin-Mr-Wütend-Biss. Ich wollte nach Mum schreien und wollte, dass ich eine ihrer Spezialumarmungen bekam oder ich ihr eine meiner Spezialumarmungen geben konnte. Ich hatte das Gefühl, als würde rot glühende Lava in mir brodeln, denn ich wurde das Bild von Mum nicht los, wie ihr Kopf im Wohnzimmer herumflog, als Dad sie wie einen menschlichen Sandsack benutzte. Das ging nun überhaupt nicht! Ich atmete heftig durch die Nase und nahm den Zungenspatel wieder heraus.

»Aber ich versteh das nicht, Mum. Warum hat er das getan? Das ist nicht nett, überhaupt nicht nett. Warum sollte er so was tun?«

»Wem erzählst du das. Ich weiß wirklich nicht, warum er das gemacht hat.«

»Er ist ein ziemlich großer Tyrann von Mann.«

»Das ist er.«

»Ich mag keine Leute, die andere tyrannisieren.«

»Ich auch nicht, mein Junge.«

»Es ist einfach nicht richtig.«

»Das ist es nicht, ich weiß.«

»Benutzt Tony dich auch als menschlichen Sandsack?«

»Nein. Nein, Tony ist sanft und fürsorglich.« Ich hatte gehofft, Mum würde das sagen, denn ich weiß nicht, was ich getan hätte, wenn Tony der Taxifahrer seine Frauen auch wie Sandsäcke behandelt hätte. Ich hätte mir mit Amir einen korrekten Schlachtplan ausdenken müssen. Doch Gott sei Dank war das nicht nötig.

»Das will ich auch sein, wenn ich erwachsen bin – sanft und fürsorglich«, sagte ich, denn so sollten alle guten Männer sein. Auch wenn man kein Geld hat, um protzig in Glamourrestaurants wie Nando's oder T.G.I. Friday's essen zu gehen oder schicke Klamotten zu tragen oder ein verdammt heißes, aufgemotztes Auto zu fahren, auch dann kann man sanft und fürsorglich sein. All diese anderen Sachen zählen wirklich nicht so viel. »Wenn ich gewusst hätte, was Dad so im Schilde führte, dann hätte ich ihn vielleicht aufhalten können. Irgendwas hätte ich tun können.«

»Er war ein Tier, Dylan. Niemand hätte ihn aufhalten können.«

»Nicht einmal die Army?«

Mum setzte sich neben mich und griff nach meiner Hand. Meine Hand war schwitzig-glitschig und ihre klammig-schwammig. Sie schaute mir direkt in die Augen, superernst, so wie wenn Amir und ich unsere großen Blinzelduelle haben, bei denen ich immer gewinne. Amir sagt, das sei, weil Pakistani-Augenlider empfindlicher seien als Schotten-Augenlider und er deshalb mehr blinzeln müsse; das war mir vorher gar nicht so klar. Menschliche Körper sind doch Wahnsinns-Maschinen! Mum starrte mich an.

»Schau mal, Schatz, dein Dad ist schon lange nicht mehr in der Army.«

»Ja, ich weiß.«

Mum schien überrascht zu sein, dass ich mich mit so schwerwiegenden Sachen auskannte, als würde sie glauben, ich sei nur das kleinste Spatzenhirn in Britannien oder so was.

»Weißt du?«

»Ja, er ist jetzt bei irgendeiner Spezialeinheit. So etwas höher als die SAS angesiedelt. Zentrale Feindaufklärung, glaube ich.«

Mum schüttelte den Kopf und ihre Augen waren voller Mitleid.

»Nein, ist er nicht, mein Junge.«

»Ist er nicht?« Nun war ich so verwirrt-dot-com wie in der Mathestunde.

»Er ist im letzten Jahr aus der Army ausgetreten.«

»Letztes Jahr 2013?«

»Juni 2013, um genau zu sein.«

»Im Juni? Warum?«

»Ich habe ausgetreten gesagt, aber er ist nicht wirklich *ausgetreten*.«

»Also ist er nicht ausgetreten?« Das war jetzt wie eine Doppelstunde Mathe mit Mathe-Nachsitzen hinterher, dann Mathe-Hausaufgaben zu Hause und ein Kreuzworträtsel vor dem Einschlafen.

»Man hat ihn aufgefordert zu gehen.«

»Aufgefordert, die Army?«

»Ja.«

»Warum?«

»Wegen seiner Disziplinlosigkeit.«

»Was heißt das?«

»Er hat im Dienst getrunken, mit Kameraden Schlägereien angefangen … Jede Menge solcher Sachen … Er war ein wandelndes Pulverfass.«

»Also haben sie ihn aufgefordert zu gehen, weil er ein wandelndes Pulverfass ist?« Es gab ein paar wandelnde Pulverfässer in Drumhill; das waren die Kandidaten für die Zwangsjacke.

»Ja, haben sie.«

»Das ist so, wie wenn man bei der Arbeit gefeuert wird, oder?«

»Genau.«

»Also, Dad wurde bei der Army gefeuert?«

»Ja.« Aber wie, bei allen Töchtern des Teufels, kann man bei der Army gefeuert werden? Die Army! Sogar die Leute in Drumhill wissen, dass die Army voller Arschlöcher, Idioten und Randalierer von allen Schulen des Landes ist. Wie kann jemand dort gefeuert werden, wo doch eh alles voller Psychos ist? Das verstand ich einfach nicht.

»Aber das ist Wahnsinn. Niemand wird bei der Army gefeuert, oder?«

»Er war ein schlechter Mensch, Dylan. Sie mussten ihn feuern.«

»Aber was ist mit all meinen Briefen?«

»Die hat er bekommen, dafür habe ich gesorgt.«

»Aber auf ein paar der Umschläge habe ich Irak geschrieben.«

»Die sind nicht in den Irak geschickt worden.«

»Er war nicht mal im Irak?«

»Nein, er war nicht im Irak.«

»Aber wie hat er sie dann bekommen?«

»Ich habe sie ihm geschickt, ich habe einfach die Anschrift geändert, die du auf den Umschlag geschrieben hast.«

»Also hat er sie bekommen?«

»Denke schon.«

»Aber warum hat er mir nicht zurückgeschrieben?«

»Das kann nur er beantworten.«

»Wohin hast du sie denn geschickt, wenn nicht in den Irak?«

Mum nahm einen der Teebeutel auf dem Tisch und quetschte ihn so stark, dass der Tee raustropfte und eine Pfütze bildete, was ein bisschen dumm war, denn später würde sie die wieder aufwischen müssen; es war keine große Sauerei, also wischte ich sie nicht weg.

»Wohin hast du meine Briefe geschickt?«

»Ich habe sie deinem Dad nach Barlinnie geschickt.«

»Wohin?«

»Barlinnie«, sagte sie wieder, was ich überhaupt nicht verstand, denn ich wusste weder was noch wo das war. Sie hätte das Wort den ganzen Tag lang aufsagen können und es hätte meiner Birne kein Licht aufgesteckt.

»Auch wenn du das wiederholst, ich habe keine Ahnung, wo das ist.«

»Barlinnie ist ein Gefängnis, Sohnemann. Dein Vater ist im Gefängnis.«

RIESIGE GROSSBUCHSTABEN-PAUSE.

Ich hatte das Gefühl, mein Hirn sauste in einem gigantischen Fahrstuhl runter in ein tiefes schwarzes Loch. Ich brauchte

lange

lange

lange

lange

lange,

bis ich die korrekte Antwort darauf fand, aber mit aller gedanklichen Qual schaffte ich es schließlich. Dylan Mint, der Großmeister der Gehirnakrobatik. Ein goldener Stern für Dylan Mint.

Räuber 27

Mum sagt, sie musste mich erst mal eine halbe Stunde alleine lassen, mit dem Kopf auf dem Küchentisch, bevor sie den Mut fasste, mir eine ihrer Spezialumarmungen zu verpassen und mir zu erklären, was wirklich mit Dad passiert war und warum er ins Gefängnis musste und all das. Als sie mich volle Power auf die Wange küsste und mir sagte, dass sie mich »sooooooooooooooooooooooo lieb« hätte und dass ich, sie, Tony und die beiden kleinen Äffchen eine große, glückliche Familie sein würden, da mischten sich meine Tränen mit ihren und flossen zusammen über unsere Wangen, so wie Beste-Kumpel-Tränen, die Händchen halten, bis ganz runter zum Kinn. Aber als mich diese Granatenbombe aus heiterem Himmel traf, dieser K.o.-Schlag, dieser Vorschlaghammer in die Eier, da brauchte ich dringend ein paar abgewichste Gehirnakrobatik-Fragen, um diese Erstschlagsexplosion zu überstehen. Mein Zungenspatel allein reichte da nicht aus.

UND HIER IST, WAS MUM MIR ERZÄHLTE:

Als Dad bei der Army rausflog, weil er allen riesig auf die Eier ging, bekam er nirgends einen Job, weder für Geld noch für gute Worte. Der Iddie verbrachte seine ganze Zeit in der Kneipe und trank sich zu oder bei den Buchmachern, wo er seine wenigen Ersparnisse und die Arbeitslosenunterstützung ausgab und auf Speedway- oder Skirennen wettete.

Er verlor natürlich seine Knete super-rapido, denn alles, was er über Speedway oder Skifahren wusste, hättest du auf dein Augenlid schreiben können. Dann hatte er nichts mehr als sein Arbeitslosengeld, um den Kopf über Wasser zu halten. Arbeitslosengeld ist scheiße, und man liest immer wieder, dass nur Rumtreiber, Dummbeutel und Faulpelze auf Arbeitslosengeld sind, und auf Arbeitslosengeld zu sein ist echt peinlich, und da dachte ich, Dad hatte ganz schön Nerven zu sagen, es sei peinlich, nach Drumhill zu gehen, wo *er* doch mit der Stütze in der Grütze steckte. Trotzdem schaffte er es immer noch, jede Menge Kohle im Pub zu lassen, und machte ein paar Aushilfsarbeiten für irgendwelche Typen, die er kannte, wie Backsteine oder Müll, den die Leute nicht mehr wollten, in Containern zu sammeln. Dann fing er an, mit ein paar wirklich krassen Ganoven rumzuhängen, und von da an geriet er in ein paar echt krumme Geschichten. Mum wusste nicht, in welche, weil sie Angst hatte, wieder sein menschlicher Sandsack zu werden, wenn sie fragte, aber ihre Detektivnase sagte ihr, dass Dad nichts Gutes im Schilde führte. Etwa um diese Zeit fingen sie und Tony an, sich gegenseitig was auf ihre Facebook-Seiten zu kritzeln. Und dann hatte Dad plötzlich neue, hippe Klamotten, motzte sein Auto auf und kaufte ein super-toppes Handy und trank massenweise super Alkohol, Schnaps und Champagner, Martini und Lambrusco. Er stolzierte überall herum, als wäre er eine Art Super-Playboy-James-Bond-Typ. Das Schärfste vom Scharfen. Mum sagte, ich hätte keinen blassen Schimmer gehabt, was da abging, weil Dad mit mir nichts anfangen konnte und sowieso tagelang nicht zu Hause war, also war es leichter für sie zu sagen, er sei dienstlich mit der Army unterwegs, damit ich nicht allzu viele Dylan-Mint-Fragen stellte.

Dann fuhren eines Tages, ich war in der Schule, Polizisten mit Motorradhelmen und einem riesigen roten Rammbock bei uns vor und zerrten Dad aus dem Bett, wo er einen heftigen Sauftourkater auszuschlafen versuchte, verfrachteten ihn ins Polizeipräsidium, um ihm seine Rechte vorzulesen, überhäuften ihn mit Beschuldigungen und klagten ihn wegen »schwerem bewaffneten Raubüberfall« an. Als Mum mir erklärt hatte, was schwerer Raubüberfall bedeutet, fragte ich mich, ob es auch so etwas wie »leichten« Raubüberfall gab. Die Polizei hat wirklich lustige Bezeichnungen für Verbrechen. Die lustige Ha-ha-dröhnendes-Lachen-Sache war, dass Dad nur eine Unterhose anhatte, als sie ihn in die Stadt brachten. Mum sagte, sie hätte gelacht, weil sie gehofft hatte, dass er an diesem Tag eine saubere Unterhose trug. Als sie zur Polizei kam, trug Dad einen knallorangen Eisenbahnarbeiteranzug und hatte einen Kater, der ein Kamel umgehauen hätte. Dad wollte sie nicht sehen, und sie wollte Dad auch nicht sehen, aber die Polizei hatte ein paar ernsthafte Fragen an Mum und nahm sie fünf Stunden und zweiundvierzig Minuten durch die Mangel. Ich erinnere mich besonders gut an diesen Tag, an dem ich in der Schule bleiben musste, niemand sagte mir, warum, und ich saß endlos und endlos und endlos bei Miss Flynn im Zimmer und hörte Sigur Rós und Mogwai.

Dad der Obertrottel hatte bloß ein kleines Postamt in einer winzigen Stadt an der Grenze ausgeraubt, den Mann und die Frau, die es führten, gefesselt und die Beine des Manns mit einem Baseballschläger bearbeitet, bis er mit der Information rausrückte, wo das ganze Bargeld verstaut war. Er zog dem armen Mann vier Mal eins übers Gesicht und haute der armen Seele von einer Lady zwei Mal auf den Kiefer, NACHDEM sie ihm gesagt hatten, wo der Zaster war. Er flüchtete mit 763 Öcken (nicht so richtig wow!) und zischte damit zurück nach Glasgow *in seinem eigenen Wagen*. Was für ein Depp! Die Polizei kassierte ihn schon am nächsten Tag, weil er auf der Videoüberwachung des winzigen Postamts ohne Gesichtsmaske zu sehen war. Er nahm die Hände hoch und bekannte sich der feigen Tat schuldig, um die Strafe zu reduzieren.

Weil Dad der schlechteste bewaffnete Räuber der Welt und der größte Depp der Welt war, wurde er zu fünfzehn Jahren im berüchtigten Barlinnie-Knast verurteilt. Fünfzehn Jahre für 763 £. Was bist du bloß für ein total beknackter Depp, Mr Mint!

Von allen zweiundneunzig Mannschaften der englischen Ligen, welche hat den kürzesten und welche den längsten Ein-Wort-Team-Namen?

Die Denksport-

Denk-

Sport-

Aufgabe

aller Denksportaufgaben, denn die englischen Ligen waren auf keiner meiner »Besondere-Themen«-Listen.

Megalang scharf nachdenk.

Megaviel starren, ohne was zu sagen.

Bury

und

Middlesbrough.

Gehirnakrobatik-Champ Extraordinaire!

Game over!

Einkaufstour 28

Als ich dem unerschrockenen Amir erzählte, dass ich nun doch nicht abkratzen würde, weil die Docs im Krankenhaus einen Riesenscheiß gebaut hätten, wollte er mir eine Knochenbrecher-Bär-Umarmung verpassen. (Es war mir zu peinlich, ihm zu sagen, dass es in Wirklichkeit mein eigener Riesenscheiß war. Ich wollte nicht, dass mein bester Kumpel mich für einen verrückten Blödkopp hielt. Also blieb ich stumm.) Aber schließlich verpasste er mir doch keine Knochenbrecher-Bär-Umarmung, zum einen, weil wir in der Öffentlichkeit waren, und zum anderen, weil das immer die Popopopper machen, bevor sie zur Sache kommen, und wir waren mitnichten Popo oder Popper. Und zur Sachen kommen gab's auch nicht.

»Aber es ist doch auch ve-ve-verdammt enttäuschend, oder?«, sagte Amir. Er zwinkerte ziemlich heftig, und das macht er nur, wenn er aufgeregt oder schockiert ist oder keine Antwort auf eine einfache Frage im Unterricht hat, zum Beispiel, als Mr McGrain ihn fragte, was die Hauptstadt der USA ist. Amir brauchte so lange wie eine Schildkröte beim Hundertmeterlauf, bis er schließlich New York sagte. Die Klasse kicherte und Amir blinzelte wie beim Start eines Films im Kino. »Meinst du nicht auch, dass es ein winziges bisschen ve-ve-verdammt enttäuschend ist?«

»Wie?«

»Weil du nicht mehr die ganzen coolen Sachen auf deiner Liste machen kannst.«

»Ich kann sie trotzdem machen, Amir.«

»Wie?«

»Es bedeutet einfach, dass ich mehr Zeit habe, sie zu machen, und wenn man es richtig bedenkt, dann kann ich noch mehr Erste-Sahne-Sachen auf meine Liste setzen und sie über einen längeren Zeitraum machen. Verstehst du? Das erst macht das Leben erstklassig.«

»Du denkst aber auch an alles.«

»Hier oben gibt's was zu denken, und unten gibt's was zu verschenken«, sagte ich und deutete erst auf meinen Kopf und dann auf meinen Schniedel.

Amir kicherte. »Du bist be-be-bekloppt, Dylan.«

»Willst du noch was wissen?«

»Was denn?«

»Ich kann immer noch meine *Coole-Sachen-die-ich-machen-muss-bevor-ich-abkratze*-Liste haben, denn wie ich es sehe, werden wir alle irgendwann abkratzen. Das ist eine Hundertfünfundachtzig-Prozent-Tatsache.«

»Wird wohl so sein.«

»Ich kann dich mit auf die Liste nehmen.«

»Das könntest du?«

»Spezialregelung für beste Kumpel.«

Dann setzte Amir seinen Denkerhut auf … Alarmstufe 1.

»Also«, sagte er, noch immer mit Denkerhut. Abbrechen! Abbrechen! »Du willst es mit *mir* machen, bevor du abkratzt?«

»Nie im Leben, Amir.« Manchmal arbeitet Amirs Verstand nicht so wie der anderer Leute. So wie jetzt gerade.

»Aber wie komme ich dann auf deine Liste?«

»Ich meine, ich könnte sie ändern, etwa in *Coole-Sachen-die-ich-und-Amir-machen-müssen-bevor-wir-abkratzen*-Liste.«

Amir zwinkerte und schlug sich vier Mal auf den Oberschenkel. Zu schade, dass es für ihn keine Klammer gibt. Meine wirkt Wunder. Seit einer Woche oder so schon keine Tics mehr. In gewisser Weise vermisse ich Mr Dog. Nicht allzu sehr, aber doch spürbar. Manchmal mach ich mit Absicht ein paar kleine Kopfschlenker, damit Amir sich mit seinen Sachen nicht so allein fühlt. Ich sah ihm an, dass er die Idee mit meiner neuen Liste gut fand.

»Die Idee gefällt mir.«

»Excellente, Capitano.«

»Können wir sie noch ein kl-kl-kleines bisschen ändern?«

»Das haben wir doch gerade gemacht.«

»Nein, ich meine, noch mal ändern?«

»Und wie?«

»In *Coole-Sachen-die-Dylan-Amir-und-Priya-machen-bevor-sie-abkratzen*-Liste?«, sagte er wie ein kleines verlorenes Hündchen.

Seit sie sich bei der Halloween-Disco getroffen hatten, waren Amir und Priya BF und GF. Für ein Mädchen war sie top of the pops. Und weil sie aus Indien und Amir aus Pakistan kam, zogen sie sich ständig gegenseitig auf:

Du bist mir vielleicht 'ne Pussi.

Nein, du bist hier die Pussi.

Du bist ein dumpfes Arschloch.

Nein, du bist das dumpfe Arschloch.

Ihre Eltern wussten nicht, dass die beiden wie Klettband aneinanderhingen. Alles andere hätte zu einem Vulkanausbruch von Scheiße geführt. Ich versprach, meine Klappe zu halten, was das BF-GF-Dings betraf. Sie waren ein fabelhaftisches Paar, und ich fand es gut, dass Priya mit uns durch die Gegend zog, es war gut, noch einen dritten Kopf dabeizuhaben und die Meinung einer Frau über dies und jenes zu hören. Ich konnte es nur nicht ausstehen, wenn sie miteinander in ihrer Duba-duba-di-Sprache redeten, weil ich dachte, dass sie sich dann das Maul über mich zerrissen. Aber Amir sagte, dass sie das nicht machten, und ich glaubte ihm. Schließlich war er mein bester Kumpel und Vertrauen ist alles. Das Schlimmste war, wenn Amir und Priya sich abends verabschieden mussten und ich um die Ecke, hinter einer Bushaltestelle, vor dem Bürgerhaus oder hinter einem Baum warten musste, während die beiden sich abknutschten. Der unerschrockene Amir sah hinterher immer aus, als käme er direkt aus Santas Grotte. Ich fragte mich, wie die arme Priya seinen Atem ertragen konnte, aber sie roch selbst ein bisschen nach Curry, und so nahm ich an, dass beide glücklich wie Bolle waren.

Als Michelle Malloy anfing, mit uns abzuhängen, wurde es noch viel besser, denn jetzt hatte ich jemanden, mit dem ich reden konnte, und musste mich nicht mehr fühlen wie ein riesiges grünhaariges Monster. Ich und Michelle Malloy küssten uns nicht in der Öffentlichkeit. Wir hatten uns noch gar nicht richtig geküsst, aber manchmal berührten sich unsere Hände, und dann hielten wir sie ein bisschen fest. Wir hatten ein paar verdammt gute Gespräche über verrücktes Zeugs – wie enttäuschend Eltern sein können, wie mistig die Schule ist, dass normale Menschen Idioten sind, darüber, wie es ist, zu gehen wie ein beschissener Esel, dass Realityshows im Telly der letzte Mist sind und über Musik, die alte Leute hören.

Michelle Malloy fand es gut, dass ich sie nicht mehr SCHLAMPE oder HURE nannte. Manchmal simste ich ihr NachtNacht Hurenschlampe, und sie simste was wie Bisdn Arsch, Mint! Lol. Nacht Honey. Mein Bauch fing an zu kribbeln, wenn Michelle Malloy mich *Honey* oder *Baby* nannte oder *Hey, du* schrieb. Sie und Priya kamen höllenmäßig gut miteinander aus und so war alles superspitzengroßartig.

In letzter Zeit hatten Michelle Malloy und ich angefangen, uns immer mal kurz zu umarmen. Meine große Spezialumarmung hatte sie noch nicht bekommen. Aber ich ahnte, das würde nicht mehr lange dauern. Daumen drücken. Ich hatte ihr sogar Grün gezeigt und sie selbst ein bisschen rubbeln lassen. Jedenfalls hatte ich angefangen, meinen eigenen Unterarm zu knutschen, als Übung für den großen Augenblick. Ich konnte es kaum erwarten. Daumen, Zehen, Arme und Beine gedrückt. Ich hatte ihr gesagt, sie könnte auch auf unsere Liste, wenn sie wollte, und die Idee fand sie super-mega. *Coole Sachen, die Dylan, Amir, Priya und Michelle Malloy machen, bevor sie abkratzen* war definitiv ein Schritt vorwärts in die richtige Richtung. Wir brauchten nur noch ein paar coole Sachen, die wir dazuschreiben konnten.

* * *

Mum und Tony wollten ins Cineplex, um sich so eine öde romantische Weihnachtskomödie anzusehen; Mum sagte, sie bräuchte irgendeinen Hirnkleister, um sich davon abzulenken, dass sie dick wurde. Das bedeutete, ich hatte ZUM ERSTEN MAL ÜBERHAUPT das Haus ganz für mich allein! Tony sagte Mum, ich sei immer noch der Mann im Haus und man könne mir vertrauen, ich würde es nicht abfackeln.

Gut gemacht, Meister Tony!

Und ich machte Folgendes: Ich lud Michelle Malloy ein, sich ein paar schöne Stunden mit ihrem neuen BF zu machen. Mit MIR. Und als wir am Telefon Pläne machten, machte ich etwas Mega-un-Dylan-Mint-Mäßiges.

Noch bevor wir zum »Gute-Nacht-Baby«-Teil kamen, sagte ich: »Zieh die roten Adidas-High-Tops an, Baby.«

Irrsinn.

Sie sagte: »Null Problemo, Honey.«

Doppelt-Wahnsinn-Irrsinn!

Dann fing mein Herz noch schneller an zu klopfen als am Tag, an dem ich dachte, ich würde abkratzen. Michelle Malloy, mein GF, kam zu mir nach Hause.

Meine Bude.

Meine leere Bude.

Um ein bisschen zu quatschen.

»Ein bisschen zu quatschen« war ein *Euphemismus* und das war uns beiden klar.

Good Golly, Miss Molly!

Ich musste mit jemandem darüber reden, also erzählte ich es Tony, der inzwischen wie mein zweitbester Kumpel war, und es ist O. K., es deinem zweitbesten Kumpel zu erzählen, solange du es deinem besten Kumpel auch erzählst. Ich sagte nichts über das Quatschen. Zwinker! Zwinker! Ich fragte ihn nur, was ich anziehen sollte (Jeans und ein hübsches frisches Hemd, sagte er), und was zu knabbern ich hinstellen (alles außer Suppe, sagte er) und welche Musik ich auflegen sollte. Tony schlug einen Typen namens Marvin Gaye vor und gab mir eine CD von ihm, *Let's Get It On*, was ein Euphemismus für »Bumsen bis zum Verrücktwerden« ist. Und beim Namen Gaye musste ich kichern, denn es war superironisch, wenn man darüber nachdenkt, dass ein Typ und eine Tussi quatschen wollten. Zwinker! Zwinker!

Aber dann musste ich dem unerschrockenen Amir davon erzählen, denn meine Nerven waren allein von dem

Gedanken an Michelle Malloy mit ihren roten Adidas-High-Tops und dem Miteinander-Quatschen völlig im Eimer. Der erste Punkt auf meiner ersten *Coole-Sachen-die-ich-machen-muss-bevor-ich-abkratze*-Liste – *Echten Sex mit einem Mädchen haben (vorzugsweise Michelle Malloy)* – war kurz davor, Wirklichkeit zu werden, und ich machte mir fast in die Hose.

»Das Erste, was du dir besorgen musst, Dylan, sind G-G-Gummis«, sagte Amir.

»Vermutlich.«

»Nicht vermuten. Du willst doch nicht, dass dein Samen eines ihrer Eier befruchtet.« Amir hatte den Befruchtungsteil aus dem Bio-Unterricht voll drauf.

»Jep, positiv.«

Also stärkte mir Amir den Rücken und kam mit in den Drogeriemarkt, um Gummis zu kaufen.

»Die gibt's ja massenweise, Dylan.«

»Klappe, Amir«, sagte ich, denn wir waren wie zwei Spermateufel, die sich zwischen den Gummis herumtrieben. »Wenn uns jemand hört, fliegen wir raus.«

»Aber welche willst du jetzt kaufen?«

»Woher soll ich das wissen? Ich habe noch nie Gummis gekauft, oder?« Ich tat so, als würde ich die Deodorants und Rasiercremes betrachten, tatsächlich aber schielte ich auf die Berge von Kondomen. Die Augen taten mir schon weh.

»Es gibt …« Amir fing an, die verschiedenen Sorten von Gummis zu zählen, die man kaufen konnte. »… vier, fünf …« Alle in verschiedenfarbige Schachteln verpackt und verschiedene Wonnen versprechend. Zum Kopfzerbrechen stressig. Grün war schon ganz glitschig in meinen feuchten Händen. »… elf, zwölf … ZWÖLF verschiedene Arten. Mich tritt ein Pferd.«

»Komm, haun wir ab, Amir, das ist Wahnsinn.«

»Wahnsinn, genau, Dylan. Schau dir die hier an!« Amir hielt mir eine gelbe Schachtel vor die Nase. »Die schmecken nach Ba-Ba-Ba-Bananen.«

»Ich hab nicht vor, sie zu essen, Amir.«

»Ich weiß, aber …« Er fing an, mich spielerisch herumzuschubsen, wie wir das manchmal so machen.

»Nichts aber«, sagte ich. »Komm, ich werd hier einfach nur nervös.«

Amir nahm noch ein paar Packungen aus dem Regal. »Die hier heißen Tingle und sollen prickeln.«

»Halt deinen verdammten Rand. Komm.«

»Heißt das, dass dein Ding prickelt oder das kleine Pfläumchen?«

»Wie, verdammt noch mal …« Inzwischen spürte ich den Schweiß an meiner Wirbelsäule.

»Ultraverwirrend, Dylan, ultraverwirrend.«

»Du kannst dir den ganzen Tag Gummis angucken, Amir, aber ich muss jetzt rapido hier raus.«

Musste ich. Ich brauchte einen Molto-rapido-Abgang, denn ich spürte ihn kommen, sah ihn schon auf einer Mauer sitzen, bereit, über die nächste Person herzufallen, die vorbeikam, sich runterzustürzen, zuzuschlagen.

Ich sah den Geifer von seinen Zähnen tropfen und Sabber auf der Zunge.

KKKKKKKKNNNNNNNNUUUUUUU-URRRRRRRREEEEEEENNNNNNNNNNDDDDDDD.

Ich hatte ihn schon eine ganze Zeit lang nicht mehr gesehen, was mich eher glücklich machte, denn wenn Mr Dog zuschnappt, dann ist das für Augen und Ohren keine Party.

Bitte lass Mr Dog nicht von der Leine, nicht im Dro-Markt.

Bitte lass Mr Dog nicht von der Leine, nicht, wenn ich in der Gummi-Abteilung bin.

Bitte nicht.

Bitte.

Und was passierte wohl?

Mr Dog riss sich los.

* * *

»Alles O. K., Dylan, ich bin da.« Amir saß neben mir auf dem Boden und hatte den Arm um meine Schultern gelegt. Nicht wie ein Plemplem-Schwanzgrapscher, sondern auf die Ich-passe-auf-dich-auf-bester-Kumpel-Art. »W-w-willst du Wasser?«, sagte er und hielt mir eine Flasche hin.

»Danke, Amir.«

»Dafür gibt's beste Kumpel doch, oder?«

»Auf jeden Fall.«

»Bist du jetzt O. K.?«

»Super-O. K. Was soll ich bloß machen, Amir?«

»Trink Wasser.«

»Nein, mit Michelle Malloy.«

»Erzähl ihr ein paar Witze. Das wird sie entspannen.«

»Ein paar blöde Witze werden ihr Höschen nicht zum Rutschen bringen.«

»Na, dann vielleicht die«, sagte Amir und gab mir ein kleines weißes Boots-Tütchen. »Hier.«

»Was ist das?«

»Guck rein.«

Ich guckte.

»Mensch, Amir, du hast mir Gummis gekauft.« Das war so ungefähr das Netteste, das jemand je für mich getan hatte. Was für ein Erste-Sahne-Kerl. Und was für ein Glückspilz-Dude war ich, der einen solchen Erste-Sahne-Kerl als besten Kumpel hatte.

»Hab ich. *Extra sicher mit extra Gleitgel*«, sagte er und zeigte auf den aufgedruckten Text. »Jetzt kannst du Michelle Malloy die ganze Nacht bumsen und dein Schwanz wird super-safe sein.«

Ich wollte ihm danken, aber die Riesenlutschkugel in meiner Kehle hielt mich davon ab.

Also umarmte ich ihn stattdessen.

Leer 29

Die extra-safen Gummis liegen in der obersten Schublade. Marvin Gaye ist mit gedrückter Pausentaste bereit loszulegen. In meine Nachttischlampe habe ich eine Zwanzig-Watt-Birne geschraubt – die Tollen Zwanziger und all das. Die Laken und Kissen haben eine mädchenhafte Kur erhalten: Sie riechen jetzt nach Aloe Vera und Lavendel. Aus Sicherheitsgründen habe ich alle Socken entfernt. Alle Internetseiten, die ich für irgendwelche Last-minute-dot-com-Recherchen angesteuert habe, sind aus der History gelöscht. Und ich habe zwei Packungen Pringles (Hot & Spicy Wonton und Salsa de Chile Habanero), eine Schachtel Malteser und eine Flasche Irn-Bru im Regal, für cooles Knabbern und die Einsatzbesprechung hinterher. Aber egal, wie sehr ich die Bude aufgepeppt und dabei nichts unversucht gelassen habe, brauche ich doch noch heftig konkrete Gehirnakrobatik, um den guten alten nervösen Turbo ruhigzustellen. Also versuche ich, mich an meine sechs Top-Kracher-Witze zu erinnern, die ich Michelle Malloy erzählen kann, falls die Unterhaltung abdriftet oder sie einen ihrer ODD-Anfälle bekommt.

Als es klingelt, ich schwöre bei Jesus, Allah, Buddha, Samson und Doc Colm, scheiße ich mir fast in die Hose.

»Hi, Michelle, schön, dass du gekommen bist.«

»Gekommen bin? Himmel, hast du schlecht geschlafen, Mint?«

Meine Zunge verknotet sich, ich spür das Kauderwelsch

kommen. »Hast du von dem Legastheniker gehört, der in einen Bra kommt?«

Michelle Malloy zieht ein Gesicht und schüttelt den Kopf.

»Kapiert?«

Witz Nummer eins ist ein Desaster.

Michelle Malloys Aufmachung ist das genaue Gegenteil. Schwarze Strumpfhose (schwierig zu beseitigen, braucht Übung) unter einem winzigen roten Tartan (keine Ahnung, welcher Clan) und ein T-Shirt mit einer Banane drauf und den Worten *The Velvet Underground* (trotzdem ist die U-Bahn, für die sie Reklame macht, nicht besonders komfortabel, schon klar) UND die roten Adidas-High-Tops. Absolute Klasse! Meine Teen-Dream-Queen.

»Marvin Gaye ist bei mir im Zimmer, falls du hochgehen möchtest? BUMSEN REITEN NAGELN«, sage ich. (Und will sooooooooooooooooo gerne sagen: »Michelle, ich war zwanzig Jahre lang blind, aber jetzt gibt es dich.«) »Oh, Mist, entschuldige, Michelle. Ich wollte nicht …«

»Beruhig dich verdammt noch mal, Mint. Ich bin noch nicht mal in deinem Zimmer. Komm her, Honey.«

Sie macht einen Schritt in meine Richtung und es ist Zeit für eine Spezialumarmung. Ihr Haar ist über meinem Gesicht. Ich schließe die Augen, atme tief ihren erstaunlichen Geruch ein und denke, *dieser Moment ist eine Fantastilliarde Mal besser, als im Himmel zu sitzen und jeden Tag ein Eis mit einer dicken Kirsche drauf zu futtern.*

Mit Treppen hat Michelle Malloy Probleme – sie wohnt in einem Bungalow –, also helfe ich ihr hinauf. Nichts anderes sollte ein anständiger BF für sein GF machen, wenn sie Probleme mit Treppen hat. Wenn es nach mir ginge, dann würde ich mir diese Lady über die Schulter werfen und sie die verdammte Treppe hochtragen.

In meinem Zimmer macht die Zwanzig-Watt-Birne ihren Job. Michelle Malloy setzt sich auf mein Bett. Ich frage mich, ob die mädchenhafte Verschönerungskur sie antörnt.

»Möchtest du ein Glas Irn-Bru oder ein paar Chips?« Das nennt man den Unbeteiligten spielen, bevor es zur Sache geht.

»Bäh! Nein.«

»Malteser?«

»Nein.«

»Vielleicht danach.«

»Nach was?«

»Nichts. BUMSEN. Verdammt.«

»Hast du Wasser?«

»Wasser? VERDAMMTES ARSCHWASSER. Tut mir leid, Michelle.«

»Schon O. K. Entspann dich.«

»An Wasser hab ich nicht gedacht.«

»Woran hast du denn gedacht?«

»Ich renn runter und hole welches.« Ich geh zur Zimmertür.

»Werf 'ne Chill-Pill ein, okay?«

»O. K., Chill-Pill, verstanden.«

»Komm und setz dich, Mint.«

»Wohin?«

Ach du heiliger Billy Pilgrim! Sie will, dass ich mich neben sie auf mein BETT setze.

»Hier«, sagt sie und klopft neben sich aufs Bett.

»Was, da?«

»Ja.«

Ich setze mich. Gott sei Dank, denn ich glaube inzwischen, dass mir der Arsch abfällt.

»Bist du sicher, dass deine Mum und ihr Freund nicht gleich wieder zurückkommen?«

»Diese Weihnachtsschnulze dauert eine Stunde und achtunddreißig Minuten, und dann kommen noch siebzehn Minuten Mistwerbung, bevor es losgeht, und danach reden sie noch ein bisschen, und dann fahren sie im Auto nach Hause, also ich glaube, sie brauchen länger als zwei Stunden und dreiunddreißig Minuten, bis sie wieder hier sind.«

»Gut«, sagt sie.

»Gut?«

»Ziemlich verdammt gut, Mint.«

Krach!

Peng!

Rumms!

Es passiert.

SMACK-O-ROONEY voll auf die Lippen.

Michelle Malloy packt mein frisches Hemd und zieht mich rüber. WO IST DER DOC FÜR HERZTRANSPLANTATIONEN – SOFORT HOLEN! Ich mache keinen Scherz – ich glaube, irgendjemand hat eine USBV in meine Brust gepflanzt.

Am Anfang küssen wir uns nur ein bisschen, so wie etwas längere *Gute-Nacht-Mum*-Knutscher auf die Lippen. Ich weiß eigentlich gar nicht so genau, was ich machen soll, also überlasse ich Michelle Malloy die Führung, sie ist ganz klar die mit der Erfahrung. Dann bleiben unsere Lippen aneinander kleben und kreisen eine Zeit lang ein bisschen umeinander, langsam, schnell, langsam, schnell. Das mag ich. Mein Herz auch, das jetzt nur noch normal-schneller schlägt. Mein Schniedel auch, er fängt langsam an aufzuwachen, wie ein Alligator in den Everglades in Florida. Dann stößt Michelle Malloys Zunge in meinen Mund vor,

vor und zurück, als würde sie eine Art Zungenfechten-Spiel spielen. Wenn sie das will, dann bin ich genau der Richtige dafür, denke ich, und so stoße ich meine Zunge in ihren Mund, und wir spielen gemeinsam das Zungenfechten-Spiel. Irgendwann hören wir auf damit und gehen zum Zunge-Mund-Saugen über. Und Mann, oh Mann oh Mann oh Mann, auf dieses Spiel steht mein Ding! Als unsere Münder sich trennen, will ich mir den Sabber nicht vom Gesicht wischen, sonst denkt Michelle Malloy noch, ich sei nicht nett zu ihrer Spucke.

»Wow, Michelle.«

»Magst du das, Mint?«

»Fan-tanz-tisch.«

Sie lacht. Jaaaaaaaaaaaa. Ich habe Michelle Malloy zum Lachen gebracht.

»Du bist so verdammt verrückt wie 'ne Flasche voller Chips, was, Mint?«

Ich will, dass sie wieder lacht. Ich will, dass sie die ganze Nacht lacht. »Kommt ein Pferd in eine Bar. Fragt der Barkeeper: ›Warum so ein langes Gesicht?‹«

Sie lacht nicht.

Ich hüpfe auf. »Wollen wir ein bisschen Marvin Gaye hören?«

Aber es ist zu spät – Michelle Malloy hat es gecheckt. Ihre Augen sind nach unten gewandert. Yes, Sirrrrr. Sie starrt auf meine Matalan-Jeans, die scheißeeng sind. Ich habe meinen Schniedel völlig aus den Augen verloren.

»Wow, Mint, ich bin beeindruckt.«

»Nein … Verdammt … Tut mir leid … So war das nicht … Das wollte ich … SCHWANZ … Scheiße!«

»Entspann dich, Mint. Ich mach dir ein Kompliment.«

»Machst du?«

»Ein verdammt großes.«

Ihr verdammt großes Kompliment passt zu ihrem Lächeln.

»Also dann leg ich Marvin Gaye jetzt mal auf?«

»Aber schnell, bitte.«

* * *

Ich werde nicht erzählen, wie es ans Eingemachte ging, oder irgendwelchen Schweinkram, nur so viel: Es war in Großbuchstaben

ABGEFAHREN

FAN-TANZ-TISCH

WAHNSINN

SHIZENHOWZEN

JEEZE LOUISE

und

NO WAY, JOSÉ

alles in einem.

Danach lagen wir da und umarmten uns und kuschelten und schauten auf die Sterne an der Decke. Auch die zwanzig Watt konnten sie nicht überstrahlen. Unter den Laken rubbelte ich mit meinen Füßen an Michelles unförmigem Fuß auf und ab. Der Fuß fühlte sich so an, als wäre er aus einem großen Stück Lehm gemacht, die Zehen ragten wie kleine Zucchini daraus hervor. Ich wollte sooooooooooooo gerne, dass mein Fuß auf ihren Wunder wirkte, dass ich immer für ihn da war, dass ich immer für ihn sorgen konnte, und ihn vor all den miesen Typen da draußen beschützen. Ich wollte Michelle Malloys unförmigen Fuß rundherum küssen, mit ihren winzig kleinen Zehen Zungenschwertkampf spielen und ihnen sagen, dass ich sie ewig lieben würde.

Vielleicht wollte ich sogar Michelle Malloy, MEINEM GF, sagen, dass ich sie auch für immer lieben würde.

»Baby?«, sagte ich.

»Ja, Honey.«

»Hab ich dir schon erzählt, dass ich letzte Woche dieses tolle Mädchen aus Holland getroffen habe und mit ihr essen gehen wollte?«

»Nein.«

»Ich hab sie für ein Date angerufen, aber sie hatte schon den Löffel abgegeben.«

Mein GF lag neben mir und lachte.

Puls: normal.

Wo es pulste: geschwollen.

* * *

Früher gab es nur Amir und mich. Ein Beste-Kumpel-Paar. Aber jetzt sind wir ein Quartett, wie in *Friends*, nur ohne Phoebe und Ross. Und wir wissen, dass uns alles, was uns nicht umbringt, stärker macht.

Und das nenn ich nun wirklich einen höllischen Willy Wahnsinn.

Hä?

Was?

Das Leben!

Und tschüss 30

77 Blair Rd
ML5 IQE
15. Dezember

Mr Mint,

Mum hat mir alles erzählt, also versuch nicht, es abzustreiten. Ich schreibe dir nicht, um dir von den echt brillanten Sachen zu berichten, die ich gemacht habe, nur so viel, es sind zigmillionen. Aber du wirst nie erfahren, welche, niemals. Ich werd dir auch nicht von Fußball, Schulkram, Mädchen oder meinen Zukunftsplänen erzählen. Ich will mir nur was von der Brust schreiben. Ich will dir sagen, dass du der schlechteste Mensch bist, den ich je gekannt habe, vielleicht sogar schlechter als dieser verrückte Doc da in England, der seine ganzen Patienten gekillt hat, einfach weil sie ihm auf den Sack gegangen sind. Aber selbst dieser Psycho-Doc hat seine Frau nicht alle paar Wochen als menschlichen Sandsack benutzt und sie schwarz und blau geschlagen und blutend und weinend auf dem Wohnzimmerteppich liegen gelassen. Oder? Nein, hat er nicht, das habe ich auf Google gecheckt, und da heißt es, dass er ein *treu ergebener und liebender Ehemann* war, und das warst du ganz definitiv nicht, und Mum tut mir komplett leid, weil sie es die ganzen Jahre mit dir aushalten musste. Hättest du mich anstelle von Mum einfach nur so aus Spaß verprügelt, dann hätte ich dich einen Arsch ärmer gemacht und ihn molto rapido zum nächsten Bullenhauptquartier verfrachtet. Kein Mann hat das Recht, die Hand gegen irgendeine Frau zu erheben. Keiner. Auch wenn er ein frustrierter Dad auf Stütze und ohne Jobperspektive ist. O. K.? Mum ist ganz meiner Meinung.

Außerdem glaube ich, dass du einer der dümmsten Räuber von Schottland bist, wenn nicht der dümmste. Ich meine, wer fährt mit seinem eigenen Auto und ohne Maske los, um eine Post auszunehmen? Nur ein Trottel! Würden wir in Ohio, Utah oder Nord- oder Süddakota leben, hätte ich dich für *America's Dumbest Criminals* gemeldet, du hast also Glück, dass wir hier wohnen. Aber was du diesem armen Mann und seiner Frau angetan hast, die dieses kleine Postamt geführt haben, macht dich noch viel schlimmer, als Evel Knievel jemals war. Ich habe mich geschämt, den Namen Mint zu tragen, als ich das gehört habe.

Amir hat gesagt, dass du eine feige Socke bist, weil du nicht die Eier hattest, mir zu schreiben und die Wahrheit über deinen jetzigen Wohnort zu sagen. Wohnort, dass ich nicht lache! Ich habe mich noch schlimmer als eine feige Socke gefühlt, weil ich glaubte, dass du wirklich ein Kriegsheld bist, der die Achse des Bösen bekämpft, aber du warst die ganze Zeit in Barlinnie, um deine fünfzehn Jahre für »schweren Raubüberfall« abzusitzen, weil DU böse warst. Wegen dir habe ich mich wie der letzte Idiot gefühlt. Amir hatte völlig recht. Ich habe Amir auch erzählt, dass du ein übles rassistisches Schwein bist, weil du den Typen, der den kleinen Laden unten bei uns an der Ecke hat, immer wieder schrecklich beschimpft hast, und wenn Menschen mit anderer Hautfarbe im Telly kamen, hast du sie *Dschungelaffen* genannt. Amir ist ganz meiner Meinung, und er sollte

es wissen, denn er muss sich jeden Tag seines Lebens mit miesen rassistischen Schweinen rumschlagen. Also pass bloß auf, wenn du da rauskommst, denn Amir und ich hassen miese rassistische Schweine und wollen Jagd auf sie machen und sie aus der Stadt vertreiben. Miss Flynn sagt, dass in unserer Gesellschaft kein Platz für Rassisten ist, und das finde ich auch, aber mehr sage ich nicht über die Schule. Und damit das klar ist, ich glaube auch, dass in der Gesellschaft kein Platz für Rassisten und Räuber und Männer ist, die Frauen als menschliche Sandsäcke benutzen, und Dads, die keinen Bock haben, mit ihren Kindern zu spielen. Ich glaube, für Leute wie dich gibt es keinen besseren Ort als den, wo du jetzt bist.
Wenn du wirklich keinen Bock darauf hattest, einen Sohn zu haben, dann hättest du das sagen sollen, als ich noch in Mums Bauch war. Es tut mir leid, dass meine Tourette-Krankheit so megapeinlich für dich ist. Ich habe nicht darum gebettelt. Es ist nicht mein Fehler. Man bekommt das wie eine Erkältung. Man bekommt es nicht, weil man sich schlecht benommen hat oder hässlich ist oder so was – man wird einfach damit geboren. Es ist einfach Pech. Ich war schuldlos, anders als du jetzt. Ich war derjenige, den alle angestarrt und ausgelacht und sich über ihn lustig gemacht haben, nicht du. Jedenfalls ist jetzt alles anders: Meine Tourette-Spielregeln haben sich gründlich geändert. Ich sollte dir das wirklich nicht erzählen, aber ich tu's trotzdem: Ich bin zu diesem tollen neuen Doc gegangen, der eine Super-duper-Klammer entwickelt hat, die die ganzen Tics und Zuckungen und das Grunzen und Bellen stoppt. Es ist total irre. Wenn du hier wärst und deinen Sohn lieben würdest, dann wärst du total stolz, das wette ich, denn niemand kann mehr einen Unterschied zwischen einem normalen Kerl auf

der Straße und mir erkennen. Aber du wirst den neuen Dylan nie sehen, niemals, nach dem, was du gemacht hast. Ich habe so was wie einen neuen Dad. Also, ich weiß, dass er nicht mein leiblicher Vater ist, aber wir machen Sachen so wie Vater und Sohn, und das heißt, dass wir wie Vater und Sohn sind. Niemand merkt den Unterschied. Außerdem hat er einen Job. Einen coolen, korrekten Job. Und weißt du, wenn Fußball im Telly ist, dann darf ich jetzt mitbrüllen und eine Meinung zur Aufstellung und der Taktik haben, und wir spielen ein geniales neues Spiel während des Matchs, es heißt *Wenn ich der Trainer wäre*. Wir hören auch diese ganze neue Musik wie Pink Floyd, Bob Dylan, Creedence Clearwater Revival, Button Up und Jam. Die ist fünfundzwanzig Mal besser als die Crazy-crazy-Musik, die du die ganze Zeit gehört hast. Wir lesen coole Bücher über coole Sachen wie Friedrich Nietzsche – du hast wahrscheinlich nie von ihm gehört. Er ist ein brillanter Philosoph. Ich glaube, vielleicht mache ich auch so was, wenn ich mit der Schule durch bin. Wir unternehmen auch lange Fahrten nach Trossach und in die Campsie Fells, von denen ich jetzt überhaupt erst erfahren habe. Warum wohl? Er fährt mit mir auch ins Gewerbegebiet, wo er mir Rückwärtsgang, Wenden auf offener Strecke und Rückwärts-Einparken beibringt. Sein Wagen steht jetzt auf deinem Parkplatz; sieht vom Wohnzimmerfenster richtig gut aus. Dein Auto vermissen wir nicht mehr. Unser neues Haus wird in der Auffahrt ZWEI Parkplätze haben – seinen und meinen –, für wenn ich die Fahrprüfung bestanden habe. Wahrscheinlich besorge ich mir am Anfang erst mal eine alte Klapperkiste wie deine. Aber das Beste ist, dass er Mum nicht als menschlichen Sandsack benutzt.

Ich mach jetzt Schluss, weil ich ungefähr eine Million und eine Sache zu erledigen habe und meine wertvolle Zeit

nicht mit Briefeschreiben an jemanden verschwenden kann, der nie daran gedacht hat, mir zu antworten. Nicht ein Mal. Der unerschrockene Amir meint, dass du vielleicht in echt gar nicht schreiben kannst. Und als ich den Brief, den du mir im letzten Dezember geschrieben hast, noch mal gelesen habe, dachte ich, *Mmmmmm, vielleicht hat Amir gar nicht so unrecht.* Übrigens habe ich ihn zerrissen. Ich möchte keine Briefe mehr von dir haben. Das wird mein letzter Brief an dich sein. Gestern Abend habe ich *Hundert Sachen, die man getan haben sollte, bevor man stirbt* gegoogelt, und da kamen jede Menge coole Sachen zum Weitermachen, also werden ich, Amir, dieses Mädchen Priya (du würdest sie nicht mögen, sie kommt aus Indien) und Michelle Malloy (mein neuer GF-Engel) versuchen, so viele zu machen, wie wir können. Aber das Wahnsinnsding dabei ist, dass keiner von uns tatsächlich sterben wird. Na ja, eines Tages sterben wir, aber das ist noch
lang
lang
lang
lange
hin.

Goodbye and Good Luck.

Dylan Mint
(Diesmal keine xxx.)

Danksagung

Ohne die folgenden Menschen würdet ihr dieses Buch jetzt nicht in der Hand halten: Ich danke meinem wunderbaren und einzigartigen Agenten Ben Illis und seiner Agentur BIA für den klugen Blick sowie für Unterstützung und Beratung. Der ganzen Mannschaft bei Bloomsbury, die eifrig an meinem Roman gearbeitet hat, und besonders meiner Lektorin Rebecca McNally, die mich an die Hand genommen und durch die trüben Wasser von Mr Dog geleitet hat; ihre Vorschläge waren durchweg brillant. Helen Garnons-Williams und Madeleine Stevens, deren freundliche Worte, harte Arbeit und Geschick Dylan und seine Truppe in noch hellerem Licht erstrahlen ließen.

Ich danke Sinéad Boyce, die ein wachsames Auge auf frühe Fassungen des Buches hatte; ihr Beitrag bleibt von unschätzbarem Wert für mich. Und Yvonne Kinsella von Prizeman & Kinsella, die den Originaltitel für dieses Buch, *When Mr Dog Bites*, ins Spiel brachte. Ich wünschte, dieser Lorbeer würde mir gebühren, aber dem ist nicht so. Deshalb vielen Dank für die Erlaubnis, den Titel zu verwenden.

Ich danke meinen Freunden und meiner Familie.

Und schließlich danke ich meinem großartigen Freund Norrie Malloy, der sehr stolz auf die Schriftstellerkarriere seines Kumpels war, auch wenn er es sich nicht verkneifen konnte, mich frei nach *Mord ist ihr Hobby* Jessica Fletcher zu schimpfen. Es tut mir leid, dass du das fertige Buch nicht in Händen halten kannst. Deshalb ist es dir gewidmet.

Alexandra Kui

Die Welt ist eine Scheibe

ca. 144 Seiten, ISBN 978-3-570-31031-1

Wie viel Land? Wie viel Vieh? Wie viele Kinder? Das sind die Fragen, um die sich auf dem Hof von Wiebkes Familie alles dreht, in dieser Reihenfolge. Nur die 16-Jährige tanzt aus der Reihe, klaut, randaliert, träumt von einer Karriere als Musikerin und der Flucht in die große Stadt. Doch die Stadt kommt zu ihr: Baugebiete rücken dem Dorf zu Leibe. Unter den Neubürgern: das Ehepaar Strasser mit dem siebenjährigen Sohn Luis. Als der wohlbehütete Spross der Strassers bei einem Bootsausflug unter der Aufsicht von Wiebkes Vater verunglückt, wird das Leben beider Familien aus der Bahn geworfen.

30204

www.cbt-buecher.de

Susin Nielsen

Die hohe Kunst, unterm Radar zu bleiben

ca. 280 Seiten, ISBN 978-3-570-31034-2

In der neuen Schule, in der fremden Stadt, bei den neuen Nachbarn heißt Henrys (13) Devise: bloß nicht auffallen. Denn wehe, es kommt raus, was sein Bruder getan hat. Weil Henry, seit ES passiert ist, nur noch Robotersprache spricht, hockt er viel beim Seelendoc. Seine Gefühle jedoch, und nicht nur die, frisst er weiter in sich hinein. Als er Alberta trifft, die zwar auch nicht normal, aber ziemlich toll ist, fragt er sich, ob da mehr daraus werden könnte. Und ob das bedeutet, dass es für ihn tatsächlich ein Leben DANACH gibt.

30226

cbt

www.cbt-buecher.de